MW01178476

Ian Gibson

Yo, Rubén Darío

Ian Gibson

Yo, Rubén Darío

Memorias póstumas de un Rey de la Poesía

AGUILAR

Torrelaguna, 60. 28043 Madrid
Teléfono 91 744 90 60
Telefax 91 744 90 93

• Aguilar, Altea, Taurus, Alfaguara, S. A.
Beazley 3860. 1437 Buenos Aires
• Aguilar, Altea, Taurus, Alfaguara, S. A. de C. V.
Avda. Universidad, 767, Col. del Valle,
México, D.F. C. P. 03100
• Ediciones Santillana, S. A.
Calle 80 Nº 10-23
Bogotá, Colombia

Diseño de cubierta: Grafica

Primera edición: junio de 2002

ISBN: 84-03-09303-9
Depósito legal: M-21.803-2002
Impreso en España por Palgraphic, S. A. Humanes (Madrid)
Printed in Spain

Para Donald Shaw, que transmitió la llama

Yo me morí en la ciudad nicaragüense de León a las diez y dieciocho minutos de la noche del 6 de febrero de 1916, a consecuencia de una cirrosis atrófica del hígado. El alcohol —mi consuelo y mi peor enemigo desde hacía décadas— se había salido con la suya. Acababa de cumplir los cuarenta y nueve años y era el poeta más famoso del mundo hispánico y (no creo que sea inmodestia) el más querido.

La noticia de mi intempestiva defunción corrió como una exhalación por redacciones y agencias. Y al día siguiente las primeras planas de todos los periódicos de lengua española anunciaban —en medio de las últimas nuevas de la Gran Guerra, y con las hipérboles de rigor— que el eximio vate Rubén Darío, «Rey de la Literatura Hispanoamericana», había fenecido en su Nicaragua natal.

Hubo incredulidad, consternación, un río de lágrimas y, luego, infinidad de elegías.

El Destino, en el que yo siempre creí, disponía así que la muerte me sorprendiera alevosamente y a deshora en la pequeña ciudad donde había sido concebido, criado y educado. Aunque no parido, ya que vine al mundo, corriendo 1867, en Chocoyos, pueblecito del departamento de Matagalpa, luego llamado Metapa y finalmente, en mi honor, Ciudad Darío. Allí había huido mi madre, Rosa Sarmiento, ocho meses después de malcasarse con mi padre, Manuel García. La pobre ya no aguantaba más una situación matrimonial intolerable.

Bautizado Félix Rubén García Sarmiento en la catedral de León, nunca se me iba a conocer por los apellidos recibidos de mis progenitores. ¿Por qué? Según llegué a comprobar, todo había empezado con un tatarabuelo materno mío, Darío Mayorga. Aquel patriarca, de quien se recordaban muchas y sabrosas anécdotas, tenía una personalidad tan fuerte que el nombre Darío se impuso como apellido a toda la familia, llegando, poco a poco, a adquirir valor legal. De modo que mi madre, aunque realmente Rosa Sarmiento, se conocía como Rosa Darío.

Se daba el caso de que mi padre, Manuel García, empedernido bebedor, juerguista y faldero, también tenía sangre de los Darío en las venas, por parte materna. De hecho, mi madre y él eran primos. Era por ver si sentaba la cabeza por lo que la hermana de mi padre, la tía Rita —mujer rica y emprendedora, de voluntad de hierro, dueña de haciendas de ganado, artilugios de caña de azúcar y de una tienda de telas— le había casado con mi madre. El enlace había resultado imposible casi desde su inicio porque Manuel García siguió exactamente como antes con su aguardiente y sus queridas. La familia intervino varias veces para ver si se podía remediar aquella desastrosa relación, pero no había nada que hacer y la separación se hizo definitiva. Entretanto había nacido yo.

Mi madre y yo fuimos a vivir entonces a casa de una tía de ella, Bernarda Sarmiento, que estaba casada con el coronel Félix Ramírez Madregil, mi padrino. De aquellos tiempos no recuerdo nada.

Cuando yo tenía unos dos años mi madre se enamoró de un joven y se fugó con él a San Marcos de Colón, villorrio situado justo al otro lado de la frontera con la vecina república de Honduras, llevándome a mí con ella.

Mi primer recuerdo de niño —¿o lo he soñado?— es de una señora delgada y pálida de tupido pelo oscuro y ojos brillantes, que me mira amorosamente. Es mi madre, Rosa Sarmiento. También creo ver nuestra casa. Era primitiva, de adobe, y estaba situada en pleno campo.

Un día yo me perdí. Me buscaron por todas partes, desesperados. Finalmente me encontraron tras unos matorrales, debajo de las ubres de una vaca. Me dieron unas cuantas nalgadas... y aquí mi memoria de esa edad se desvanece.

La tía Bernarda y su marido el coronel Ramírez no tenían hijos y me echaban mucho de menos. Pero no a mi madre, cuya huida les había enojado sobremanera. Y así fue como, un buen día, el coronel se presentó en San Marcos de Colón y me reclamó. Mi madre se dejó convencer y me entregó sin rechistar.

A partir de aquel momento yo era, a todos los efectos, el hijo de Bernarda Sarmiento (o Darío) y del coronel Ramírez. Nunca sospeché que el tío Manuel, que vivía con su hermana Rita, la rica, era mi padre. Sólo mucho tiempo después sabría la verdad de mi nacimiento y parentesco.

Tengo contraída con «mamá» Bernarda y «papá» Félix una deuda eterna.

El coronel era un hombre alto, algo moreno, buen jinete, de barbas muy negras. Acendrado patriota, había luchado por la unión de las cinco repúblicas centroamericanas al lado del general Máximo Jerez y gustaba de contarme muchos relatos de aquellos días, que yo escuchaba boquiabierto. Mi padrino era un héroe de la Libertad. De él aprendí a montar a caballo y a saborear las manzanas de California y el champaña de Francia. También me transmitió su pasión por la Unión, tema, luego, de algunos de mis primeros poemas y trabajos periodísticos.

A mí me gustaba mucho el nombre Darío, pues me enteré muy joven de que se habían llamado así tres antiguos reyes de la oriental y enigmática Persia. Tampoco tardé en saber que Rubén era un nombre judío. Llamarse Rubén Darío ejerció una poderosa influencia sobre mi imaginación de niño, sobremanera impresionable, y contribuyó a que soñara desde muy joven con ser aventurero y atravesar mares.

«Navegar es necesario, vivir no es necesario», dijo Plutarco. Yo lo intuía desde que tuve conciencia de mí mismo. Sabía positivamente que sería viajero y que conocería lejanas tierras.

Me estimuló en tal empeño el hecho de que dos primos de mi madre vivían en el cercano puerto de Corinto —de nombre tan evocador de antiguas glorias griegas—, donde se dedicaban al negocio de exportación de maderas. Al contemplar las fragatas y bergantines que, con las velas desplegadas, salían de aquella bahía azul con rumbo a la distante Europa, se me despertaban ansias desconocidas y misteriosas.

En muchas ocasiones me llevaron a Corinto en barca, atravesando esteros y tupidos manglares poblados de grandes almejas y cangrejos y de bandadas de aves acuáticas. Por allí, por cierto, andaba un excéntrico cónsul inglés que mataba tiburones con una escopeta.

Como por arte de magia, parece ser que a los tres años yo ya sabía leer. ¿Empecé descifrando, con la ayuda de quienes creía mis padres, las letras de unos libros de cuentos infantiles, con bonitas ilustraciones, que ahora vuelvo a ver como si fuera ayer? Es probable. Lo que sí recuerdo, de todas maneras, es que mi primera maestra, que se llamaba Jacoba Tellería, estimuló mi afición lectora con sabrosos pestiños, bizcoteles y alfajores que confeccionaba ella misma en su cocina. Sólo me castigó una vez aquella simpática profesora, al encontrarme en compañía de una chicuela tan precoz como yo e iniciando, según el conocido verso de Góngora, «las bellaquerías detrás de la puerta».

Y es que, si yo nací para la Poesía, también nací para la Mujer.

León, con su imponente catedral barroca y neoclásica, ofrecía el aspecto de una ciudad de provincia española, y era una de las más pintorescas de Nicaragua y hasta de Centroamérica. Nacida de los escombros de una ciudad más antigua, destruida por el volcán Momotombo en 1609, tenía entonces, creo, unos treinta mil habitantes. Nosotros vivíamos en una de las casas típicas del lugar, hechas de adobe con tejas arábigas (las mismas tejas que un día vería en Andalucía). Tenía cuartos seguidos, un largo corredor y ventanas enrejadas que daban a la calle. Y, lo más importante, un jardín con pozo y árboles. Recuerdo un gran jícaro —bajo cuyas ramas me sentaba para leer—, un precioso granado que me hacía soñar con la Alhambra, y unas flores, creo que eran mapolas, que desprendían un perfume tan dulce que a mí se me antojaba oriental.

Mi tía abuela Bernarda era muy devota y me solía llevar con ella a misa primera en la cercana iglesia de San Francisco, cuando a veces estaban todavía encendidos los faroles de petróleo de la vieja ciudad colonial. Yo oía la misa con unción. Incluso aprendí a ayudar en ella. Todavía siento dentro de mí las emociones de la confesión y de la comunión, el estremecimiento que me producían las sagradas palabras latinas: *Introibo ad altare Dei... Ad Deum qui laetificat juventutem meam. Judica me, Deus, et discerne causam meam... Ad veniat regnum tuum...*

En mi casa rezábamos a menudo juntos, y nunca he olvidado fragmentos de oraciones, novenas y responsorios. Del *Magnificat*, por ejemplo: «Mi alma engrandece al Señor y mi espíritu se regocija en Dios mi Salvador...». O bien, para la confesión: «Yo, pecador, me confieso a Dios, a la bienaventurada siempre Virgen María, al bienaventurado san Miguel Arcángel, y a todos los santos... Y a vos, Padre...». O la *Salve Regina:* «Dios te salve, Reina y Madre de misericordia...».

También había las devociones a diferentes santos y seres celestes. Una de ellas empezaba:

Todo el orbe canta
con gran voluntad
el trisagio santo
de la Trinidad...

Otra concluía con un ritornelo:

Ángeles y serafines dicen
Santo, Santo, Santo...

O versos sencillos, de novena, en alabanza de san Antonio de Padua:

Vuestra palabra divina
Forzó a los peces del mar

Que saliesen a escuchar
Vuestro sermón y doctrina;
Y pues fue tan peregrina
Que extirpó diez mil errores,
Humilde y divino Antonio
Rogad por los pecadores.

Mi tía abuela era, además de devota, muy supersticiosa. Cuando un terremoto movía las casas de adobe —Nicaragua es país de sacudidas sísmicas y de volcanes (ya he mencionado a Momotombo)—, o se ponía el cielo negro anunciando una tempestad, Bernarda Sarmiento sacaba palmas benditas y hacía coronas para todos los de la casa. Y así tocados rezábamos de rodillas con el corazón en un puño.

Ciertas devociones eran para mí especialmente tremebundas. Por ejemplo, la fiesta de la Santa Cruz. Ese día todos nos poníamos delante de las imágenes y la abuela dirigía el rezo, que concluía, después de varias jaculatorias, con estas imponentes palabras:

Vete de aquí, Satanás,
que en mí parte no tendrás
porque el día de la Cruz
dije mil veces: «¡Jesús!».

Y era verdad porque en aquella fiesta de la Cruz teníamos que decir mil veces la palabra «Jesús». Aquello no acababa nunca. «¡Jesus! ¡Jesús! ¡Jesús!» hasta mil. A veces perdíamos la cuenta y había que empezar otra vez.

¿Cuántos años tenía cuando comencé a componer versos? No lo sé exactamente, pero harto temprano. Nunca fue cuestión de aprender a hacerlos: ellos mismos empezaron a brotar dentro de mí espontáneamente. ¿Cómo explicarlo? Estoy convencido de que nací con el don poético en la sangre. Don estimulado luego por los muchos cantos nacionales, religiosos, patrióticos y guerreros que oí en mi infancia. Amorosos también. Nicaragua, como todos los países, tenía su caudal de poesía popular:

Mañanitas, mañanitas,
como que quiere llover...
Así estaban las mañanas
cuando te empecé a querer.

Muy pronto fui apodado «el poeta-niño» y las gentes me empezaron a encargar versos para bodas, fiestas y entierros. Era costumbre entonces que en éstos se distribuyesen a los concurrentes, junto con las velas de cera, prosas y poesías impresas en papel de luto, sobre todo poesías. Se llamaban «epitafios». Uno de los primeros que hice decía así:

Epitafio a una niña
En boca de su padre, don Sérvulo Zapata

Merceditas inocente,
hija mía idolatrada:
¿por qué, dime, está tu frente
coronada tristemente,
soledosa y marchitada?

No tardé en darme cuenta de que mis aptitudes de rimador me servían para hacerme simpático a las muchachas, ya que estaba muy de moda entonces que los vates, jóvenes o mayores, estampasen en los álbumes femeninos pequeños poemillas, habitualmente alusivos a los encantos de sus propietarias. Yo iba a pasar muchas horas de mi vida escribiendo tonterías en tales hojas.

En mi primera escuela me tocó un profesor que apreciaba la poesía y era él mismo algo bardo, Felipe Ibarra. Allí se enseñaba la cartilla, el Catón cristiano, las «cuatro reglas» y otras nociones elementales. Ibarra estimuló mi vocación lírica hasta tal punto que mi tía abuela Bernarda, la que creía mi madre, se alarmó. ¡No quería que a mí me entrara en la cabeza la idea de que pudiera ganarme la vida escribiendo versos!

La tía abuela no era la única persona supersticiosa de mi casa. Dos viejos sirvientes, la Serapia y el indio Goyo, me contaban cuentos de ánimas en pena y aparecidos que me ponían los pelos de punta, y la madre de Bernarda, que vivía con nosotros, me hablaba de un fraile sin cabeza, de una mano cortada y peluda que perseguía como una araña y, sobre todo, de la cegua, una bruja monstruosa, muy temida por los campesinos nicaragüenses, a quien dediqué un poema temprano y malísimo:

Chirridos infernales y voces y maullidos
y horrendas carcajadas se oyeron resonar;
y al rato se escucharon muy cerca unos silbidos,
los cuales despertaron súbitamente a Juan...

Anidaban en un hueco del tejado de nuestra casa unas lechuzas, y yo sabía que las lechuzas eran hermanas de las brujas. A veces me dormía temblando de ansiedad, o me despertaba en medio de una pesadilla en la cual, avisada por aquellas aves nocturnas, venía la cegua a mi habitación para llevarme con ella.

Cuando en el barrio había un moribundo, repicaba en San Francisco el pausado toque de agonía, son lento y lúgubre que me llenaba de espanto. La verdad es que a mí me emponzoñó el terror católico desde la infancia. Y los terrores de la infancia nunca, nunca se quitan. «El niño es padre del hombre», dijo Wordsworth. Y luego lo confirmaría Freud. ¿El niño que era yo había nacido ya aterrado? A veces lo llegaría a sospechar. Durante mi vida, de todas maneras, asistiría a pocos entierros. Quizá en la antigua Grecia habría acompañado con cantos alegres y con flores los despojos de un querido amigo. Mas ya desde mis primeros años me poseyó el horror medieval a la que he gustado de llamar la Desnarigada.

El coronel Ramírez se murió cuando yo tenía once o doce años. ¡Qué desgracia para mí y para toda la familia! Mi pavor de la tumba se hizo aun más acuciante. Fue mi primera experiencia de la muerte, la primera vez que vi un cadáver, y aún siento dentro el intenso dolor y sufrimiento de aquellos meses. A partir de entonces fue mermando el bienestar de la casa, y casi llegamos a la escasez, si no a la pobreza.

Entretanto había encontrado en un viejo armario de nuestra casa mis primeros libros «de verdad», que enseguida devoré: un *Quijote*, las obras de Moratín, *Las mil y una noches*, los *Oficios* de Cicerón, la *Corina* de Madame de Staël, un tomo de clásicos españoles, y una novela terrorífica, de no recuerdo ya qué autor, que se llamaba *La caverna de Strozzi*. Rara mezcla de lecturas para cabeza tan joven.

De todos aquellos libros, el que más me entusiasmaba era *Las mil y una noches*. Aunque se trataba de una versión brutalmente expurgada del mismo —me daría cuenta de ello después—, mi alma niña intuyó allí el asombro del cuerpo femenino. «Hermanita, ¿quieres contar uno de los hermosos cuentos que tú sabes?» Aún suena en mi oído la pregunta de Dinarzada, repetida noche tras noche y siempre contestada afirmativamente por la hábil Scherezade, su hermana. Tan pendiente del desarrollo de cada cuento como el sultán engañado, yo, leyendo aquel maravilloso libro, me empapaba del misterio de Oriente. Gigantes, caballeros y reyes esplendorosos, palacios recubiertos de gemas, bellas princesas, animales que hablaban entre sí, hechizos, mágicas alfombras voladoras, magos y ensalmos, el inmortal Simbad el Marino... sin *Las mil y una noches* tal vez no habría sido el poeta que fui. Aquel libro me convenció de que yo iba a ser viajero, de que iba a conocer maravillosos mundos lejanos.

Años después leería, ya en Francia, la magnífica traducción de *Las mil y una noches* hecha directamente del árabe por el nunca suficientemente alabado doctor J.C. Mardrus. Antes de él, nadie había dado a conocer una traducción absolutamente fiel del original, por temor a la desnudez de la expresión arábiga, tan ofensiva para los pudorosos oídos del hipócrita Occidente. Tenían que ser los franceses los primeros en dar a conocer el libro en su integridad, sin tapujos. ¡Siempre fueron ellos más libres que nosotros, más abiertos en el amor, menos hipócritas y menos esclavos de los curas!

Mardrus señalaba en su introducción que en la literatura árabe se desconocía totalmente la pornografía, producto inerrable del puritanismo cristiano que se empeña en cerrar los ojos ante la realidad y la maravilla del amor físico. Aseguraba que los árabes veían todas las cosas bajo el aspecto hilarante, que llevaban su sentido erótico no más que a la alegría, y que ellos se reían con ganas de lo que al Tartufo de turno le parece escandaloso. Sí, en *Las mil y una noches* el pan se llama pan, el vino vino. No existe allí el pecado de nuestras teologías, ni la vergüenza de nuestros culpables pudores, ni la malicia de nuestra perversidad de civilizados. Y lo desconocido se muestra naturalmente, y lo prodigioso es habitual, y el ensueño entra en la vida y la vida en el ensueño. Bien se explica la querencia de Stendhal, que deseaba olvidar dos libros sublimes, *Don Quijote* y *Las mil y una noches*, para experimentar cada año, al releerlos, una nueva voluptuosidad.

De mí diré que ningún libro alivió tanto mi espíritu de las fatigas de la existencia común, de los dolores cotidianos, como este libro de perlas y pedrerías, de magias y hechizos, de realidades tan inasibles y de imaginaciones tan reales. Añadiré que, desde muy temprano, supe que en España, y concretamente en Granada, los árabes habían creado palacios y jardines que nada tenían que envidiar a los de mi libro más querido. De niño yo oía cantar una romanza que empezaba:

Aben Amet, al partir de Granada,
su corazón desgarrado sintió,
y allá en la Vega, al perderla de vista,
con débil voz su lamento expresó...

Aben Amet, con su corazón desgarrado, se fundía en mi imaginación con Boabdil, a quien, camino del exilio, su madre Aixa le acusa de llorar como mujer por una ciudad que no había sabido defender como hombre. Yo soñaba con la Alhambra y el Generalife —ya mencioné el granado de mi jardín—, y lamentaba la cruel expulsión de aquellas gentes capaces de crear tanta belleza, tanta poesía, tanta ciencia. Rogaba a Dios que un día me dejara vagar por los palacios y jardines de la Colina Roja. Y Dios no me faltaría.

* * *

Visitábamos con frecuencia la catedral de León, donde me habían bautizado. Se trataba de una fábrica tan enorme en comparación con las reducidas dimensiones de nuestra ciudad que se decía en broma que había habido una equivocación, y que se había levantado en León la que iba destinada a Lima. Y al revés. Comenzada en el siglo XVIII y terminada a principios del XIX, el ingente edificio, contemplado desde fuera, tenía poco interés. Sin embargo, a mí me gustaba mucho el interior: los retablos, las pinturas, los altares, el púlpito y las tumbas de dos mártires llegados, se decía, de Roma: san Inocencio y santa Liberata.

La Semana Santa de nuestra ciudad tenía gran fama, tanta, que había un dicho que rezaba: «Semana Santa en León, Corpus en Guatemala». De la catedral salían muchas procesiones: la del Domingo de Ramos, sonora de campanas y de palmas; la del Santo Entierro, acompañada por las matracas, instrumentos de madera que producían un ruido seco y desapacible; la del Viernes Santo, fúnebre y sagrada, cuando todo el mundo vestía de luto por la muerte del Señor; y la del Silencio, a la media noche, que sólo interrumpían, de vez en cuando, unos melancólicos sones de trompa.

De nuestra iglesia, el antiguo convento de San Francisco, salía una de las procesiones más llamativas, la de San Benito. Alrededor del negro ídolo se congregaban penitentes que se flagelaban las espaldas, como los del famoso cuadro de Goya, y entre los acompañantes iban muchos hombres vestidos con enaguas blancas que llevaban cirios de cera negra.

Había en aquellas fiestas, indudablemente, fervor religioso; mas también no pocos elementos paganos. Las reuniones en templos y calles eran propicias a los amoríos; las vigilias hacían que en las casas se preparasen platos especiales de la cocina criolla, en los que entraban como base sabrosos mariscos y otras delicias culinarias; y en la iglesia, en nombre del santo negro Benito, se regalaban tinajas y más tinajas de chicha de piña y de maíz.

¡Qué procesiones aquéllas! Las calles se adornaban con arcos de ramas verdes, palmas de cocotero, matas de plátanos o bananas, disecadas aves de colores y papel de China picado con mucha labor. Sobre el suelo se dibujaban alfombras coloreadas, embellecidas con trigo reventado, con hojas, con profusión de flores exóticas. ¡Por algo vivíamos en un país de clima tropical, rodeados de la vegetación más esplendorosa! Del centro de uno de los arcos, en la esquina de mi casa, pendía una granada dorada. Cuando pasaba la procesión del Señor del Triunfo, el Domingo de Ramos, la granada se abría y caía en vez de semillas rojas... ¡una lluvia de versos! Y yo, el poeta-niño, era el autor de ellos.

* * *

Mi tía Rita —la adinerada de la familia, hermana de mi padre Manuel García— estaba casada con Pedro Alvarado, cónsul de Costa Rica. Ellos tenían en su casa dos bufones, madre e hijo, enanos, arrugados, feos, velazqueños. Eran iguales completamente en tamaño y fealdad, y me inspiraban miedo e inquietud. Hacían retratos de cera, monicacos deformes, y el hijo, a quien llamábamos el capitán Vílchez, que decía ser también sacerdote, pronunciaba unos tremendos sermones. Yo los escuchaba con gran malestar, pues me parecían cosas de brujos.

Los domingos mis tíos organizaban a veces bailes de niños, y aunque mi primo Pedro —rey de aquella casa— tocaba muy bien el piano, yo, con mi pobreza y todo, solía ganarme las mejores sonrisas de las muchachas gracias a la innata facilidad con la cual improvisaba versos.

A veces mis tíos nos llevaban al campo, a visitar una de sus propiedades. Íbamos en pesadas carretas, tiradas por bueyes. Cantábamos durante el viaje y nos bañábamos en el río de la hacienda, todos, muchachos y muchachas, cubiertos con toscos camisones.

Otras veces eran las excursiones a la orilla del mar, en la costa de Poneloya, allí donde se erguía la fabulosa peña del Tigre. Creo haberlo contado, así como algo de lo anterior, en la breve y muy incompleta autobiografía que dicté cuatro años antes de morir. Los hombres iban a caballo y nosotros en las mismas carretas de ruedas rechinantes. Al cruzar un río, en pleno bosque, hacíamos un alto, se encendía fuego, se sacaban los pollos asados, los huevos duros, el aguardiente de caña y la bebida nacional de Nicaragua, el «tiste», hecho de harina de maíz tostado, cacao, achiote y azúcar. Allí pasábamos algunos días bajo unos cobertizos hechos con hojas, juncos y cañas verdes que nos protegían de los rayos del tórrido sol. Iban las mujeres por un lado, los hombres por el otro, a bañarse en el mar, y era corriente ver de súbito, por un recodo, el espectáculo de numerosas Venus Anadiómenas retozando en las ondas. Las familias se juntaban por las noches y se pasaba el tiempo bajo aquellos cielos profundos, llenos de estrellas prodigiosas, jugando a juegos de prendas, corriendo tras los cangrejos, o persiguiendo a grandes tortugas cuyos huevos se extraían de los nidos que dejaban en la arena.

Después de la escuela primaria pasé a estudiar, por influencia de mi tía Rita, con los Padres Jesuitas, que habían llegado a Nicaragua en 1872 después de ser expulsados de Guatemala.

En honor a la verdad debo decir que los jesuitas contribuyeron no poco a la difusión del amor a las humanidades entre la juventud nicaragüense de entonces. Gracias a ellos conocíamos por lo menos algunos de los clásicos españoles y cogíamos al pasar alguna que otra espiga de latín y aun de griego. Pero nunca aprendí con ellos nada de matématicas. Para las matemáticas yo era, y siempre sería, un negado, un burro.

A mí los jesuitas me halagaron y les guardo afecto. Entré en lo que se llamaba la Congregación de Jesús, usando en las ceremonias la cinta azul y la medalla de los congregantes. Pero jamás me sugestionaron para ingresar en la Compañía, viendo, me imagino, que no tenía vocación para ello. Había entre ellos hombres eminentes, un padre Köning, austriaco, que alcanzó cierta fama como astrónomo; un padre Arubla, bello e insinuante orador; un padre Valenzuela, célebre en Colombia como poeta; y otros cuantos.

Los jesuitas estimularon mi amor a la literatura y supieron apreciar mi don poético. Les complacía, naturalmente, tener entre sus alumnos a un joven cuyos versos empezaban a circular en los periódicos. El primero había sido «Una lágrima», que se dio a conocer cuando yo tenía trece años en *El Termómetro*, semanario de la pequeña ciudad de Rivas. En él procuré consolar a un amigo por la muerte de su padre. Después de meditar sobre lo transitorio de la vida, y las satisfacciones que nos esperaban en el Cielo, terminé:

¡No llores, amigo, no,
que goza en el infinito
el generoso proscrito
que la existencia te dio!

Ver en letras de molde «Una lágrima» fue, de verdad, un gran estímulo para la libertad de mi espíritu y de mi personalidad. Yo siempre trataría de no olvidar los favores concedidos. Y nunca dejé de recordar que aquella primera salida literaria mía en Rivas se debía a la fe que había despositado en mí el director de *El Termómetro*, José Dolores Gámez.

Muy poco tiempo después empezaron a publicarse poemas míos en los periódicos de León.

Por aquel entonces hubo un grave escándalo en nuestra ciudad. Los jesuitas solían colocar en el altar mayor de su iglesia, en la fiesta de san Luis Gonzaga, un buzón en el cual podían echar sus cartas todos los que quisieran pedir algo o tener correspondencia con san Luis y con la Virgen Santísima. Luego los jesuitas sacaban las cartas y las quemaban delante del público. Pero ahora resultaba que las leían primero, lo cual les convertía en dueños de muchos secretos íntimos, aumentando así su control de las almas. Así las cosas el Gobierno decretó su expulsión, no sin que antes hubiese yo asistido con ellos a los ejercicios de san Ignacio de Loyola, ejercicios que me encantaban y que por mí hubiera prolongado indefinidamente por las sabrosas vituallas y el exquisito chocolate con que nos regalaban los reverendos.

Unos meses antes de la expulsión de los jesuitas tuvo lugar un tremendo debate entre ellos y un grupo de librepensadores capitaneados por un personaje extraordinario, José Leonard, director del Instituto de León.

José Leonard y Bertholet era un joven patriota polaco que, después de la guerra con Rusia, pasó a Alemania y luego a Francia. Más tarde, bajo el reinado de Amadeo de Saboya, apareció en Madrid. Poseía en grado sumo el don de los idiomas, y en poco tiempo adquirió un castellano magnífico. Llegó a ser amigo de muchos intelectuales y políticos españoles de la época, y dio conferencias en la Institución Libre de Enseñanza, compartiendo con los maestros de aquella ilustre y combativa escuela laica, fundada en 1876, una gran simpatía por las ideas de Karl Christian Friedrich Krause, filósofo alemán de muy poca autoridad en su país de origen, pero que en España causó una verdadera revolución en las ideas. Leonard, como Francisco Giner de los Ríos, fundador de la Institución Libre, creía, tal vez ingenuamente, en el inacabable perfeccionamiento humano. Y a todos sus discípulos les comunicaba su fe y su fuego.

El Gobierno había dispuesto, en 1881, contratar a profesores españoles para dirigir la enseñanza en los dos institutos principales del país; el de Occidente, en León, y, en Granada, el de Oriente.

Fue contratado para ocupar el puesto de Granada el padre Sáenz Llaria; y para el de León, el montañés Augusto González de Linares, un verdadero sabio que después prestaría grandes servicios científicos a su patria. Al no poder salir éste de España, fue elegido en su lugar José Leonard. Los que le nombraron ignoraban seguramente sus ideas, su laicismo y su pasión reformadora. Si no fuera así jamás le habrían contratado. La llegada del brillante polaco entusiasmó a la juventud leonesa. Las ideas conservadoras imperaban en todas las clases sociales nicaragüenses, y la Iglesia y el Estado miraban con los mismos anteojos. Pero ya habían ido filtrándose en la nueva generación ideas de progreso, y un deseo de horizontes más amplios enardecía en aquellos momentos a todos nosotros, los estudiantes, muchos de los cuales habíamos recibido nuestra primera instrucción de los jesuitas. Es decir, la aparición de José Leonard no podía ser más oportuna.

Yo acababa de ingresar en el instituto y estuve presente cuando Leonard pronunció su primera homilía, el día de la inauguración del curso escolar. Fue inolvidable. Aquella figura pequeña, pero noble y severa, tenía como nadie el don de la palabra. A medida que hablaba, un gran rumor, como vuelos de águilas invisibles, o como de tempestad que se aproxima, iba invadiendo el recinto, lleno a rebosar de ansiosa muchedumbre. El rostro del orador parecía emitir una extraña irradiación. Probablemente —dijo un cronista— era así la luz que envolvía a las pitonisas de Delfos en el momento de decir sus oráculos. Aquella tarde el maestro expuso un plan de enseñanza revolucionario. Habló de Kant, de Hegel, de los positivistas, de la necesidad de una educación laica desligada de toda influencia eclesiástica, de la libertad de cultos, del matrimonio civil, de la secularización de los cementerios... Habló como lo que era: un santo laico, embajador en Nicaragua de la madrileña Institución Libre de Enseñanza.

Aquel auditorio era una mezcla de hombres de buena fe, de estudiantes y de curas retrógrados. Mientras los hombres de buena fe y la juventud loca de entusiasmo aplaudíamos al tribuno que dejaba entrever los albores de un nuevo día, los clérigos y sus valedores, oliendo el azufre, se callaban, lívidos. Al poco tiempo se sublevarían airados contra el adversario y, tildándole de hereje pestilente y demagogo pernicioso, lograrían que se le echara de su puesto.

Impertérrito, el heroico Leonard siguió con su misión en América Central, nuestra sempiternamente dividida América Central, predicando su mensaje de esperanza a lo largo y a lo ancho de aquellas cinco repúblicas tan necesitadas de cultura y de nuevos aires. Puede decirse que dos generaciones de centroamericanos le debieron luces y conocimientos.

La personalidad de Leonard influyó tanto en mí que, casi de la noche a la mañana, me convertí en librepensador y empecé a maldecir a la Compañía de Jesús. Escribí entonces unos versos en los que definía al jesuita como «el que da al pueblo acíbar / envuelto en sabroso almíbar» y «Belcebú que del Averno salió». Terminaba la poco feliz composición:

Ódieme el que quiera a mí;
pero nunca tendrá vida
la sotana carcomida
de estos endriagos aquí.

Hasta le dediqué al Papa, por las mismas fechas, un tremebundo soneto que decía:

No vayas al altar, Santo Tirano,
que profanas de Dios la eterna idea;
aún la sangre caliente roja humea
en tu estola, en tu cáliz, en tu mano;

la sacra luz del pensamiento humano
ahora ante tu frente centellea:
proclamas tu poder ¡maldito sea!
pues es tu bendición augurio insano.

La Basílica cruje en conmociones
y se enciende la luz de los ciriales;
tú cantas los oremus *y oraciones*
y te besan el pie los cardenales.
¡Oh! no ensucies al Cristo entre tu cieno,
no escupáis en el rostro al Nazareno!

¡No estaba mal para un niño de catorce años! Con el paso del tiempo volvería a tener una opinión más caritativa de los jesuitas. Sobre todo, tal vez, les debía mi amor al latín, maravillosa lengua materna nuestra que lamentaría después no haber podido estudiar en profundidad.

* * *

Por esta misma época —primeros poemas publicados, luchas entre católicos y librepensadores— se despertó por completo mi adolescencia. Mi voz cambió. Leí *Pablo y Virginia*, la famosa novela sentimental de Bernardin de Saint Pierre, y me di cuenta de que, en vez de pensar en las malditas matemáticas, pensaba en mi prima Isabel Swan Darío.

Isabel vivía con nosotros —me olvidé de mencionarlo antes— y se había criado a mi lado. Su primer apellido significaba «cisne» en inglés —de hecho tenía sangre anglosajona en las venas—, y era rubia como una alemana, guapa y un poco mayor que yo. Mi tía abuela Bernarda la amaba tanto como a mí, nos hacía vernos como hermanos y nos vigilaba cuidadosamente para que no riñésemos. Y así fuimos creciendo juntos, sin apenas separarnos nunca.

Al volver ahora a casa para las vacaciones, después de una etapa de internado, ¡qué cambiada encontré a mi prima Isabel! Ya tenía quince años y se había hecho una mujer completa. Su cabellera dorada y luminosa era un tesoro. Blanca y levemente amapolada, su cara era una creación digna de Murillo. A veces, contemplando su perfil, me parecía que tenía el rostro de una princesa. El traje, corto antes, era ahora más largo. El seno, firme y esponjado, un ensueño oculto y supremo. Tenía una voz clara y vibrante, ojos azules inefables y una boca roja llena de fragancia y de vida. Delante de esta nueva Isabel me ponía tímido, me ruborizaba y hablaba como avergonzado. Cuando me dirigía la palabra le sonreía con una sonrisa simple, de tonto de aldea, y era incapaz de decirle una palabra.

Mi dormitorio estaba al lado del de mi tía y ella. Cuando cantaban los campanarios de San Francisco su sonora llamada matinal, ya estaba yo despierto, esperando, esperando, con el oído atento y la sangre hirviéndome en las venas.

Por la puerta entreabierta veía salir a la pareja, y cerca de mí pasaba el frufrú de las polleras antiguas de mi tía y del traje de Isabel.

¡Oh Eros! ¡Oh Pan! Mi cuerpo de púber tenía sed de amor.

Una noche, a la luz de la luna, logré decirle a Isabel, suplicante, balbuciente, febril, todo lo que sentía. Sí, se lo dije todo: las agitaciones sordas y extrañas que experimentaba cerca de ella; el ansia, los tristes insomnios, el pensamiento fijo en ella en mis meditaciones del colegio. Y repetía como una oración sagrada la gran palabra: amor.

Esperé su respuesta.

La pálida claridad de la luna nos iluminaba. Cantaba un pájaro entre las ramas de mi querido jícaro, el de mis lecturas. El ambiente estaba impregnado de aromas tibios e insinuantes, aromas que me parecían propicios.

De repente me dijo, con un mohín:

—¡Vaya! ¡Qué tontería!

Y se fue corriendo a contárselo todo a mi tía.

Yo desde lejos lloraba lágrimas amargas, las primeras lágrimas de mis desengaños de hombre. Me sentía avergonzado. Otro día mi prima estaba en el jardín cuidando sus palomas. Llevaba un traje gris, azulado, de anchas mangas, que dejaban ver casi por entero los brazos alabastrinos. No puedo olvidar la escena. Los cabellos los tenía recogidos y húmedos, y el vello alborotado de su nuca blanca y rosa —nuca digna del divino Watteau— era para mí como luz crespa.

Hacía calor. Yo estaba oculto tras los ramajes de unos jazmines, hecho un fauno. La devoraba con los ojos. Se acercó a mi escondite, me descubrió y me vio trémulo, enrojecida la faz, con una llama viva, rara y acariciante en los ojos. ¡Y se puso a reír cruel, terriblemente! Me lancé con rapidez frente a ella.

—¡Te amo! ¡Te amo! —le grité.

Audaz, formidable debió de ser mi ademán cuando Isabel retrocedió, como asustada, un paso.

Luego volvió a reír. Una paloma voló a uno de sus brazos. Ella la mimó dándole granos de trigo entre las perlas de su boca fresca y sensual. Me acerqué más. Mi rostro estaba junto al suyo. Las cándidas aves de Venus nos rodeaban. Me turbaba el cerebro una onda invisible y fuerte de aroma femenil. No dije más. Le tomé la cabeza y le di un beso en una mejilla, un beso rápido, quemante, furioso. Ella salió huyendo. Las palomas se asustaron y alzaron el vuelo. Yo, abrumado, me quedé inmóvil.

Evoqué aquel episodio amoroso, más o menos con las palabras que acabo de utilizar, me parece, en un cuento, «Palomas blancas y garzas morenas», luego incluido en *Azul...*, el libro que me lanzó a la fama. Allí mi prima, la «paloma blanca», figura como Inés. Creo recordar que también aludí a ella en algún otro escrito. Años después, madre y tal vez hasta abuela, me increpó:

—¿Por qué has dado a entender que llegamos a cosas de amor, si eso no es verdad?

—¡Ay! —le contesté—, ¡es cierto! Eso no es verdad. ¡Cuánto lo siento! ¿No hubiera sido mejor que fuera verdad y que ambos nos hubiéramos encontrado en la más apasionada de las adolescencias y en las primaveras del más encendido de los trópicos?

¡La primavera! Siempre fue mi estación preferida, la que más me enardecía, y creo que ningún poeta la cantó con tanto fervor como yo, por lo menos en idioma español. En León la primavera es esplendorosa, si bien muy efímera, con una vegetación tan bella, tan abigarrada y tan olorosa que produce una sensación de intensa laxitud. ¿Cómo olvidarla? Yo no puedo. Aquel efluvio penetraba en nosotos por todos los poros, infundiéndonos su desenfrenada furia de vida. Había que salir al campo, había que cantar y gritar y bailar. Había que amar. Todo se reducía a una sola palabra: voluptuosidad.

La sagrada selva de mis poemas eróticos, saturada de la brillante luz del padre Sol, es, en primer lugar, la de Nicaragua, país de lagos y florestas tropicales, donde el guayacán y el hicaco extienden sus copas y se entrelazan los ceibos. Luego yo le iría añadiendo elementos griegos sacados de mis apasionadas lecturas de mitología y de los poetas franceses.

¿Había en mis venas alguna gota de sangre de África, o de indio chorotega o nagrandano? Estoy convencido de ello. Hijo de tres razas solares —la española, la negra y la india—, yo era un alma vegetal y milenaria. Por algo el gran Miguel de Unamuno, con quien tendría algún pequeño roce, gustaba de decir que «a Rubén se le ven debajo del sombrero las plumas del indio».

Adorador casi místico de la Naturaleza, a los trece años me publicaron una oda donde exteriorizaba el asombro que me provocaban el paisaje y el cielo de mi caliente tierra natal. Las rimas eran bastante pobres:

Ya se acerca la tarde,
y en los espacios arde
la lámpara esplendente
del astro refulgente
que da existencia a las pintadas flores,
y su aroma y colores.
Ved cómo pasa la paloma errante
llorando triste por su amor perdido,
y buscando su nido
en alas de la brisa murmurante...

Inspirado por el mensaje progresista y enardecido del maestro José Leonard y simpatizante de los que luchaban por la Unión Centroamericana, escribía versos día y noche sin poder decidir si mi verdadero estro era el patriótico o el de poeta de la Naturaleza. Un día enfaticé:

No es vate el que no se inflama
en la patriótica llama.

Y es que, en aquel ambiente, donde se sobrevaloraban tales combustiones líricas, era difícil no sucumbir a la tentación de ser poeta de grandes gestos retóricos. Caí en ella demasiadas veces, a sabiendas de que mis efusiones encontrarían fácil cabida en las páginas de la prensa y que recibirían el debido aprecio del público lector.

No terminé el bachillerato, no quise terminarlo, pues ya sabía que mi única vocación era la poética. Tampoco quería iniciar una carrera universitaria. Pero ¿cómo subsistir? Empecé a colaborar asiduamente en un diario de León, *La Verdad*, y así, sin saberlo, inicié una carrera de periodista que iba a resultar vitalicia.

* * *

Fue por entonces, perdida toda esperanza de conquistar a mi prima Isabel, la «paloma blanca», cuando surgió ante mi mirada atónita el cuerpo de Hortensia Buislay, que nunca he podido olvidar.

La revelación tuvo lugar en la no lejana ciudad de Granada, conocida como la Sultana del Gran Lago o la Pupila del Volcán Mombacho. Hortensia era una muchacha yanqui de quince años que daba saltos prodigiosos en el circo ambulante de sus padres que un buen día llegó a aquella ciudad tan conservadora. ¿Qué hacía yo entonces allí? No lo recuerdo. El caso es que fue Hortensia quien mostró por primera vez a mis ojos asombrados el divino misterio de los muslos femeninos, redondos y pulsantes de vida bajo el rosa de la malla, e hizo danzar de gozo el sátiro que habitaba los frondosos bosquecillos de mi alma. Nunca había sentido una llamada erótica igual a la que despertó en mis sentidos y en mi imaginación aquella errante hada del salto que, por otro lado, cantaba muy bien.

Como no siempre conseguía lo necesario para entrar en el circo, me hice amigo de los músicos para poder colarme. Mi gloria mayor fue conocer al payaso, a quien hice repetidos ruegos para ser admitido en la farándula. ¡Quería huir al lado de la rubia Hortensia, que además hablaba perfectamente el español! Pero mi inutilidad fue reconocida. Así pues, tuve que resignarme a ver partir a la tentadora, que me había presentado la más hermosa visión de inocente voluptuosidad recibida en mis tiempos de fogosa primavera. Desolado, le dediqué una décima. Se titulaba «Al vuelo de Hortensia»:

Pues yo estaba enamorado
de una chica cantadora,
tan hermosa como Flora
y hermana del Niño Alado,
de su mirar hechizado
y su voz que es dulce son,
una ferviente pasión
inspiró en el alma mía;
pero ahora, en este día,
huyó de mí la ilusión.

Poco tiempo después, invitado por unos políticos liberales, me trasladé a Managua, donde me dieron un puesto en la Biblioteca Nacional.

Situada entre sierras fértiles en el borde sur del lago Xolotlán y dominada por el verde cono del Momotombo —el volcán nicaragüense tal vez más famoso, el que destruyera el antiguo León—, Managua había sido elegida capital de Nicaragua para evitar los tremendos celos que existían entre León y Granada. Era una ciudad linda con una vida intelectual y social bastante animada.

La Biblioteca Nacional fue mi universidad. Allí, orientado por el director, Antonio Aragón —hombre simpático, especialista en letras antiguas—, pasé meses devorando a los clásicos españoles (complementando así mis lecturas con los jesuitas), además de obras claves de otras literaturas, sobre todo de la francesa.

Entre los libros que leí entonces, guiado por Aragón, había una magnífica edición de la *Divina comedia* ilustrada por Gustave Doré. Los grabados me afectaron hondamente, sobre todo los del *Infierno*. ¡Qué visión más espantosa de las penalidades que le esperaban al pecador en el otro mundo! ¡Qué sufrimientos más espeluznantes! ¡Qué soledad más brutal la de las almas eternamente condenadas! ¡Y qué Dios tan cruel el de los judíos, es decir el nuestro, capaz de diseñar castigos inimaginables para los que no se rendían ante Él! No me consolaba pensar que Dante expresaba terrores medievales ya superados. El entorno de mi casa de León, así como la enseñanza recibida de los jesuitas, me habían convencido, en las profundidades de mi ser, de que el Infierno existía realmente. Y por muy agnóstico y hasta descreído que yo hubiera querido ser, el miedo seguía tenaz.

Aconsejado por Aragón, leí algunos cantos del magno poema en el italiano original. Me conmovió sobre todo la trágica historia de los amantes Paolo y Francesca, cuya ilícita pasión nace cuando, mientras leen juntos, «sin sospecha alguna», una romanza del ciclo artúrico, tropiezan con la descripción del beso dado a Lanzarote por la reina Ginebra, y Paolo, impulsivamente, imprime sus labios sobre los de Francesca, iniciando así su mutua perdición. Me pareció sublime no sólo la historia de los amantes sino la manera, tan tierna, con la cual la cuenta el narrador, quien nos asegura que, al oírla de labios de Francesca, cayera desmayado «como cae un cuerpo muerto».

En Managua me volví a enamorar, quién sabe si no bajo la influencia del famoso episodio de la *Divina comedia*. La nueva predilecta era una adolescente de cuerpo flexible y delicadamente voluptuoso, de ojos verdes, cabello castaño y tez levemente acanelada, con esa suave palidez que tienen las mujeres de Oriente y de los trópicos. Era alegre, risueña, llena de frescura y deliciosamente parlera. Y, como Hortensia Buislay, cantaba divinamente. Se llamaba Rosario Emelina Murillo.

Yo, el «poeta-niño» —no ya tan niño— iba a comer algunas veces a casa de la madre de Rosario, acompañado de escritores y hombres públicos. Se hablaba de letras, de arte, de impresiones varias. Pero, naturalmente, yo me pasaba las horas mirando los ojos de la exquisita muchacha. Mi fatal timidez —porque yo era congénitamente tímido— hizo que no fuese al comienzo completamente explícito con ella. Pasaban deliciosas escenas en que un roce de mano era la mayor de las conquistas. Todo se iba en ver las garzas del lago, los pájaros de las islas, las nocturnas constelaciones, en contemplar el maravilloso Momotombo; en medias palabras, profundas miradas y deseos contenidos.

El primer beso llegó a su tiempo. Luego llegaron los besos. Recordé a Paolo y Francesca y me preguntaba si Rosario y yo también seríamos condenados al fuego eterno.

—Tienes manos de marqués —me dijo un día, acariciándomelas y suspirando.

Yo estaba orgulloso de aquellas manos —su blancura, sus largos dedos, sus relucientes uñas— y las cuidaba esmeradamente. Eran de verdad muy bellas. Otras muchachas las habían alabado. Pero jamás se me había ocurrido que fuesen de marqués. Entonces me di cuenta de que Rosario tenía razón. ¡Mis manos, efectivamente, eran dignas de un aristócrata! No cabía en mí de contento.

También le gustaban a Rosario mis labios, mi pelo de azabache, mi piel lisa, mis ojos oscuros.

—Mi hijito, mi muchachito lindo —repetía, mimosa—, ¿quién tiene labios tan rojos como los tuyos? ¡Nadie! ¡Son como fresas! ¿Y quién posee ojitos tan adorables, tan magnéticos y soñadores? ¿Y pelo tan negro? ¡Sólo mi poeta!

Enardecido, yo quería que nos casáramos enseguida, pero mis amigos, muertos de risa, me dijeron que ¡cómo me iba a casar con sólo catorce años! Viendo que no me arredraba ante las leyes humanas y divinas y que era capaz de cometer una locura, los mismos compañeros me juntaron unos cuantos pesos, me arreglaron un baúl y me llevaron a mi querido puerto de Corinto, donde me metieron a bordo de un vapor que me llevó a la vecina república salvadoreña.

Corría el mes de agosto de 1882 y había empezado mi vida de eterno peregrino del arte.

* * *

Nada más llegar a El Salvador puse un telegrama al presidente, el doctor Rafael Zaldívar, hombre culto, hábil, tiránico para unos, bienhechor para otros. Y contestó afable y me dio una cita. Estuvo gentilísimo conmigo, me habló con entusiasmo de mis versos y, cuando me preguntó que qué era lo que yo deseaba en la vida, le contesté con palabras que le hicieron sonreír pero que eran muy sinceras:

—¡Quiero tener una buena posición social!

Zaldívar soltó una carcajada estrepitosa y me dijo que me ayudaría en tal empeño.

Unas horas después el presidente me mandó al hotel —yo me había instalado en el mejor— quinientos pesos plata. No me lo podía creer. ¡Era una fortuna! Invité a los poetas jóvenes y nos pusimos morados de comer y de beber. Aquella noche, bastante ebrio, cometí la torpeza de llamar, envalentonado, a la puerta de una bella diva que vivía en el mismo hotel, y que recibía altos favores. Pagué enseguida mi indiscreción. Esfumados los quinientos pesos, fui encerrado por orden presidencial en un colegio, donde durante largos meses me obligaron a dar clases de gramática. Recuerdo que ejercí de hipnotizador entre los muchachos (uno de ellos se durmió tan profundamente que me costó trabajo despertarle) y que enseñé a recitar versos a todos los alumnos. Finalmente, por otra orden presidencial, me dejaron en libertad.

Pasé un año en El Salvador donde, gracias a mi precocidad poética y mi destreza en improvisar versos de circunstancias aptos para cualquier acto festivo o público, llegué a ser considerado como un auténtico monstruo de la Naturaleza. Gustó enormemente, sobre todo, una oda a Simón Bolívar, encargada por el Gobierno y reproducida en todos los periódicos del país. Compuesta en altisonantes liras, tenía estrofas como ésta:

¡Bolívar! Alto nombre
que de justo entusiasmo el pecho inflama;
fue semidiós, no hombre:
ante el tiempo lo aclama
la sonora trompeta de la Fama.

La consecuencia más importante de aquella estancia en El Salvador fue, sin lugar a dudas, mi incursión en el mundo del arte verbal francés, y ello gracias a un joven y plausible poeta de dicha república, Francisco Gavidia.

Gavidia había estado en Francia, hablaba bien el idioma y era un férvido admirador de Victor Hugo. Le había hechizado París, no sólo por ser la incontestable Meca del Arte sino por albergar a las mujeres más bellas, más divertidas, más libres y más picantes del mundo. Traía muchas anécdotas de su visita, que yo, que llevaba años soñando con París, escuchaba embobado. Destaca en mi recuerdo una de ellas. Un día, según me contó Gavidia, iba leyendo un diario mientras cruzaba por un puente del Sena. De repente se paró, al tropezar con la noticia de la ejecución de un inocente. ¡Un inocente ajusticiado! ¡No había derecho! ¡Era atroz! En aquel instante tuvo una alucinación y creyó oír una voz que le gritaba: «¡Es necesario que alguien se sacrifique para lavar esta injusticia!». Sin pensarlo dos veces, tras tirar el periódico, se lanzó al río. Felizmente alguien le vio y pudo ser salvado de aquellas aguas tan gratas a los suicidas. Así de fantasioso era mi hipersensible amigo francófilo.

Gavidia admiraba profundamente a Victor Hugo, lo acabo de decir. Yo, que hasta entonces sólo conocía al famosísimo poeta francés de nombre, empecé a explorar al lado de mi amigo la inmensa selva de la obra huguesca, a contemplar por vez primera su océano divino, en donde todo se contiene. Desde joven había sentido fervor por la suave y sutil lengua gala y estaba seguro de tener para ella una innata sensibilidad. ¡Si hasta soñaba con escribir en francés! Ahora, bajo el embrujo de Hugo, el idioma se me fue adentrando irresistiblemente. Precisión para eruditos: Gavidia y yo leíamos al Genio en la edición de Hetzel-Quantin, cuya publicación había empezado en 1880. Leerle traducido habría sido, por supuesto, una profanación.

Como si de una sagrada llama se tratara, Gavidia me había transmitido su pasión por el Poeta, y no tardé en ser tan hugólatra como él. Leí las *Odes et ballades* de un tirón; luego, fascinado, *Les orientales*. *Hernani* fue una de las grandes revelaciones de mi vida. Después me interné por la inmensa epopeya de *La légende des siècles*. Me pareció colosal, sobrehumana. Me impresionó tanto la sección «Les quatre jours d'Elciis», sobre todo la diatriba que lanza Elciis contra la codicia de la Iglesia, que me sentí impelido a verterla al castellano. Creo que no salí malparado del intento:

Otra úlcera hay aquí, ¡por vida mía!,
que infunde asco mostrar: la clerecía.
Ya que las desventuras
públicas os enseño;
ya que nuestras afrentas y amarguras
de mostraros soy dueño,
os diré que es afrenta que los curas
nuestros derechos borren con su empeño,
y que la Iglesia tanto haya logrado
extender su reinado...

Después de un año en El Salvador perdí el apoyo gubernamental, por desavenencias que apenas recuerdo, y decidí volver a Nicaragua. Poco antes, debido a un tremendo ataque de viruela, acaecido en momentos en que, tras meses de excesos bohemios, mi cuerpo no pudo ofrecer la adecuada resistencia al virus, había casi pasado a mejor vida. En los diarios de Nicaragua me dieron por muerto, conmocionando a mi familia y mis amigos. La noticia decía más o menos así: «A las musas centroamericanas damos nuestra expresión de dolor por la pérdida sufrida con la muerte del "niño-poeta" Rubén Darío, natural de León, acaecida en El Salvador, a causa de penosísima enfermedad». Tardé bastante en reponerme. Luego me embarqué para casa.

* * *

Heme, pues, de vuelta a Nicaragua. Corre el mes de septiembre de 1883. Estoy imbuido de Hugo e inmerso en la lectura y relectura de las obras del Genio. He descubierto que, entre sus otros dones y aptitudes, Hugo es magnífico periodista. ¿No gano yo mi pan diario en las redacciones? Pues allí también voy a tratar de emular a mi héroe. Luego, ¿cómo sentirme indiferente ante el hecho de que, en «Les raisons de Momotombo», de *La légende des siècles*, Hugo hubiera elogiado nuestro imponente volcán nicaragüense, el único no bautizado por los Reyes Católicos?

Tal hecho se debía a que ninguno de los sacerdotes enviados con dicha finalidad al cráter del gigante había vuelto. Me parecía maravilloso que Hugo se hubiera enterado de aquella circunstancia, y aún mejor las razones por tal negativa puestas por él en «boca» del volcán tragacuras: el brutal comportamiento de la Inquisición española con los indios. ¡Cuántas veces recité aquellos versos sobre las olas del lago de Managua, frente al titán, en verdad «calvo y desnudo» como dice Hugo, y apenas coronado de cuando en cuando por el flotante penacho de su humareda! Aquellos versos me enfervorizaban. Los releía y releía hasta saberlos de memoria:

O vieux Momotombo, colosse chauve et nu,
Qui songes près des mers, et fais de ton cratère
Une tiare d'ombre et de flamme à la terre,
Pourquoi, lorsqu'à ton seuil terrible nous frappons,
Ne veux-tu pas du Dieu qu'on t'apporte?

Ante el ceño fruncido del coloso Hugo temblaban los dictadores, los opresores, los tiranos de toda laya. Luchó contra la pena de muerte. Pidió la vida de pobres nihilistas al zar blanco de Rusia, y la del rubio Maximiliano al presidente indio de México. Para su anatema no había distancias ni diferencias. Era, para el siglo XIX, la misma Libertad hecha carne y hueso. En un poema de esta época que le dediqué en un arranque de entusiasmo, canté:

Libertad, Libertad, cuando te nombro
siento en mi pecho una emoción profunda:
todo mi ser se inunda
de divina poesía,
y palpita de gozo el alma mía...

Pero Hugo no era sólo la poesía sideral, océanica. También tenía el registro amoroso y dionisíaco, el «¡Evohé!» del canto báquico, nunca despreciado por los grandes poetas desde los tiempos de los griegos. Con ello hablaba a mi condición de joven apasionado de la Mujer. Recuerdo mi primera lectura del poema «L'Amour», perteneciente a *La légende des siècles.* «Amour» no sonaba en mis oídos como la palabra nuestra «amor». Me parecía más sutil, más embelesadora. En «L'Amour» el poeta invita a su amante, «la Venus nueva», a acompañarle a Grecia, donde con su belleza lutecina «completará Atenas con París». El poema me pareció genial. Un día, pensé, viajaré yo también a Grecia acompañado de una espléndida parisiense. Por desgracia no lo iba a conseguir. ¡Nunca llegaría a aquella sagrada tierra, ni solo ni del brazo de nadie!

En cuanto a la rebelión de Hugo contra la tiranía del frío clasicismo francés, hice mía la elocuente protesta del poeta en el prefacio de *Cromwell*, breviario del movimiento romántico. Nunca he podido olvidar aquellas palabras:

> Digamoslo con valentía. El momento ha llegado, y sería extraño que en nuestra época, la libertad, como la luz, penetrara por doquier menos en lo que hay de más nativamente libre en el mundo: las cosas del pensamiento. Apliquemos el martillo a las teorías, a las poéticas y a los sistemas. Echemos abajo las viejas yeserías que recubren la fachada del arte. No hay ni reglas ni modelos. Mejor, no hay más reglas que las leyes generales de la Naturaleza que operan sobre el arte en general, y las leyes específicas que, para cada obra, emanan de las características inherentes a ésta.

Estaba claro: para ser artista auténtico sólo había que seguir la luz de la intuición, ser fiel a uno mismo, expresarse sinceramente. Si esto lo proclamaba el autor de *Hernani* y de *Notre Dame de Paris, Les misérables* y *La légende des siècles*, ¿qué podía decir en contra el joven nicaragüense Rubén Darío, convencido ya de su vocación poética y ebrio de ambición de gloria? Estimulado por Hugo, yo me sentía un Hernani, un auténtico romántico. Años más tarde diría: «¿Quién que És no es romántico?». Ser otra cosa, conociendo a Hugo, habría sido ruin, una cobardía.

La muerte del Maestro en 1885, cuando yo tenía dieciocho años, me afectó profundamente, y expresé mi sentir en una acongojada elegía. Compuesta en alejandrinos, naturalmente, como el caso requería. A partir de entonces me puse a leer y a releer aún con más ahínco las obras del Héroe, de modo que, cuando embarqué para el remoto Chile al año siguiente, Victor Hugo era para mí todo, absolutamente todo, en poesía.

¡Ah, mi partida para Chile! En Nicaragua había reanudado, fatalmente, mis amores con Rosario Murillo, y conocido luego la mayor desilusión de mi vida. El hecho es que, como cualquier hombre de estirpe latina, yo quería casarme con una virgen. Más deseoso que nunca de enlazarme formalmente con Rosario, me llegué a convencer de que había perdido su condición de inmaculada, y ello nada menos que en brazos de un amigo mío que ahora se moría.

Treinta años después escribí en mi autobiografía, desde tantos puntos de vista incompleta e insatisfactoria, que no recordaba haber sentido nunca celos tan purpúreos y trágicos como delante del hombre pálido que estaba yéndose de la vida y a quien mi amada daba a veces las medicinas. Nunca, dije, durante toda mi existencia, como no fuera en instantes de violencia o provocada ira, había deseado mal o daño a nadie. Pero en aquellos momentos casi habría deseado acercar mi oído para escuchar si sonaba al lado de la cabecera el ruido de la hoz de la muerte.

Mi certeza de que Rosario me había traicionado fue la causa de que abandonara otra vez Nicaragua. Primero pensé en partir hacia Estados Unidos, pero un amigo mío salvadoreño, Juan Cañas, me convenció de que el país que me convenía era Chile. Conseguí la representación allí de tres periódicos nicaragüenses y un día de junio de 1886 embarqué en Corinto rumbo a Valparaíso. Durante la travesía escribí un poema, «Ondas y nubes», en el cual expresé, más que optimismo ante la nueva vida que me esperaba, dolor al abandonar mi patria:

Allá lejos mi hogar; allá lejos,
tras el horizonte, ya oculto, perdido...
¡Ay! no sé qué sentía; un quemante
fuego en la cabeza, y en el alma frío.

Lo que sienten las aves viajeras
que dejan su bosque, su rama, su nido;
lo que sienten las almas, y luego
la boca no puede, no puede decirlo...

* * *

Cañas me había provisto de dos cartas de presentación: una para Eduardo MacClure, director de *La Época*, de Santiago, y otra para el periodista Eduardo Poirier. Ambos me atendieron con gran amabilidad. MacClure no sólo me dio empleo en su diario sino habitación en el edificio del mismo.

Chile disfrutaba entonces de prosperidad, y Santiago era una capital pujante, culta y aristocrática. Como dije en mi autobiografía, la ciudad quería aparecer vestida de democracia, pero en su guardarropa conservaba su traje heráldico y pomposo. Había condes y marqueses, desde el tiempo de la colonia, y la dama santiaguina, garbosa y blanca, tenía algo de princesa. Santiago gustaba de lo exótico, de lo elegante. En la novedad seguía la moda de París. Es decir, era muy europeo.

Todavía prácticamente desconocido en Chile, mi puesto de *La Época* me facilitó el contacto con el mundo intelectual del país y, sobre todo, con la elite joven de Santiago.

Tuve la suerte, la enorme suerte, de hacerme muy amigo de Pedro Balmaceda Toro, hijo del presidente de la República. Todavía adolescente, Pedro era soñador, afable y neurasténico. Tenía un grave problema de corazón, con palpitaciones espantosas y ataques mortales que le mantenían siempre en la antesala de la muerte. Vivía mártir, a decir verdad. Para cabalgar, beber leche fresca y llevar vida sana, pasaba largas temporadas en el campo. Otras veces iba a Viña del Mar, estación balnearia y de verano. Pero no mejoraba. En las crisis de su enfermedad sufría crueles insomnios, miedos nocturnos y ahogos que no le dejaban en paz. Entonces se sentía morir irremediablemente.

Pedro adoraba la literatura francesa, sobre todo la contemporánea. Padecía, como yo, la nostalgia de la capital francesa sin haberla conocido, y tenía en *La Época* una columna chispeante y fantasiosa titulada «Correspondencia de París», que firmaba con el seudónimo de A. de Gilbert. Eran tan convincentes aquellas cartas que la gente creía que se trataba de crónicas auténticas remitidas desde las orillas del Sena por un escritor francés.

Muchas veces visitaba a Pedro en sus dependencias del Palacio de la Moneda y allí hablábamos interminablemente de Francia y de su literatura. Mi amigo no probaba el vino pero tenía la teoría de que a cada libro había que leerlo con el alcohol apropiado: la novela *Mademoiselle de Maupin*, por ejemplo, de su amado Théophile Gautier, así como el «cuento oriental» *Namouna*, de Musset, había que saborearlos con ajenjo; a Edgar Allan Poe, con aguardiente; a Bécquer, con jerez; a Jean Richepin, con champaña; a Heinrich Heine, con... no estaba seguro. En cuanto a los versos míos, me decía que había que acompañarlos de un vino triste, melancólico, de esos que ruedan lentamente por los bordes de cristal de Bohemia, saturados de sangre roja y del perfume de las viñas.

Gracias a su privilegiada posición social y sus medios económicos, Pedro podía haberse dado a la buena vida. Pero, sin duda impelido por la convicción de que le quedaba poco tiempo, prefería estudiar, aprender, hacer algo útil. Así, leía vorazmente a Balzac, Dickens, Flaubert, Tolstoi y otros con la finalidad de llevar a buen puerto una tesis sobre la novela realista contemporánea. Cuando nos separábamos me escribía maravillosas cartas. A veces contenían descripciones inmejorables de paisajes y ambientes. Era un prosista de primera fila.

Fue debido a la insistencia de Pedro por lo que compuse mi rimbombante y pretencioso *Canto épico a las glorias de Chile*, que ganó el primer premio en un certamen santiaguino. Premio, además, en metálico.

—El dinero es la gran poesía de los pobres —me decía Pedro, riéndose.

No se equivocaba.

El poema ganador, que dediqué a su padre (haciendo alarde de que Chile era «mi segunda patria»), tenía estrofas horribles como ésta:

Arturo era el marino,
Arturo era el guerrero
humilde, que el destino
tornara digno de la voz de Homero.

No era el hercúleo y fuerte
adalid de alta talla
y músculos de acero;
antes, noble garzón a quien la muerte
en medio del fragor de la batalla
convirtiera en coloso.
La gloriosa bandera
con su estrella de luces soberanas
flota sobre el penol; el borrascoso
ponto cruza ligera,
y el tricolor de Chile va orgulloso
en la barca de Arturo, mar afuera.

Y así por el estilo.

Pedro y yo decidimos trasladarnos juntos, y cuanto antes, a nuestro París soñado, donde conoceríamos personalmente a los novelistas y poetas del momento. En una buhardilla del Quartier Latin escribiríamos libros en francés y, lo más importante, nos acompañarían unas encantadoras Mimís. Luego bajaríamos a España e Italia. Después haríamos un viaje al bello Oriente, a China, a Japón, a la India, a admirar las pagodas, los templos llenos de dragones y las pintorescas casitas de papel. Incluso, vestidos de seda, pasaríamos por bosques de desconocidas vegetaciones montados sobre un gran elefante. Serían meses inolvidables.

Por desgracia nunca podría hacerse realidad aquella quimera.

Bajo la benigna influencia de Pedro Balmaceda, yo, que llegué a Chile con melena desgreñada e indumentaria trasnochada, me convertí en muchacho correctamente vestido y hasta atildado.

Fue una época de bohemia y de desenfrenado entusiasmo literario. Aunque también hubo muchachas, en mi fuero interno yo seguía obsesionado con Rosario. Al año siguiente Pedro me editó, generosamente, un librito que titulé *Abrojos*. Aquella terrible desilusión amorosa estaba presente en cada página. Hasta llegué a mentar la muerte del rival:

¡Advierte si fue profundo
un amor tan desgraciado,
que tuve odio a un hombre honrado
y celos de un moribundo!

Abrojos era la expresión sincera y profunda de una desolación verdadera. Obsesionado con el fracaso de mis esperanzas amorosas, añorando mi país natal, sólo podía pensar en la cosecha de tristezas que había recogido en plena primavera de mi vida. Estaba tan desquiciado que hasta llegué a insinuar que mi amada se había convertido en prostituta, vendiéndose por dinero:

Cuando cantó la culebra,
cuando trinó el gavilán,
cuando gimieron las flores
y una estrella lanzó un ¡ay!;
cuando el diamante echó chispas
y brotó sangre el coral,
y fueron dos esterlinas
los ojos de Satanás,
entonces la pobre niña
perdió su virginidad.

¡Qué torpeza la mía! Un destierro voluntario por el solo hecho de haber tenido Rosario un pasajero desliz sexual con otro. Pero no podía liberarme de mis celos, de mi rabia, del convencimiento de que, abandonándola, había actuado correctamente.

Después me di cuenta de que había hecho mal al hundirme en aquel abismo de pesimismo y de desesperación, renegando de Dios y de la fe. ¡No por encontrar manchado lo que creemos puro nos está permitido dejar de tener confianza en la vida! Pero en aquellos momentos en que acababa de llegar a Chile, tenía la sensación de haber perdido todo, para siempre, y no podía evitar quejarme amargamente del destino. Por algo dijo Pedro Balmaceda que *Abrojos* era «el *Libro de Job* de la adolescencia».

* * *

Victor Hugo me había enseñado que ser uno mismo en poesía era la única meta. Pero todavía no había encontrado mi voz personal y estaba profundamente insatisfecho de toda mi obra hasta la fecha, que, con alguna mínima excepción, me parecía hojarasca de principiante.

Descubrí mi camino en Santiago, gracias en no poca medida a mi amigo Pedro Balmaceda, que me instó a que leyera detenidamente a los franceses actuales, empezando con Catulle Mendès, aquel hermoso judío galante, finamente libertino, preciosamente erótico, apasionado de Wagner y de Hugo. Los cuentos lírico-picantes de Mendès —habitualmente ambientados en la capital francesa e imbuidos de *odor di femina*—, así como sus versos, fueron para mí una revelación. Poeta pagano, que amaba con elegancia y lirismo a las mujeres y el vino, Mendès, ¡gentil epicúreo!, era a la vez parisiense y absolutamente cosmopolita. Me conquistó.

A instancias de Pedro también me leí todo lo que encontré de Armand Silvestre.

Hubo otros descubrimientos, o revelaciones: el Flaubert de *La tentation de Saint Antoine*, los artículos de Paul de Saint-Victor, Baudelaire... Todos ellos me aportaron una inédita y deslumbrante concepción del estilo. Acostumbrado al eterno clisé del Siglo de Oro español, así como a la indecisa y nada incitante poesía castellana del momento —Núñez de Arce, Campoamor—, encontré en los franceses no sólo una mina literaria por explotar sino un estremecimiento nuevo.

Casi sin darme cuenta empecé a escribir «cuentos parisienses» a la manera de Mendès y Silvestre. Publiqué algunos de ellos en la prensa, así como un puñado de poemas influidos por el mismo Mendès y otros líricos del llamado grupo parnasiano como José María de Heredia y François Coppée. Aquellas composiciones mías se salían de los cánones hispanoamericanos y españoles habituales. En las prosas, siguiendo mis modelos galos, y adoptando un tono de refinada ironía, utilizaba frases cortas, a veces sin verbo, y las alternaba con otras más largas, hasta tal punto que su ritmo y su sonoridad las acercaban a poemas en prosa. Imitaba la manera de adjetivar, ciertos modos sintácticos y la aristocracia verbal de los franceses. Injertaba el giro galo en el párrafo clásico castellano, y alguna chuchería de Goncourt. Y me encargaba, sobre todo, de insuflar en mis cuentos un erotismo a la vez sutil y envolvente. Obtuve con dichas prosas, como «La ninfa» o «El rubí», el asombro y, por supuesto, la censura, de los profesores y de ciertos críticos, así como el más cálido aplauso de mis jóvenes compañeros.

Fueron los cuatro poemas inspirados por cada una de las estaciones del año los que sin embargo más polvareda y apasionamiento levantaron, sobre todo «Primaveral», con el cual di una nueva nota en la orquestación del romance asonantado, género narrativo tan caro a los poetas españoles a lo largo de los siglos. El poema expresaba mi pasión por la Madre Tierra, el Sol y el Amor Embriagador. Y lo hacía, entre otros recursos, variando el tradicional verso octosilábico con pausas inesperadas y sutiles encabalgamientos. Sigo pensando que aquella composición, con su frase inicial sin verbo, fue un hallazgo inspirado:

Mes de rosas. Van mis rimas
en ronda a la vasta selva
a recoger miel y aromas
en las flores entreabiertas.
Amada, ven. El gran bosque
es nuestro templo. Allí ondea
y flota un santo perfume
de amor. El pájaro vuela
de un árbol a otro y saluda
tu frente rosada y bella
como a un alba; y las encinas
robustas, altas, soberbias,
cuando tú pasas agitan
sus hojas verdes y trémulas,
y enarcan sus ramas como
para que pase una reina.
¡Oh, amada mía! Es el dulce
tiempo de la primavera...

¡El dulce tiempo de la primavera! El canto al acto supremo y al «calor sagrado» que hace reventar las yemas y vibrar alocadamente la cigarra entre las hojas espesas escandalizó a muchos, pues toda referencia a culpa, a pecado, a vergüenza estaba rigurosamente suprimida de la composición. Pueblan el escenario selvático del poema criaturas sacadas de la mitología griega, presididas por el dios Pan, y en el corazón del bosque se encuentra, ¡cómo no!, una clara fuente en cuya cristalina linfa se bañan ninfas desnudas que, para mayor gozo, cantan himnos de amores en «hermosa lengua griega». Terminé mi romance con un ditirambo a la mujer predilecta, cuidadosamente construido con movimiento de *crescendo* y rematado con el incitante estribillo mantenido a lo largo de la composición. Lo considero una de mis mayores exaltaciones del amor físico:

Mi dulce musa Delicia
me trajo un ánfora griega
cincelada en alabastro,
de vino de Naxos llena;
y una hermosa copa de oro,
la base henchida de perlas,
para que bebiese el vino
que es propicio a los poetas.
En el ánfora está Diana,
real, orgullosa y esbelta,
con su desnudez divina
y en su actitud cinegética.
Y en la copa luminosa
está Venus Citerea
tendida cerca de Adonis
que sus caricias desdeña.
No quiero el vino de Naxos
ni el ánfora de asas bellas,
ni la copa donde Cipria
al gallardo Adonis ruega.

Quiero beber el amor
sólo en tu boca bermeja.
¡Oh, amada mía! Es el dulce
tiempo de la primavera.

Las otras tres composiciones de «El año lírico» eran igualmente de tema erótico. La violenta pasión de los tigres en «Estival», atizada por un sol de fuego; en «Autumnal», nostalgia de la pasión aún no encontrada; y, en «Invernal», visión de ansiada alcoba donde, mientras la lluvia nocturna repiquetea en los cristales, la amada y el amado adolescentes se entregan a mil ardientes caricias.

Me di cuenta de repente, ante la reacción de amigos y adversarios, de que tenía material suficiente para formar un pequeño libro de cuentos y poemas de innovador estilo cosmopolita. Primero pensé titularlo *El año lírico*, dando así el protagonismo a los poemas amorosos de las cuatro estaciones, pero luego opté por *Azul*... ¿Por qué *Azul...?* Creo que no conocía todavía la frase de Hugo, «L'Art, c'est l'azur». Tampoco la confesión de Mallarmé: «Je suis hanté. L'azur! L'azur! L'azur! L'azur!». El azul era para mí el color del ensueño, un color helénico y homérico, océanico y firmamental, el de los cielos y del zafiro. Y decidí concentrar en ese color célico la floración espiritual de mi primavera artística. En cuanto a los tres puntos, eran una incitación a la *rêverie*.

Azul... se publicó en Santiago de Chile en 1888. Impregnado de amor al arte y de amor al Amor, era casi casi un libro francés. El gran Juan Valera (a quien había tenido la precaución de mandarlo) le dedicó una magnífica reseña en *Los lunes de El Imparcial*, diario madrileño muy influyente, en la que hablaba del «galicismo mental» que trasminaba. Exactamente. Yo, a fuerza de empaparme de Catulle Mendès y de sus correligionarios del grupo parnasiano, casi me había convertido en parisiense. Y lo divertido, para Valera como para mí, era que en mi vida había pisado tierra gala.

También dijo Valera, al comentar «El año lírico», que mi sentimiento de la Naturaleza rayaba en «adoración panteísta», y que cada composición parecía un himno sagrado a Eros. Cierto. Eros —con Pan y Venus— protagoniza el libro.

Yo seguía sin poder olvidar a Rosario Murillo, y en uno de los cuentos de *Azul...* que ya mencioné, «Palomas blancas y garzas morenas», celebré nuestro primer beso. Rosario es la Elena del cuento, la garza morena de ojos verdes de Minerva; y, como expliqué antes, Inés, la «paloma blanca», rubia como una alemana, es mi prima Isabel, que antecedió a Rosario en mi afecto pero que no me mostró el soñado paraíso del misterioso deleite.

¡Bendita la boca de Rosario, que murmuró por primera vez cerca de mí las inefables palabras! ¡Bendito aquel momento cuando, atraídos por una fuerza secreta, en un momento inexplicable, nos besamos por primera vez la boca! Beso para mí sacratísimo, supremo: el primer beso, inolvidable hasta la muerte, recibido de labios de mujer.

Se ha dicho con frecuencia que a *Azul...* le tocó el papel de texto fundacional del modernismo. Nunca supe con exactitud lo que era el modernismo, yo que nunca creí en escuelas. Recuerdo, sin embargo, que dos años después de publicar *Azul...* lo definí más o menos de esta manera: «La elevación y la demostración en la crítica, con la prohibición de que el maestro de escuela anodino y el pedagogo chascarrillero penetren en el templo del arte; la libertad y el vuelo, y el triunfo de lo bello sobre lo preceptivo, en la prosa; y, en la poesía, dar color y vida y aire y flexibilidad al antiguo verso, que, apretado entre trasnochados moldes de hierro, padece aguda anquilosis».

Defínase como se quiera el modernismo, lo que sí creo es que *Azul...* inició un movimiento mental de libertad absoluta, un espíritu nuevo, una reforma de la sensibilidad, que había de tener después triunfantes y revolucionarias consecuencias tanto en América como en España. Que fuera así constituye mi mayor satisfacción.

* * *

Pasé dos años y medio en Chile. Años sumamente provechosos, aunque no exentos de miserias, entre ellas miserias alcohólicas, que me apenaría rememorar ahora de manera pormenorizada. Porque la verdad es que ya bebía demasiado y las secuelas eran a veces tremendas.

Un día, después de un altercado con MacClure, perdí mi empleo en *La Época* y empecé a colaborar en otro periódico, que luego fracasó. Pedro Balmaceda me procuró entonces un puesto en la Aduana de Valparaíso. Me quedé poco tiempo. ¡Aduanero yo! De allí me fui a un diario completamente comercial y político. Se me encargó una crónica semanal. Poco después me llama el director.

—Usted escribe muy bien —me dice—. Demasiado bien. Nuestro periódico necesita otra cosa... así es que le ruego no pertenecer más a nuestra redacción.

Y, por escribir muy bien, demasiado bien, me quedo otra vez en la calle.

¿Mi vida en Valparaíso a partir de entonces? Improbables u hondos amoríos; paseos a orillas del mar; invitaciones a bordo de los barcos, por marinos amigos y literatos; angustia ante el futuro; excesivas libaciones.

Yo tenía ganas, cómo no, de volver a Nicaragua. Pero antes de conseguirlo tuve un magnífico golpe de suerte.

Fue de esta manera. Llevaba años leyendo asiduamente *La Nación*, el gran diario de Buenos Aires fundado por el mítico general Bartolomé Mitre. Allí fue donde comprendí a mi manera el manejo del estilo periodístico, siendo mis maestros Santiago Estrada, el magnífico cubano José Martí y, sobre todo, el crítico franco-argentino Paul Groussac. Al enterarme entonces de que Victoriano Lastarria, el suegro de mi amigo Eduardo de la Barra, prologuista de *Azul...*, era íntimo amigo de Mitre, me atreví a pedirle que me recomendara a éste. Aceptó amablemente. Mitre le contestó enseguida, estampó en su carta palabras generosas para mí y le comunicó que a partir de aquel momento yo estaba autorizado para escribir con regularidad en *La Nación*.

Así empezó mi relación con el diario más importante de América Latina.

Antes de partir para Nicaragua mandé a *La Nación* mi primera colaboración. No puedo olvidar la fecha de su redacción: 3 de febrero de 1889. Yo acababa de cumplir los veintidós años.

Me dolió no poder despedirme de Pedro Balmaceda. Nuestra amistad fraternal había tenido una ligera sombra por unas opiniones mías acerca del quehacer político del presidente de la República, su padre, opiniones tal vez equivocadas pero no por ello menos sinceras, y no le había vuelto a ver desde mediados de 1888. Confiaba, de todas maneras, en que aquella relación, para mí tan enriquecedora, se restablecería pronto.

Sólo estuve pocos meses en Nicaragua, ya que, al meterme otra vez en un desafortunado asunto de faldas y armar la de Dios es Cristo en la boda de la mujer a quien pretendía, mis amigos me facturaron apresuradamente para El Salvador.

Al poco tiempo de llegar a la vecina república recibí la terrible noticia de la muerte de Pedro Balmaceda, doblemente penosa en vista de que todavía no habíamos retomado nuestra correspondencia epistolar. ¿Por qué no había sido yo más conciliador? ¿Por qué no había tratado de verle antes de salir de Chile? No me perdonaba mi debilidad, mi dejadez.

Yo estaba pasando entonces una temporada en la hacienda La Fortuna, cerca de Sonsonate, y empecé enseguida a escribir una pequeña biografía del gran amigo ya definitivamente ausente.

Creo que en aquel texto, que se publicó a principios del año siguiente, hice justicia a quien más que nadie hasta la fecha me había dado la confianza de seguir por el camino poético que me había trazado. ¡Qué lástima que no hubiésemos podido realizar nuestro sueño de viajar juntos a París y luego a Oriente!

Cuando pienso ahora en Pedro Balmaceda, doy las gracias a Dios por haberme permitido tratarle. Nunca conocí alma tan pura, pasión por la vida tan verdadera. Sin su estímulo, mi carrera habría sido muy distinta. Y, cuando poco después lograra mi meta de pisar París, nunca dejaría de pensar en él.

* * *

En El Salvador encontré otra vez el amor.

Ocurrió así. Años atrás, para alegrar nuestras fiestas pueriles en casa de mi tía Rita en León, solían acudir dos hijas de un famoso orador de Honduras llamado Álvaro Contreras. Hombre vivaz y lleno de condiciones brillantes, se trataba de un verdadero dominador de la palabra que combatió las tiranías y sufrió persecuciones por ello.

Al morirse Contreras, su viuda se había refugiado con sus hijas en San Salvador. Allí las volví a ver de nuevo. Aquellas niñas eran ya dos señoritas. En aras del recuerdo, y por la belleza, inteligencia, sutileza y superiores dotes de una de ellas, Rafaela, me vi otra vez alcanzado por las flechas de Cupido. Fascinada por *Azul...*, Rafaela empezó poco después a publicar poemas y cuentos, bajo el seudónimo de «Stella», en el diario que yo acababa de fundar a instancias del presidente Menéndez y que se llamaba *La Unión*. Yo deseaba saber quién era la autora. Al principio no me lo querían decir. Luego accedieron. Al enterarme de la identidad de la misma, se acrecentó mi afán amoroso.

Ello trascendió, naturalmente, en aquella reducida sociedad.

—¿Por qué no se casa usted? —me dice Menéndez.

—Señor Presidente —le contesto—, es lo que pienso hacer enseguida.

Así fue. La boda civil se celebró en casa de Rafaela. Asistió al almuerzo el general Carlos Ezeta, que, sin que lo hubiéramos podido sospechar, llevaba meses preparando un golpe contra Menéndez. Éste tuvo lugar aquella misma noche, cuando se daba un baile de gala en el palacio presidencial y yo estaba dormido. Al despertarme me informaron de que Menéndez, puesto al tanto de la traición de Ezeta —a quien quería como a un hijo y a quien había hecho toda clase de favores— se había muerto de un infarto mientras arengaba desde un balcón a la tropa rebelde.

¡Pobre Centroamérica! De golpe en golpe, de balumba en balumba, aquello era un desastre. Me hacía pensar en lo que dijera Mariano José de Larra de la España de su época, a la que llamaba «nueva Penélope» que no hacía sino tejer y destejer. Así no se podía vivir, así no se podía construir nada, así no había posibilidad alguna de futuro. Y no se trataba sólo de Centroamérica. Casi todo el continente padecía la misma inestabilidad, la misma inercia, la misma falta de fe en el porvenir. Entretanto, al norte, el poder del Gigante Yanqui se consolidaba año tras año a fuerza de trabajo y de constancia. A mí, que ya me sentía paladín de la raza latina, que creía en su potencia, en su futuro, la situación de la América católica me producía la más negra desesperación. ¿Por qué no éramos capaces de poner orden en nuestros asuntos? ¿Por qué cualquier pequeño espadachín se sentía con derecho a levantarse con la promesa de salvar —¡una vez más!— nuestras patrias? ¡Y para luego volverse tan dictador y tan animal como el anterior!

Yo había vuelto a perder un puesto de trabajo gracias a la maldita política, pues una de las primeras cosas que hizo Ezeta al tomar el poder en El Salvador fue cerrar *La Unión*. Consternado, y amenazado por partidarios suyos, decidí salir pitando del país. Me costó trabajo, se ordenó que no se me dejara escapar, pero logré embarcar para Guatemala, dejando atrás a mi mujer.

En Guatemala estaban empeñados en creer que el presidente Menéndez, que allí tenía buenos amigos, había sido asesinado. Incluso estaban dispuestos a ir a la guerra. Siempre había habido antipatía entre Guatemala y El Salvador, y cualquier chispa podía encender los ánimos. Publiqué en *La Nación* mi versión de lo ocurrido, demostrando que Menéndez había muerto de un ataque al corazón, lo cual, por supuesto, no exoneraba en nada a los sublevados. El artículo tuvo un gran impacto en toda América y supe después que Ezeta y su hermano, afianzados en el poder por el terror, aseguraban que si alguna vez Rubén Darío caía en sus manos no saldría de ellas.

¡Y otra vez a dirigir un diario con apoyo gubernamental, esta vez guatemalteco! A los pocos días salía el primer número de *El Correo de la Tarde*, periódico semioficial del cual hice una especie de cotidiana revista literaria. Uno de mis colaboradores más agudos era un jovencito de ojos brillantes y cara sensual, que luego sería famoso en América, París y Madrid: Enrique Gómez Carrillo.

Aproveché lo que pude la vida social e intelectual de Guatemala, e hice amistad con el poeta cubano José Joaquín Palma, a la sazón director de la Biblioteca Nacional, y con un viejo republicano español, don Valero Pujol. Amigo de los presidentes Salmerón y Pi y Margall, de quienes me habló con profundo respeto, Pujol evocaba aquella España que no pudo ser —la fracasada república federal— con intensa nostalgia.

En casa de Pujol intimé con el general Cayetano Sánchez, partidario del presidente Barillas. Sánchez era un joven muy aficionado al alcohol, y todo le estaba permitido por la simpatía que suscitaba entre el elemento bélico. Era capaz de las mayores extravagancias. Una noche de luna fuimos invitados varios amigos, entre ellos el poeta Palma y mi antiguo profesor del Instituto de León, aquel magnífico polaco José Leonard, a una cena en el castillo militar de San José. Los vinos abundaron y después se pasó al café y al coñac. Todos estábamos más que alegres, sobre todo Sánchez. Al pasearnos por las fortificaciones, y viendo de frente, a la luz del astro nocturno, las lejanas torres de la catedral, se le ocurrió una idea endiablada.

—¿Quién manda esta pieza? —dice, señalando un enorme cañón.

Se presenta un oficial. Y Sánchez sigue:

—Vean ustedes qué blanco más lindo. ¡Vamos a echar abajo una de las torres de la catedral!

Ante nuestro asombro ordena que preparen el tiro. Los soldados obedecen como autómatas. Y como aquel hombre es absolutamente capaz de todo, comprendemos que el momento es grave. A Palma se le ocurre entonces una idea genial.

—De acuerdo, Cayetano —le dice—, pero primero Darío y yo vamos a improvisar unos versos sobre el asunto. Haz que traigan más coñac.

Todos comprendemos, y heroicamente vamos ingiriendo más alcohol. Palma sirve copiosas dosis a Sánchez mientras él y yo recitamos versos, y cuando la botella se ha acabado, el general está ya dormido.

Así se libró Guatemala de ser despertada a cañonazos de buen humor y picaresca militar.

Cayetano Sánchez tuvo poco tiempo después un trágico fin.

Ya era hora de que viniese mi mujer y acabásemos de casarnos. Y así, siete meses después de mi llegada a Guatemala, se celebró nuestro matrimonio religioso.

¿Por qué dejó de publicarse *El Correo de la Tarde?* No lo recuerdo. El hecho es que, una vez más, tuve que cambiarme de país. Esta vez fui a San José de Costa Rica, donde la madre de Rafaela, de origen costarricense, tenía alguna familia. Me encantó la ciudad, pues las mujeres de San José son las más lindas de las cinco repúblicas. Colaboré en varios periódicos, que era la única manera que tenía de conseguir unos ingresos (mis colaboraciones en *La Nación* no me permitían vivir con holgura). Al nacer nuestro primer hijo, Rubén Darío Contreras, decidí volver a Guatemala para ver si encontraba allí una situación estable. Y entonces ocurrió algo imposible de prever.

* * *

Desde niño me desvivía por conocer España, la Madre Patria. Tanto con los jesuitas como en el Instituto de León y, después, en la Biblioteca Nacional, en Managua, había leído con fervor a los poetas castellanos, y me sentía íntimamente unido a ellos por el milagro del idioma. Mi mayor ilusión era contemplar un día la meseta castellana —la meseta de fray Luis de León, de santa Teresa, de Cervantes— y visitar los monumentos árabes de Andalucía. Siendo así, ¿cómo no aceptar enseguida el envite cuando, al poco tiempo de llegar a Guatemala, el Gobierno de Nicaragua me nombra miembro de la delegación que envía a España con motivo del cuarto aniversario del descubrimiento de América? No dudé un segundo. ¡Navegar es necesario, vivir no es necesario!

Corría el mes de julio de 1892. El trasatlántico que me llevaba a Santander hizo escala en La Habana. Yo había soñado durante años con la capital cubana, y me imaginaba su animación y sus colores, pintorescas fortalezas sobre las olas, playas adornadas de tupidos árboles y flores del trópico, calesas en las que iban marquesas blancas de grandes ojeras y criados negros. En fin, elegancias europeas en un ambiente tibio de pereza sensual, afín al de mi Nicaragua nativa. Y todo al ritmo de lánguidas habaneras. Me decía que amar allá en Cuba debía de ser un gozo multiplicado. Y que el sabor del beso de una cubana tendría un algo de azúcares de níspero, de ámbar, y de la miel y de la leche que endulzaron el paladar de aquel perfecto enamorado lírico que se llamaba Salomón. *¡Mel et lac sub lingua tua!*

La Perla del Caribe no me decepcionó. Una noche me ofrecieron un espléndido banquete y después me llevaron a ver actuar, en sesión privada, a una famosa bailarina conocida como «la negra Dominga». Era la encarnación de la mulata cubana que yo me había imaginado. Nunca había visto un cuerpo tan lúbrico. Bailó casi desnuda, y, animado por las muchas libaciones de la noche, improvisé allí mismo para ella unos decasílabos que no tenían nada que ver con las tonterías versificadas que todavía me veía forzado a prodigar en álbumes y abanicos:

¿Conocéis a la negra Dominga?
El retoño de cafre y mandinga
es flor de ébano henchida de sol.
Ama el ocre y el rojo y el verde,
y en su boca, que besa y que muerde,
tiene el ansia del beso español.

Serpentina, fogosa y violenta,
con caricias de miel y pimienta
vibra y muestra su loca pasión:
fuegos tiene que Venus alaba
y envidiara la reina de Saba
para el lecho del rey Salomón.

Vencedora, magnífica y fiera,
con halagos de gata y pantera
tiende al blanco su abrazo febril,
y en su boca, do el beso está loco,
muestra dientes de carne de coco
con reflejos de lácteo marfil.

A la pantera le gustaron tanto los versos que me invitó a pasar la noche con ella. Acepté. Recuerdo aquellas horas como uno de mis mayores triunfos. Años después vendría a La Habana un poeta español más grande que yo y le contarían anécdotas de la negra Dominga, me imagino que ya para entonces pasada a mejor vida. Incluso es posible que le hablasen de mi noche con ella y de mi poema, publicado en un diario de La Habana poco después de mi partida pero nunca recogido en libro.

Llegué a Cuba justo a tiempo para conocer al poeta Julio del Casal, atormentado y visionario, todo hecho un panal de dolor, un acerico de penas. Casal, como yo, adoraba la literatura francesa, odiaba la mentalidad burguesa, amaba todo lo exótico y, después de una breve visita a Madrid, había publicado un excelente librito de versos, *Hojas al viento*. Estaba convencido de que el arte superaba a la Naturaleza, y en uno de sus poemas, «En el campo», declaraba:

Tengo el impuro amor de las ciudades
y a este sol que ilumina las edades
prefiero yo del gas las claridades.

Me habría gustado conocer mejor a Casal, que poseía superiores dotes poéticas, pero murió pocos meses después, a los treinta años, en una estancia donde por lo visto solía quemar incienso delante de una estatua de Buda.

Pasé casi cinco meses en España donde, debido al hecho de ser no sólo representante oficial de Nicaragua en las fiestas colombinas y corresponsal de *La Nación* de Buenos Aires, sino, sobre todo, el poeta de *Azul...*, se me abrieron de par en par todas las puertas y se me concedieron todos los favores.

En Madrid me hospedé en el hotel de Las Cuatro Naciones, en la calle del Arenal, donde inicié una larga y cordial amistad con el enciclopédico Marcelino Menéndez y Pelayo, que allí vivía cuando no estaba en Santander. Entre sus obras en marcha, el prodigioso erudito, que a mí me llevaba unos diez años, trabajaba entonces en una antología de la poesía hispanoamericana. Me hizo muchas consultas al respecto y me llamaba, cariñosamente, su «amigo americano». A veces le acompañaba por la calle y seguíamos hablando, siempre animadamente. El apoyo de Menéndez y Pelayo, que admiraba *Azul...*, fue para mí un enorme estímulo.

En las habitaciones del sabio en Las Cuatro Naciones conocí a dos íntimos amigos suyos, el helenista Antonio Rubió y Lluch y Juan Valera, a quien yo tanto debía por su magnífica crítica de *Azul...* El autor de *Pepita Jiménez*, que tendría entonces unos setenta años, estaba ya retirado de la vida política. Me invitó a sus reuniones de los viernes y allí hice numerosas y buenas amistades, entre ellas la del poeta malagueño Salvador Rueda, para cuyo libro *En tropel*, publicado aquel mismo año de 1892, compuse un «Pórtico» que me atrajo las críticas de los ineptos.

Los dos mayores políticos españoles del momento eran los andaluces Emilio Castelar y Antonio Cánovas del Castillo. Gaditano el primero, malagueño el segundo. Tuve el honor de ser recibido por ambos.

La primera vez que llegué a la casa de Castelar, que estaba en la calle de Serrano, iba con la emoción que sintiera Heine al llegar ante la de Goethe. La figura de quien había sido presidente de la República tenía —tal vez sobre todo para nosotros los hispanoamericanos—, proporciones homéricas como político, como estadista, como orador, como escritor (yo admiraba especialmente su biografía de Byron). De verdad creía, al visitarle, entrar en la morada de un semidiós.

Castelar me trató muy sencilla y afablemente. Tenía entonces unos sesenta años y conservaba intactas su brillantez y su energía, aunque ya tenía el pelo gris. Los ojos chispeaban en la cara sonrosada; el gesto adornaba la frase elocuente; y la potencia tribunicia se revelaba a relámpagos. Su conversación fluía inagotable, como un poderoso río. Se interesaba por todo. Y, cosa inaudita en las personas muy elocuentes, sabía no sólo escuchar sino preguntar. Y a mí me preguntó mucho.

Poco después me ofreció un almuerzo. Comimos unas deliciosas perdices, regalo de la duquesa de Medinaceli, regadas con exquisitos vinos. Y es que a Castelar, como a todo hombre culto, le encantaba la buena mesa. Es más, fue un *gourmet* de primer orden.

Recuerdo que en aquella ocasión habló del gran peligro que para la América Latina, la América nuestra, suponía Estados Unidos. ¡Cuánta razón tenía!

Tuve la fortuna de oír algunos discursos suyos, en Toledo y en Madrid. Era una voz de la Naturaleza, un fenómeno singular como el de los grandes tenores, o los grandes intérpretes. Su oratoria era prodigiosa, casi diría milagrosa. Y me parecía difícil que se repitiera nunca.

Una tarde, en casa de doña Emilia Pardo Bazán, Castelar nos dio a conocer el estilo de varios oradores célebres que él había escuchado, imitándolos brillantemente. Luego adoptó la manera suya, y nos recitó un fragmento de uno de sus discursos más famosos. Estuvo extraordinario. Castelar era en ese tiempo, sin duda alguna, la más alta figura de España, con nombre rodeado de la más completa gloria. Yo le oí decir, refiriéndose a la emancipación de los esclavos de Cuba: «Yo he liberado a doscientos mil negros con un discurso».

Sí, aquel hombre fue un gigante, un Hugo español. Conocerle fue uno de los grandes privilegios de mi vida.

Castelar era soltero, lo cual daba lugar a ciertos comentarios. No así Cánovas del Castillo, en aquel momento presidente del Gobierno, que acababa de casarse, rebasados los sesenta años, con doña Joaquina de Osuna, bella, inteligente y voluptuosa dama de origen peruano. Mucho se habló en Madrid de aquel enlace, por la diferencia de edad. Cánovas estaba locamente enamorado de su mujer, que le correspondía con creces. Adoraba los maravillosos hombros de Joaquina, y por todas partes, en las estatuas de su famosa *serre*, o en las que decoraban los vestíbulos y salones de su palacio, se veían como amorosas reproducciones de los mismos y de aquellos senos incomparables.

Había sobre todo, en el jardín, una magnífica gruta, adornada de enredaderas verdes y frescas, en donde el agua caía y goteaba armoniosamente. Allí se erguía una ninfa u ondina de tamaño natural, blanca, de mármol puro y línea admirable, con pechos y nalgas que hacían pensar en mitos griegos y en la Venus Calipigia.

Cánovas, que tenía un peculiar ceceo malagueño, pertenecía a la raza de aquellos fuertes ministros antiguos que eran verdaderos tutores de los reyes, y su conversación rebosaba brío y gracia. Andaluz andalucísimo, tenía un orgullo a la medida de su talento.

Si no era cierta, era muy *ben trovata* la frase que se aseguraba dijera Cánovas a Alfonso XII, en una ocasión en que el monarca, a quien el político había colocado en el trono, le mostrara deseos de agraciarle con el título de príncipe de la Paz ostentado antaño por el detestable Godoy.

—No se preocupe Vuestra Majestad de eso —contestaría el malagueño—. ¡Príncipes hago yo!

Conocí al en su momento gran poeta don Gaspar Núñez de Arce, que me manifestó mucho afecto y, cuando preparaba ya mi viaje de retorno a Nicaragua, hizo todo lo posible por que me quedase en España. Incluso escribió una carta a Cánovas en la que le pedía que solicitase para mí un empleo en la Compañía Trasatlántica. Cánovas le contestó que se había dirigido al marqués de Comillas, propietario de la empresa, pero que, según éste, no podía ofrecerme ningún puesto por el momento. Tras varias frases elogiosas para mí, Cánovas había añadido: «Es preciso que lo naturalicemos». Pero no se hizo, desde luego.

También conocí a don Ramón de Campoamor, ya anciano. Muy animado y ocurrente, gozaba de bienes de fortuna y era terrateniente en su tierra de Asturias, allí donde encontrara temas para los fáciles y sabrosos versos que, de joven, tanto me habían gustado. El viejo poeta de las doloras conservaba entre sus papeles una décima que yo había publicado en un diario chileno, y que le había complacido mucho:

Campoamor

Éste del cabello cano
como la piel del armiño,
juntó su candor de niño
con su experiencia de anciano;
cuando se tiene en la mano
un libro de tal varón,
abeja es cada expresión
que, volando del papel,

deja en los labios la miel
y pica en el corazón.

He mencionado a doña Emilia Pardo Bazán, entonces en la cumbre de su fama. La autora de *Los pazos de Ulloa* estuvo conmigo extraordinariamente amable. Dio varias fiestas en su casa en honor de las delegaciones hispanoamericanas, y en ellas recité poemas míos. Su salón era frecuentado por gente de la nobleza, de la política y de las letras, y no había extranjero de valer que no fuese invitado por ella. Allí conocí a Maurice Barrès, que entonces andaba documentándose para su gran libro sobre España, *Du sang, de la volupté et de la mort*.

Un día estaba yo en un hotel que daba a la Puerta del Sol cuando entró un viejo modestamente vestido cuyo rostro me llamó la atención. Aquella cara me era conocida por fotografías y grabados. Tenía un gran lobanillo o protuberancia a un lado de la cabeza, y ojos relampagueantes. Me presentaron. Y me sentí profundamente conmovido. ¡Era don José Zorrilla! Estaba en presencia de un mito. Zorrilla vivía casi en la penuria mientras los editores habían ganado millones con sus obras. Tal vez por ello decía odiar su *Tenorio*, acaso la obra de teatro más célebre del idioma. No le volvería a ver, y murió al año siguiente.

Yo iba a menudo al Retiro a contemplar los cisnes. Aquellas aves me parecieron la viva imagen de la Belleza que yo trataba de plasmar en mis versos. Llegado a Buenos Aires compondría mi soneto «El cisne», que terminaba:

¡Oh, Cisne! ¡Oh, sacro pájaro! Si antes la blanca Helena
del huevo azul de Leda brotó de gracia llena,
siendo de la Hermosura la princesa inmortal,

bajo tus blancas alas la nueva Poesía
concibe en una gloria de luz y de armonía
la Helena eterna y pura que encarna el ideal.

Los miembros de la delegación de Nicaragua recibimos, en la sección correspondiente de la Exposición, a la familia real española, acompañada de los reyes de Portugal. Era la primera vez que observaba testas coronadas. Me impresionó la hermosura de la reina portuguesa, alta y gallarda como todas las de la casa de Orleans, y fresca como una rosa rosada recién abierta.

Tuve curiosidad por visitar Portugal, y pasé algunos días en Lisboa. Me encantó la ciudad. Frente a su soberbia bahía y bajo un cielo generoso de luz, encontré una delicia natural esparcida en el ambiente, una fascinación amorosa que invitaba a la vida, altivez nativa, nobleza innata en sus caballeros, y en sus damas una distinción gentilicia como coronación de la belleza.

Recordaba, al hollar aquella tierra, las proezas de tantos hijos suyos famosos: Magallanes, cuyo nombre quedó para los siglos en el extremo sur argentino; Alburquerque, el que fue a la lejana Goa; y la figura dominante, aureolada de fuegos épicos, del gran Vasco da Gama.

Naturalmente no me olvidé ni un momento del divino Camoens. También hice una breve escapada a Andalucía, tierra de María Santísima. Años después un crítico diría que yo, nacido en el trópico cerca del Pacífico, era un «andaluz transocéanico». Me complació la observación, que me parecía certera. Contagiado de la alegría de las castañuelas, panderetas y guitarras, no dejé de pagar tributo a aquella encantada región solar —de donde salieron los conquistadores de Nicaragua—, componiendo, entre otras cosas, mi «Elogio de la seguidilla»:

Metro mágico y rico que al alma expresas
llameantes alegrías, penas arcanas,
desde en los suaves labios de las princesas
hasta en las bocas rojas de las gitanas.

Las almas armoniosas buscan tu encanto,
sonora rosa métrica que ardes y brillas,
y España ve en tu ritmo, siente en tu canto
sus hembras, sus claveles, sus manzanillas...

El poema era harto superficial, apenas escapándose del tópico. Unos años después tendría ocasión de conocer el auténtico cante andaluz, que anima, cuando quiere, el *deus* sin cuya presencia no hay verdadero arte.

Antes de regresar a Nicaragua, fui invitado a tomar parte en una velada lírico-literaria en Madrid. En ella habló un joven político de barba negra que entonces conquistaba a los auditorios con su palabra cálida y fluyente: era don José Canalejas, luego presidente del Consejo de Ministros y víctima de un asesino anarquista. Yo leí allí mi poema «A Colón», en el cual denunciaba las discordias y contiendas que laceraban el viejo continente:

¡Desgraciado Almirante! Tu pobre América,
tu india virgen y hermosa de sangre cálida,
la perla de tus sueños, es una histérica
de convulsivos nervios y frente pálida.

Un desastroso espíritu posee tu tierra;
donde la tribu unida blandió sus mazas,
hoy se enciende entre hermanos perpetua guerra,
se hieren y destrozan las mismas razas...

El poema lamenta la llegada de las huestes españolas a aquellas tierras vírgenes, luego expoliadas y regadas de sangre indígena. Y viene el momento en que exclamo, dirigiéndome a Colón:

¡Plugiera a Dios las aguas antes intactas
no reflejaran nunca las blancas velas;
ni vieran las estrellas estupefactas
arribar a la orilla tus carabelas!

No había sido nada diplomático leer públicamente aquel poema en medio de las celebraciones del Descubrimiento, y recibí acerbas críticas en tal sentido. Pero a mí me escandalizaba la situación del continente y, siguiendo mi costumbre de ser sincero, no me iba a callar. Unos días después embarqué para Nicaragua.

* * *

Entretanto mi esposa seguía con su madre y hermana en San Salvador, adonde yo no podía ir a causa de los deleznables hermanos Ezeta. Al poco tiempo de llegar a León recibí un telegrama. Me anunciaba en términos vagos la gravedad de Rafaela. ¿Gravedad? Intuí que había muerto y me encerré en mi hotel a llorar mi pérdida. Unos días después llegaron noticias de su fallecimiento. Luego me enviaron un papel suyo en el cual me decía que iba a hacerse operar —había quedado bastante delicada después del nacimiento de nuestro hijo—, y que, si moría, lo único que me suplicaba era que dejase al niño en poder de su madre, mientras ésta viviese. Así lo hice.

Pasé ocho días sin saber nada de mí, pues en tal emergencia recurrí, fatal debilidad, al alcohol y no sé a qué otras sustancias. Cuando me desperté estaba conmigo mi madre, Rosa Sarmiento, a quien no había visto en quince años, y mi media hermana, Lola. Puesto que el Gobierno de Nicaragua me debía cinco meses de sueldo por mi representación en España, que pese a mis reclamaciones no me había abonado, fui en persona a Managua para hablar del asunto con el presidente Sacasa. Prometieron cumplir pronto con sus obligaciones, pero el hecho es que tuve que esperar bastantes días en la ciudad, tantos, que en ellos ocurrió el caso más novelesco y fatal de mi vida.

Y es que en Managua cometí el tremendo error de volver a ver a Rosario Murillo, la persona a quien yo más había amado en el mundo y quien más me había hecho sufrir. Rosario me quería todavía, se enorgullecía de mi carrera literaria, y conocía, por supuesto, mi cuento «Palomas blancas y garzas morenas», en el cual celebrara nuestro primer beso. En Managua todo el mundo estaba al tanto de aquellos amores y de las razones de mi brusca salida de Nicaragua. Habría sido difícil que ella se casara con otro. Entonces vio su última oportunidad de pescarme.

Un día estaba a solas con ella en una casa situada frente al lago, con el cono del Momotombo enfrente. Yo había bebido media botella de whisky y entre sorbo y sorbo ella me besaba apasionadamente, diciéndome cuánto me quería, cuánto me había echado de menos y cuánto lamentaba el pasado. Estaba más guapa que nunca y empecé a hacerle el amor. De repente irrumpieron en la habitación sus dos hermanos, ambos militares. Andrés, el mayor, era un personaje nefasto y desaprensivo. Sacó un revólver y me amenazó con matarme allí mismo si no me casaba con Rosario, alegando que su honor estaba en entredicho. No tuve la valentía de oponerme. Además estaba borracho. Enseguida se presentaron un sacerdote sobornado y un juez sin conciencia, y así, el 8 de marzo de 1893, contraje matrimonio forzado con aquella mujer.

Había caído en una trampa mortal.

Cuando me desperté de mi estupor etílico al día siguiente y me di cuenta de lo ocurrido, hubiera querido que me tragara la tierra. A Rafaela le había jurado que, de pasarle algo a ella, jamás me casaría con Rosario. Y ahora, sólo dos meses después de la muerte de mi esposa, la había traicionado. Sentía asco de mí y la más negra desesperación.

Fue el comienzo del desmoronamiento de dos existencias. Aquel melodramático y loco episodio me iba a impedir formar un hogar digno con otra mujer, y Rosario me perseguiría hasta la tumba. ¡Mi destino, Dios mío, mi infausto destino!

* * *

Por esas fechas fui nombrado cónsul general de Colombia en Buenos Aires, gracias a los buenos oficios del ex dictador (y poeta) de aquella república, don Rafael Núñez. Decidí no tomar posesión del puesto antes de conocer París. En Cartagena de Indias recogí una suma importante en concepto de sueldos anticipados y gastos de viaje. Mi mujer insistía en acompañarme a Europa pero cayó enferma en Panamá. Estaba embarazada y decidimos que era mejor que volviera al lado de los suyos y que luego yo enviara por ella. La verdad es que su enfermedad fue para mí un alivio. Embarqué solo y a gusto para Nueva York.

En la sanguínea, la ciclópea, la monstruosa, la irresistible capital del cheque, conocí a José Martí, cuyas crónicas llevaba años leyendo con profunda admiración en diarios hispanoamericanos, sobre todo *La Nación*. Me entusiasmaban la energía del valiente cubano, su brillante estilo literario y su titánica lucha por la independencia de su país. Cuando nos abrazamos y me llamó «hijo», apenas pude contener las lágrimas. Como conversador, Martí superaba hasta a Emilio Castelar. Dotado de una prodigiosa memoria, era ágil y pronto para la cita, para la reminiscencia, para el dato, para la imagen. Un fenómeno de la Naturaleza.

Aquel hervor inmenso de la ciudad de hierro le daba aún más bríos, y su labor aumentaba de instante en instante. Visitando al doctor de la Quinta Avenida, al corredor de Bolsa, al periodista, al alto empleado de La Equitativa, al cigarrero y al negro marinero —en fin, a todos los cubanos residentes o de paso en Nueva York—, mantenía vivo el fuego, el deseo de guerra con España, de independencia. Tenía que luchar contra temibles rivales y, como les ocurre a todos los Elegidos, contra muchas envidias no declaradas.

Creo que fue en mi autobiografía donde escribí que Martí, cuando le conocí, mostraba más bellamente su personalidad intelectual. Pasé con él momentos inolvidables. Nunca le volvería a ver, y dos años después se murió en su amada Cuba combatiendo contra el adversario.

Un día compré en una librería del bullicioso Broadway una preciosa edición de los versos de Edgar Allan Poe, príncipe de los poetas malditos de quien me había hablado apasionadamente mi llorado amigo Pedro Balmaceda. Me senté en un banco y los empecé a leer. Mi inglés, adquirido poco a poco a lo largo de los años, era bastante defectuoso, pero el vocabulario de Poe no era excesivamente complicado y aquellos poemas férvidos, leídos allí en plena calle, me llegaron al alma. De repente vino a mi memoria Rafaela, dulce reina mía, tan presto ida. Y es que Rafaela era hermana de las pálidas vírgenes cantadas por aquel soñador infeliz, tan dado, como yo, a los paraísos artificiales.

El recuerdo de la esposa perdida me inspiró un poema en que elogié el lirio —lirio de la Anunciación por cuyas venas no corre la sangre de las rosas pecadoras— y le pregunté, recordando a la gentil damisela de Poe:

¿Has visto acaso el vuelo del alma de mi Stella,
la hermana de Ligeia, por quien mi canto a veces es tan triste?

En Nueva York, además de las obras de Poe, compré libros del viejo, primitivo, bíblico y salvaje profeta Walt Whitman. Mi inglés precario no me impidió captar el dinamismo cósmico que impregnaba *Hojas de hierba*. Y reflexioné que, si la América Latina era más antigua que la del Norte, todavía no teníamos a ningún poeta comparable a Whitman. No me abandonaba la convicción, empero, de que nosotros, los nuevos líricos hispanoamericanos, preparábamos el camino y que un día había de nacer un Walt nuestro, indígena, lleno de mundo, saturado de universo, como el otro. Andando pasmado entre aquellos inmensos edificios recordé el entusiasta soneto que tres años atrás le dedicara al vate democrático, aquel que empezaba:

En su país de hierro vive el gran viejo,
bello como un patriarca, sereno y santo.
Tiene en la arruga olímpica de su entrecejo
algo que impera y vence con noble encanto.

Unos días después embarqué para Calais.

París, como ya he mencionado, era para mí como un paraíso en donde se respirase la esencia de la felicidad sobre la Tierra: la capital mundial del Arte, de la Belleza, de la Gloria, de la Libertad y, sobre todo, del Amor. Mi amistad con Francisco Gavidia y Pedro Balmaceda me había confirmado en mi «nostalgia» parisina. Por todo ello se comprende que, al bajar del tren en la estación de Saint Lazare aquel julio de 1893, creyera hollar suelo sagrado.

Me hospedé en el Grand Hôtel de la Bourse, situado, como daba a entender su nombre, cerca de la Bolsa. Deposité en la caja del hotel unos cuantos largos e incitantes rollos de áureas águilas norteamericanas de a veinte dólares, y salí al encuentro de la Ciudad de la Ciudades.

Lo primero que hice fue ir a ver a Enrique García Carrillo, el joven guatemalteco que había colaborado conmigo en la malograda aventura de *El Correo de la Tarde* y a quien yo le había indicado el camino de París. En la capital francesa, donde llegara en 1891 con una pequeña pensión del Gobierno de su país —luego cancelada a los seis meses— los primeros pasos literarios habían sido muy difíciles. Pero había logrado sobrevivir.

Gómez Carrillo, que entonces tenía veinte años, era bastante histérico, celoso, con algo, como él mismo decía, de mujer coqueta. Siempre andaba metido en intrigas. Inconstante, unas veces me adoraba, otras me criticaba a mis espaldas... o en sus crónicas. Poco antes de que fuera yo a París, me había escrito animándome a venir y diciéndome que hacía una «vida terrible», acostándose a las cinco de la madrugada, abusando del alcohol... Me aseguraba que ahora iba a sentar la cabeza. Pero le costaría todavía mucho tiempo.

Gómez Carrillo trabajaba para el célebre librero y editor Garnier, en pleno Quartier Latin, y no me podía acompañar durante el día. Tuvo el acierto de presentarme a un joven andaluz con notable talento literario que llevaba en París la vida del país de Bohemia, hablaba un francés digno de Molière, tenía por querida a una verdadera marquesa española y, como yo, usaba y abusaba del alcohol. Me refiero a Alejandro Sawa, sevillano de nacimiento con sangre griega en las venas y, en la cabeza, ideas increíbles, alocadas.

Sawa, que como Gómez Carrillo pertenecía al entorno de *La Plume*, la revista de los simbolistas, fue mi iniciador en las delicias de la noche parisiense.

Uno de mis grandes deseos era conocer a Paul Verlaine. En Buenos Aires, después de la publicación de *Azul...*, había leído *Poèmes saturniens* y *Les fêtes galantes*, que me parecían la cumbre de la poesía lírica del siglo que se extinguía, no obstante la obra de Hugo. Me fascinaba en Verlaine, sobre todo, la oscilación entre el más acendrado espiritualismo y la más encendida sensualidad. Sawa me aseguró que no sería fácil dar con él porque el poeta tenía una pierna infectada de erisipela y pasaba largas temporadas en el Hospital Broussais, que gustaba de llamar su «cuartel de invierno».

Tuve suerte. Una noche Sawa y yo entramos en el café D'Harcourt y allí estaba el Fauno. Rodeado de equívocos acólitos, Verlaine golpeaba intermitentemente el mármol de la mesa. Bebía ajenjo y se notaba que estaba medio borracho. Yo no le podía quitar los ojos de encima. ¡Había llegado el momento que desde hacía tanto tiempo esperaba!

Sawa hizo la presentación.

—Maestro, un poeta americano, gran admirador de usted que le quiere saludar, Rubén Darío...

Murmuré en mal francés toda la devoción que me fue posible, para concluir con la palabra *gloire*. Quién sabe qué le habría pasado esa tarde a Verlaine. El caso es que, volviéndose a mí, y sin cesar de golpear la mesa, me dijo en voz baja:

—*La gloire! La gloire! Merde! Merde! Merde encore!*

Creí prudente retirarme.

Volví a verle dos veces más.

Verlaine, que todavía no había alcanzado los cincuenta años, era de una fealdad llamativa y, para un hombre tan apasionado de las mujeres como él, contemplarse cada mañana en el espejo tenía que haber sido un martirio y una desolación. Nadie, ni su maestro Baudelaire, compuso jamás versos eróticos tan bellos, tan verdaderos y tan sutiles. Yo, que le igualaba en adoración de la mujer, no podía sino postrarme ante su grandeza:

Les hauts talons luttaient avec les longues jupes,
En sorte que, selon le terrain et le vent,
Parfois luisaient des bas de jambes, trop souvent
Interceptés! —et nous aimions ce jeu de dupes.

Parfois aussi le dard d'un insecte jaloux
Inquiétait le col des belles sous les branches,
Et c'étaient des éclairs soudains de nuques blanches,
Et ce régal comblait nos jeunes yeux de fous...

¡Qué belleza! Nunca había sido el idioma francés tan sutil, tan alado, tan musical. El simbolismo, después de la frialdad descriptiva de los poetas parnasianos, buscaba sugerir, intimar, dar a entender entre líneas... y Verlaine era su máximo exponente. Verle sumido en el sueño verde del ajenjo daba pena. ¡Y yo iba por el mismo camino!

Al mencionar antes la traducción por el doctor Mardrus de *Las mil y una noches*, aludí a la libertad de que gozaban los escritores franceses, a diferencia de los de otras naciones, para explorar la sexualidad. Un poema de Verlaine me lo demostró. Pertenecía a *Odes en son honneur*, editado justo antes de mi llegada a París. Allí encontré, atónito, un canto al amor físico —al amor físico y al cuerpo de la amada— superior a todo lo que había visto previamente. ¿Quién, antes, había elogiado así los senos?:

Ô seins, mon gran orgueil, mon immense bonheur,
Purs, blancs, joie et caresse,
Volupté pour mes yeux et mes mains et mon coeur
Qui bat de votre ivresse...

En realidad la libertad de los franceses para cantar el divino Sexo se había conseguido años atrás, en 1857, con la publicación de *Madame Bovary* y *Les fleurs du mal*. Tanto la inmensa novela de Flaubert como los poemas de Baudelaire, algunos de ellos auténticamente diabólicos —pienso sobre todo en «Les litanies de Satan»— habían sido llevados a los tribunales por los enemigos de siempre. Y la causa de la literatura había triunfado. A partir de entonces los escritores franceses podían ahondar en la experiencia humana sin estar siempre temiendo al censor. Fue la segunda gran revolución francesa. En comparación, nosotros —y los españoles— vivíamos en plena época medieval. También los ingleses.

Yo estaba decidido a romper el cerco.

Nada más llegar a París pude comprobar que no era mito lo de la Capital del Amor. No me refiero sólo a la desenfadada proliferación de magníficas damas de noche (y de día) que se apreciaba por calles, cafés y restaurantes, sino a la falta de pudor de las parisienses en general. En París la noción de «pecado sexual» parecía absolutamente superada, *surannée.* Las mujeres y los hombres se trataban de igual a igual, y, en cuanto a la Iglesia, apenas se notaba su presencia. Las parisienses no me decepcionaron ni entonces ni después. Nunca olvidaré su risa, que no se parece en nada a la de las demás mujeres. Ni, por supuesto, su belleza y su picardía.

Fueron los dos meses más intensos de mi vida. Apenas descansé, ni de día ni de noche. Tenía veintisiete años y, pese a las ingentes cantidades de alcohol que consumía, todavía no se habían minado ni mi salud ni mi potencia sexual. Quería verlo todo, saborearlo todo.

Acompañado de Sawa y Gómez Carrillo, recorrí el Barrio Latino de cabo a rabo, así como Montmartre y Montparnasse; conocí unos burdeles imponentes; me extasié ante la grandiosidad de Versalles y el recatado encanto del Petit Trianon; visité con frecuencia los cuadros de Watteau en el Louvre, que me confirmaron en mi admiración por el siglo XVIII francés; y día tras día, en las magníficas librerías parisienses, incluidas las de ocasión, era el descubrimiento de un autor nuevo o desconocido y, a veces, absolutamente *bouleversant. Monsieur Vénus,* por ejemplo, de la inquietante y picante Rachilde, donde brotaba la roja flora de las aberraciones sexuales; el *Choix de poèmes* de Verlaine, en la edición de la Bibliothèque Charpentier; obras de Richepin, Mallarmé, Villiers de l'Isle Adam, Barbey d'Aurevilly, Moréas...; *Le spleen de Paris* de Baudelaire, colección de pequeños poemas en prosa que fue para mí un deslumbramiento; una obra espléndida de Remy de Gourmont, *Le latin mystique*, que me inició en el conocimiento de la literatura latina de la Edad Media y me acompañaría como un fiel amigo durante el resto de mis días; y, tal vez la revelación más inesperada, y más estremecedora, de todas, *Les chants de Maldoror* del genial uruguayo Isidore Ducasse, sedicente conde de Lautréamont, en una edicion largamente agotada que tuve la inmensa suerte de encontrar una tarde en un puesto de *bouquiniste* al lado del Sena.

El hervor literario de aquel París me asombraba, me pasmaba, hacía que vibrara cada cuerda de mi sensibilidad.

Lo más grande, con todo, fue indudablemente el privilegio de haber intercambiado unas palabras con Verlaine, que moriría tres años después en la más abyecta penuria. Pocas veces había nacido de vientre de mujer un ser que llevara sobre sus hombros igual peso de dolor. Pocas veces había mordido cerebro humano con más furia y ponzoña la serpiente del Sexo. El deseo le tenía aprisionado, encarcelado, esclavizado. ¿Hijo de Pan? ¡Era Pan mismo! Y siendo católico, como yo, vivía cada día más abrumado por el sentimiento del pecado. ¡Que sufrimiento el suyo!

Conocí a otras personas fascinantes durante mi estancia, entre ellas a Charles Morice, gran amigo de Verlaine que acababa de publicar un libro clave sobre el simbolismo, *La littérature de tout à l'heure*, y que me hizo el inestimable regalo de un ejemplar de su ensayo sobre el poeta. En la segunda edición de *Azul...*, publicada en Guatemala en 1890, yo me había atrevido a incluir una composición en francés, «Chanson crépusculaire». Hojeando el libro, Morice dio con ella y la leyó. Habida cuenta de que yo hablaba mal el idioma, él no entendía cómo había sido capaz de aquella hazaña. Y es que, por mi acendrado amor a Hugo, por mi frecuentación diaria de su obra, el francés literario se me había metido muy adentro. Añadiré que Morice tuvo el detalle de no señalarme las torpezas prosódicas de aquel poema.

Con quien llegué a tener amistad de verdad en París fue con el poeta griego Jean Moréas, capitán de la llamada École Romane, de verdadero apellido Papadiamantopoulos. Moréas era todavía joven, llevaba un inseparable monóculo, y le gustaba dogmatizar en sus cafés preferidos, sobre todo el Vachette, hablando siempre de arte y de literatura. En su poesía las abejas de Grecia libaban rica miel francesa. Vivía principalmente de una pensión que le pasaba un tío suyo en Atenas, ministro del rey Jorge. Así no tenía que escribir en los periódicos, como yo, para ganarse la vida. A veces iba con él y Gómez Carrillo de madrugada a los grandes mercados, a los Halles, a comer almendras verdes o salchichas, todo ello regado con vinos populares como el *petit vin bleu.*

Jamás encontré un alma ni más augustamente firme, ni más pura en su humanidad, que el alma límpida, ínclita y piadosa de Jean Moréas.

Me habían dicho que hablaba español. ¡No hablaba una sola palabra! Aunque es verdad que, cuando me veía, solía exclamar «¡Viva don Luis de Góngora y Argote!». Con el mismo tono, cuando aparecía Gómez Carrillo, gritaba «¡Don Diego Hurtado de Mendoza!». Verlaine tampoco hablaba español, aunque sí conocía nombres de nuestra literatura española e hispanoamericana, entre ellos los de Calderón de la Barca y Góngora. Según me dijo Gómez Carrillo, gustaba de declamar el conocido y magnífico verso de éste, «A batallas de amor, campos de pluma». Pude comprobar que lo anunciado alguna vez en *La Plume* sobre la publicación de una traducción de Calderón, hecha juntamente por Verlaine y Jean Moréas, fue una quimera.

Tanto Moréas como Verlaine eran popularísimos en el Quartier Latin, sobre todo Verlaine que, cuando yo le conocí, había alcanzado la cumbre de su gloria. Los camareros le trataban con enorme respeto, y al bajar cojeando por el bulevar Saint-Michel le saludaba todo el mundo con un «Bon soir, Maître!». Era admirable.

Comía yo generalmente en el café Larue, situado enfrente de la Madeleine. Allí me inicié en aventuras de alta y fácil galantería. Ello no tiene importancia, mas he de recordar a quien me daría la primera ilusión de costoso amor parisiense. Y vaya una grata memoria a la gallarda Marion Delorme, de victorhuguesco nombre de guerra. Habitaba entonces en la avenida que llevaba el nombre del creador de *La légende des siècles*, y era la cortesana de los más bellos hombros.

Añadiré que los cafés y restaurantes del bosque de Boulogne no tuvieron secretos para mí.

Tampoco tuvo secretos el jardín del Luxemburgo, el encantado recinto de amor y de poesía situado en el corazón del Barrio Latino. Allí me paseaba casi a diario, observando a los amantes, a las gentes que leían sus periódicos y a las niñas que correteaban sobre la hierba fresca. Y, por supuesto, contemplando la hermosa fuente de Médicis, que duplicaba las estatuas clásicas en su agua especular, y la belleza de los árboles. Me enamoré del Luxemburgo. Unos años después le dediqué un poema de admiración y de gratitud donde, entre otras cosas, decía:

Aquí su amable gozo vierte el «país latino»;
se oye un eco de Italia o una frase en inglés;
y el amor ruso mezcla su ácido al amor chino,
y el beso parisiense se junta al japonés.

Aquellos dos meses, ya lo he dicho, fueron los más intensos de mi vida. Pero mis rollos de águilas iban mermando y era preciso disponer la partida a Buenos Aires. Así lo hice, no sin que mi codicioso hotelero, viendo que se le escapaba esa *pera*, como entonces decían los franceses, quisiera quedarse con el resto de mis oros. No se salió con la suya.

A Argentina llevé una maleta llena a reventar de libros de los poetas y novelistas franceses del momento, así como el proyecto de volver cuanto antes, y por más tiempo, a París, que no sólo no me había desilusionado sino que ya sentía como mío para siempre.

* * *

Asqueado y espantado de la mediocre vida social, cultural y política en que mantenía a Nicaragua un lamentable estado de civilización embrionaria, no mejor en tierras vecinas, fue para mí un magnífico refugio la República Argentina. En Buenos Aires, aunque lleno de tráfagos comerciales, había una larga y cosmopolita tradición intelectual, y los espíritus inquietos estaban perfectamente al tanto de las nuevas tendencias europeas, sobre todo de las francesas. Yo sabía, antes de llegar, que allí me esperaba un ambiente favorable a mis pretensiones innovadoras.

Así fue. La Cosmópolis del Sur me recibió con los brazos abiertos. Llegaba yo no sólo como el poeta de *Azul...* sino como el que acababa de cosechar en París impresiones imperecederas. Mi sueño de siempre —ver París, sentir París, hacer el amor en París— se había cumplido con creces, y mi iniciación estética en el simbolismo me enorgullecía y me entusiasmaba. Había estado al lado de Verlaine e incluso le había regalado mi Ulster, magnífico abrigo adquirido durante mi estancia en Chile; me había internado en el misterioso mundo de los versos del sutil Stéphane Mallarmé; era amigo de Moréas. Sobre éste había escrito un texto durante la travesía que se publicó en *La Nación* a mi llegada. Creo que fui el primero en hablar de él en América.

Viví a tope mis cinco años en Buenos Aires. Como había escasos contactos entre Argentina y Colombia —comerciales o de otro tipo—, fue poco exigente mi puesto de cónsul general. En realidad, apenas tenía que hacer nada para justificar mi sueldo. Fui acogido muy afablemente por *La Nación*, en primer lugar por su propietario, Bartolino Mitre, hijo del legendario general y escritor que la fundara y que a mí me invitara, tres años antes, a ser redactor. Bartolino Mitre tuvo la deferencia de presentarme a su padre. Ya anciano, el venerable militar y hombre de letras estuvo conmigo suave y alentador. Salí contentísimo de la entrevista.

En la redacción de *La Nación* hice dos amigos magníficos: Julio Piquet, periodista sutil, hombre de gran amabilidad y buena cabeza administrativa (era secretario del diario), y Roberto Payró, trabajador insigne, autor luego de libros de mucha resonancia, entre ellos *Las divertidas aventuras del nieto de Juan Moreira* y *Nosotros*.

En las columnas de *La Nación* publiqué a partir de mi llegada infinidad de artículos de toda índole, y dediqué mis vagares al ejercicio del arte puro y de la creación mental. Y, por supuesto, a los placeres de la vida nocturna —tan estimulante y variada en la capital rioplatense—, que disfrutaba en compañía de los jóvenes escritores del momento. Nuestro paradero preferido era un establecimiento llamado Auer's Keller.

Uno de mis mejores amigos de aquel grupo era el poeta Alberto Ghiraldo, que tenía ideas libertarias y gustaba de proclamar solemnemente: «¡Sólo un déspota, el Genio!».

Otro amigo era José Ingenieros, una de las inteligencias más vigorosas y preclaras de Argentina, precursor del socialismo en América y luego eminente psiquiatra.

Hice algunas escapadas fuera —Córdoba, Tigre, la Pampa—, pero breves. Yo siempre fui hombre de ciudad, pese a la exaltación de la Naturaleza que se encuentra en mi poesía. ¡No hay bohemia en el campo!

Aquel ambiente era altamente estimulante. A mí no me cabía la menor duda de que Buenos Aires era la capital cultural de Hispanoamérica y que de allí tendría que irradiar la revolución cultural que yo y mis compañeros pregonábamos.

Bajo el impacto de mi estancia en Francia de tantos días y noches inolvidables, ya trabajaba en mi libro *Los raros*, serie de viñetas de unos veinte personajes literarios, casi todos franceses, del siglo que se iba extinguiendo. Personajes que a mí me llamaban la atención por su fuerte individualismo, condición de malditos, excentricidad o empeño en vivir libres de trabas. Entre ellos Verlaine, Villiers de l'Isle Adam, Jean Richepin, Leconte de Lisle, Rachilde, mi amigo Moréas, el belga Théodore Hannon, Léon Bloy, Edgar Allan Poe, el portugués Eugénio de Castro y, sobre todo, el fabuloso montevideano Lautréamont, de cuyo casi desconocido libro *Les chants de Maldoror* había conseguido un ejemplar en París, como ya conté.

Leí de un tirón en Buenos Aires el blasfemo y furibundo libro de Lautréamont, absolutamente único en el siglo XIX por la originalidad de su estilo y la virulencia de su odio al Dios semita. Me impresionaron, sobre todo, sus extraordinarios símiles: «El gran duque de Virginia era bello,

bello como una memoria sobre la curva que describe un perro que corre tras su amo»; «el escarabajo, bello como el temblor de las manos en el alcoholismo»; «el buitre de los corderos, bello como la ley del detenimiento del desarrollo del pecho en los adultos cuya propensión al crecimiento no está en relación con la cantidad de moléculas que su organismo asimila»; y, la más llamativa de todas, la comparación de la hermosura de un adolescente con la del «encuentro fortuito de una máquina de coser y un paraguas sobre una mesa de disección». No había leído nunca nada comparable. Y parecía mentira que aquel autor enigmático, muerto a los veinticuatro años, indigente, en el París de 1846, no fuera considerado ya un gigante de las letras francesas. Yacía en el más absoluto de los olvidos, no se podían conseguir sus escritos, y el ensayo que publiqué sobre él en *La Nación*, luego reproducido en *Los raros*, fue la primera noticia del libro que aparecía en idioma español.

Di a conocer en *La Nación* otros capítulos de *Los raros*, entre ellos los de Moréas, Verlaine —con el dedicado a Lautréamont, el que más me satisfacía— y Théodore Hannon. Por ellos, y por mis versos del momento, recibí furibundos ataques de los que se oponían a toda renovación de las letras argentinas. Sobre todo les disgustó a mis enemigos el ensayo sobre Hannon, aquel belga para quien el único amor era el epidérmico, y que había surgido entre la pacotilla pornográfica que hizo ganar una fortuna al famoso editor de libros eróticos Henri Kistemaeckers. Dicho ensayo les pareció una descarada apología del decadentismo. Recuerdo que contenía un párrafo que decía más o menos:

«Théodore Hannon es un satánico, un poseso. Mas el Satán que le tienta, no hay que creer que sea el chivo impuro y sucio, de horrible recuerdo, ni el dragón encendido y aterrorizador, ni siquiera el Arcángel maldito, ni la Serpiente de la Biblia. El diablo que ha poseído a Hannon es el que ha pintado Félicien Rops, diablo de frac y *monocle*, moderno, civilizado, refinado, morfinómano, sádico, maldito; diablo, en fin, más diablo que nunca».

Para aquella gente yo era un decadente, un corruptor de la sana juventud porteña. Años después, en un poema de tono burlesco, recordé sus embestidas :

Paréntesis. El Ateneo.
Vega Belgrano piensa. Ezcurra
discurre. Pedro despanzurra
a Juan. Surge el vocablo feo:

«Decadente». ¡Qué horror! ¡Qué escándalo!
La peste se ha metido en casa.
¡Y yo soy el culpable, el vándalo!
Quesada ríe. Solar, pasa...

Yo no me consideraba un «decadente», desde luego, pero sí me jactaba de ser rebelde y archirrebelde. Detestaba la vida y el tiempo en que me había tocado nacer: su militarismo, su materialismo, su chabacanería, su política, su desprecio por los valores del espíritu. Reivindicaba, para contrarrestarlos, el amor a la Belleza y a la Libertad. Y, en primer lugar, a la eterna Poesía. ¿No era yo el autor de *Azul...?*

No se tenía en toda la América Latina como fin y objeto poéticos más que la celebración de las glorias criollas, los hechos de la Independencia, y la Naturaleza. Aquello era un eterno canto al militarote de turno; una inacabable oda a la agricultura de la zona tórrida; y décimas y más décimas patrióticas. Yo no negaba, desde luego, que hubiese un gran tesoro de poesía en la épica americana prehistórica, en la conquista, y aun en la colonia; mas con nuestro estado social y político llegaron la chatura intelectual y, ¿por qué no decirlo?, periodos históricos más a propósito para el folletín sangriento que para el noble canto. Había que buscar inspiración en otros sitios, en otros temas, en otras épocas.

Después de mi visita a París yo ya tendía sobre todo hacia el siglo XVIII francés. Admiraba la *mesure* y la refinada sensualidad de aquella sociedad y su arte, antes de la llegada de las hordas revolucionarias. Y así, en «Divagación» —diríase un curso de geografía erótica— proclamé:

Amo más que la Grecia de los griegos
la Grecia de la Francia, porque en Francia,
al eco de las Risas y los Juegos,
su más dulce licor Venus escancia.

Devoraba entonces dos maravillosos libros franceses que había adquirido en París: *La Mythologie dans l'art ancien et moderne*, de René Ménard, y *Les grands initiés. Esquisse de l'histoire secrète des religions*, de Édouard Schuré. También consultaba a menudo el grandioso *Dictionnaire des antiquités grecques et romaines*, de Daremberg y Saglio. Yo creía en Dios, de acuerdo. Pero también en los dioses. Estimaba, es decir, que bajo la mirada de Dios habían vivido y vivirían siempre los dioses y que era mentira que hubiera muerto ninguno de ellos... Los dioses no se habían ido, los dioses no se iban; cambiaban de forma y continuaban animando el universo y aplicando su influencia sobre el hombre. Así pensaba yo entonces.

En varios poemas míos de esa época traté de salvar la antinomia, tan profundamente arraigada en el pensamiento occidental, entre el cuerpo y el alma. Antinomia exacerbada en el cristianismo por el acuciante sentimiento de pecado carnal. Lo ensayé, por ejemplo, en «El coloquio de los centauros», exaltación de las fuerzas naturales. Y en «Palabras de la satiresa», sobre todo en el consejo que allí me da aquella hermosa bestia medio humana, medio divina, que emerge de repente de la verde espesura, adelantando orgullosa las lozanas manzanas de sus erectos senos:

'Tú que fuiste —dijo— un antiguo argonauta,
alma que el sol sonrosa y que la mar zafira,
sabe que está el secreto de todo ritmo y pauta

en unir carne y alma a la esfera que gira,
y amando a Pan y Apolo en la lira y la flauta,
ser en la flauta Pan, como Apolo en la lira'.

Unir carne y alma a la esfera que gira —a la eterna armonía universal—, ser a la vez dionisiaco y apolíneo: era mi sueño y mi lucha. Nunca lo conseguiría, pese a mis esfuerzos. El terror católico impedía la conjunción deseada, y el sentimiento de culpa y de pecado me acompañarían hasta el final.

Al poner en boca de mi satiresa la afirmación de que, en una existencia anterior, yo había sido argonauta, formulaba una convicción mía que venía de lejos. ¿Qué era el Vellocino de Oro, me había preguntado muchas veces de joven, fascinado con aquella historia? Desde luego algo muy valioso. Si no, Jasón y sus compañeros no se habrían sentido en la obligación de viajar en su nave, afrontando mil peligros, hasta la lejana Cólquida —confín del mundo conocido— para recuperarlo. (Un día, años después, aconsejé a un imberbe vate que decía despreciar el dinero: «Los argonautas eran poetas. ¡Pero iban en busca del Vellocino de Oro!»).

«Navegar es necesario, vivir no es necesario» dijo Plutarco, a quien ya he citado. Yo de niño lo había intuido, y me había sentido llamado, nuevo Jasón, a emprender una aventura heroica. Pero, ¿cuál? No alcanzaba entonces a sospecharla. Luego resultaría que lo que pasé mi vida buscando era la solución al enigma de mi propia vida: el oro de mí mismo.

* * *

Cerrado el consulado de Colombia en 1895 —otra vez los miserables avatares políticos— yo andaba de repente escaso de haberes, pese a una pequeña colaboración diaria en *La Tribuna* de Buenos Aires, además de mis artículos para *La Nación*. Y fue entonces cuando unos amigos me consiguieron una colocación en Correos y Telégrafos, como secretario del director.

¡El vate Rubén Darío, años atrás empleado de Aduana y ahora funcionario de Correos! Yo cumplía puntualmente con mis obligaciones, eso sí, las cuales eran contestar una cantidad innumerable de cartas de recomendación que llegaban de todas partes de la República, o recibir a un ejército de solicitantes de empleos que venían con la dichosa recomendación en mano. En las primeras no me faltaban el «con el mayor gusto...» o el «en cuanto haya alguna vacante...». Y a los que penetraban hasta mi despacho siempre les trataba de animar (recordando a Larra): «Vuelva usted otro día... Hablaré con el director... No se preocupe, lo tendré muy presente... Creo que usted conseguirá su puesto...». Y así todos se iban contentos y no les volvía a ver. Al poeta Leopoldo Lugones —unos siete años más joven que yo— le dieron un pequeño puesto en Correos y Telégrafos por las mismas fechas. Lugones no sólo era un poeta de talento —creí en él nada más conocerle— sino un inconformista radical que decía pestes de la burguesía («la canalla enguantada» la llamaba él) y pregonaba y preconizaba la revolución socialista. Cosa tal vez sorprendente en hombre de tales ideas, le inquietaba casi tanto como a mí el más allá, y hablábamos largamente de teosofía, de espiritismo, de parapsicología, de reencarnación, de Madame Blavatsky y Annie Besant... en fin, de todo lo relacionado con las ciencias ocultas. Lugones y yo nos hicimos de verdad muy buenos amigos, y me complacía poder estimular su vocación poética y su fe en el arte.

Recuerdo que leímos juntos *Belkiss*, de Eugénio de Castro, el admirable lírico portugués que tuviera el valor de representar primero a la raza ibérica en el movimiento intelectual contemporáneo. Di una conferencia sobre el poeta en el Ateneo de Buenos Aires, luego reproducida en *Los raros*. A raíz de una visita a París en 1889, tres años antes que yo, Castro se había convertido en epígono del simbolismo. El prefacio a su libro *Oaristos*, publicado al año siguiente, constituía un vehemente manifiesto en el cual, al deplorar la pobreza de la poesía portuguesa de entonces, reivindicaba el uso de un vocabulario rico y brillante que hablara a todos los sentidos, así como una profunda renovación métrica. Llamé la atención de mis oyentes del Ateneo sobre el aislamiento intelectual que padecía en aquellos momentos España, encerrada detrás de la impenetrable muralla de su tradición. ¿Se iba a producir una resurrección del espíritu latino? Yo estaba convencido de que ya apuntaba, con Francia a la cabeza. La súbita energía portuguesa, encarnada en Castro —bizarro y mágico Vasco da Gama de la lira— lo confirmaba, así como la poesía de D'Annunzio en Italia.

Sí, estábamos ante un renacimiento latino, no me cabía duda. Pero España parecía no querer enterarse.

También pude dar el espaldarazo a otro excelente poeta, Ricardo Jaimes Freyre, futuro autor de *Castalia bárbara*, que llegó al río de la Plata desde su nativa Bolivia más o menos al mismo tiempo que yo. Freyre hablaría después de la suma de entusiasmos, de esperanzas, de sueños de arte y de belleza que provocara entre la juventud porteña mi aparición en Buenos Aires. Me complace pensar que fue así. Juntos fundamos *La Revista de América* que, si bien tuvo vida efímera, no por ello dejó de ejercer una profunda influencia sobre dicha juventud, tan ansiosa de vida nueva.

Un día, creo recordar que a raíz de una *séance* espiritista, tuve una especie de visión en la cual se me apareció un soldado romano llamado Rufo Galo que decía haber sido amante de Cleopatra. De repente se me fueron juntando palabras en el cerebro, independientemente de mi voluntad, y sabía que estaba poseído por el *deus*. Así nació «Metempsícosis», uno de mis poemas más extraños y creo que más logrados:

Yo fui un soldado que durmió en el lecho
de Cleopatra la reina. Su blancura
y su mirada astral y omnipotente.
Eso fue todo.

¡Oh mirada! ¡Oh blancura! Y ¡oh aquel lecho
en que estaba radiante la blancura!
¡Oh la rosa marmórea omnipotente!
Eso fue todo.

Y crujió su espinazo por mi brazo;
y yo, liberto, hice olvidar a Antonio
(¡oh el lecho y la mirada y la blancura!).
Eso fue todo.

Yo, Rufo Galo, fui soldado y sangre
tuve de Galia, y la imperial becerra
me dio un minuto audaz de su capricho.
Eso fue todo.

¿Por qué en aquel espasmo las tenazas
de mis dedos de bronce no apretaron
el cuello de la blanca reina en brama?
Eso fue todo.

Yo fui llevado a Egipto. La cadena
tuve al pescuezo. Fui comido un día
por los perros. Mi nombre, Rufo Galo.
Eso fue todo.

¿De qué regiones oscuras había llegado hasta mí Rufo Galo, utilizándome como médium? Aquella experiencia me afectó profundamente aunque tampoco me sorprendió del todo, ya que desde joven yo había tenido ocasión de observar la presencia y la acción de las fuerzas misteriosas que aún no habían llegado al conocimiento y dominio de la ciencia oficial.

Así, a los catorce años vi y toqué, una madrugada, frente a la catedral de León, donde hoy yacen mis restos, una horrible materialización sepulcral, una larva, o, como diría un teósofo, un elemental. Estaba yo en mi sano y completo juicio. ¡Qué pavor me produjo aquella aparición!

En 1893, en Guatemala, cuando me acababa de casar con Rafaela Contreras, oímos una noche, a altas horas, tres golpes secos dados en el interior de la vivienda. Supuse que el viento sacudía una puerta de madera que daba al jardín, pero comprobé que estaba cerrada. Nos volvimos a acostar y a poco empezaron a sonar otra vez los golpes, esta vez más cerca. Una criada y un criado, que dormían en sendos cuartos al lado de la cocina, llegaron alborotados. Con las luces encendidas se oyeron los mismos golpes en la mesa del comedor. Luego, en la puerta del saloncito contiguo. Cubría el suelo de éste una especie de estera que crujía a la menor presión, y sentimos claramente los pasos de alguien que se acercaba. Mi pobre Rafaela se puso blanca, blanca de terror. Yo también estaba que me caía de espanto. Los pasos se alejaron hacia la puerta de la calle y entonces sonaron tres fuertes aldabonazos. Abrí la ventana. Enfrente, bajo un foco de luz eléctrica, había un policía.

—¿Ha salido alguien? —le pregunto.

—No, señor —me contesta—, pero han dado tres golpes en la puerta.

Apunté la fecha y la hora. Y me volví a acostar.

Unos días después supe que en aquellos mismos momentos se moría en la ciudad de Panamá mi íntimo amigo Jorge Castro Fernández, diplomático costarricense de una vasta cultura y adepto teosófico. Recordé, al recibir la infausta noticia de su fallecimiento, que Jorge me había propuesto una vez que aquel de los dos que se desencarnara primero se comprometiese a dar una señal de supervivencia al que quedase. Yo le había manifestado que no era de mi agrado semejante trato, pero él insistió.

El anuncio psicofísico de la muerte de aquel amigo fue para mí la contundente demostración de que el más allá existía realmente. De modo que, cuando se iban formando en mi cabeza los versos del poema de Rufo Galo, como dictados por una presencia invisible, tampoco me podía extrañar excesivamente. A mí, como a cualquier poeta auténtico, a veces me ocurrían cosas misteriosas, cosas difíciles de explicar, cosas del *deus*.

* * *

Algunos jóvenes amigos argentinos me instaban a que diera a conocer cuanto antes una colección de poemas míos actuales o recientes, y se ofrecían a seleccionarlos y a ordenarlos. Accedí a su requerimiento, al ver que la idea era acertada, y aquellos excelentes compañeros empezaron a espigar mis manuscritos y los versos ya dados a conocer en la prensa.

Así y no de otra manera nació el libro que tanta influencia iba a ejercer a ambos lados del Atlántico: *Prosas profanas y otros poemas*.

Se publicó a finales de 1896, dos meses después de la aparición triunfal de *Los raros*.

Si yo gozaba ya de celebridad en Buenos Aires y en Chile, aquellos dos libros me llevaron a la cumbre de la fama en América. De repente se me vio como jefe indiscutido del nuevo movimiento poético, cada vez más conocido por el nombre de modernismo.

Mis compañeros porteños habían estimado, al ir seleccionando poemas para mi nueva colección, que ya era hora de que yo editara un manifiesto estético, al estilo de los que periódicamente se lanzaban, con el debido alboroto (palabra árabe que siempre me ha encantado) en París. En unas «palabras liminares» antepuestas a *Prosas profanas* expuse mis razones para no hacerlo: «la absoluta falta de elevación mental de la mayoría pensante de nuestro continente; la desorientación de los nuevos; mi voluntad de no marcar rumbos a nadie». Dichas palabras vinieron a constituir, sin embargo, un manifiesto *sui generis*. Con ellas insistía en mi derecho a ser yo, a ser cosmopolita, a no inspirarme necesariamente en el pasado americano, a rechazar la sociedad contemporánea, a tener esposa de mi tierra y... ¡querida de París!

¡Ah, querida de París! ¡Mi obsesión de siempre! El breve texto —como los poemas mismos— reivindicaba sobre todo un erotismo libre de trabas e imposiciones, y, claro está, mis adversarios estaban escandalizados.

Para empezar, criticaron el título del libro. ¿Cómo se podía llamar *Prosas profanas* a un poemario? Se olvidaban de las prosas latinas de la Edad Media, recuperadas en parte por el que luego sería mi amigo Remy de Gourmont (para quien el título constituía una *trouvaille)*. Sobre todo se olvidaban de las «prosas» que hiciera en *román paladino* el maestro Gonzalo de Berceo. En cuanto a lo de «profanas», el término sublevó a los contrarios. Desde la portada de mi libro, decían, yo proclamaba abiertamente ser un «decadente», un inmoral. Al hojear las páginas del mismo se ratificaban en esta opinión, viendo, por ejemplo, cómo se utilizaba hasta el vocabulario de la liturgia católica para fines, según ellos, inconfesables y perversos. Para tales mentalidades una composición como «Ite, missa est», con su primer cuarteto tan atrevido, rezumaba blasfemia y anticatolicismo:

> *Yo adoro a una sonámbula con alma de Eloísa,*
> *virgen como la nieve y honda como la mar;*
> *su espíritu es la hostia de mi amorosa misa,*
> *y alzo al son de una dulce lira crepuscular.*

Ojos de evocadora, gesto de profetisa,
en ella hay la sagrada frecuencia del altar;
su risa es la sonrisa suave de Monna Lisa,
sus labios son los únicos labios para besar.

Y he de besarla un día con rojo beso ardiente;
apoyada en mi brazo como convaleciente,
me mirará asombrada con íntimo pavor;

la enamorada esfinge quedará estupefacta,
apagaré la llama de la vestal intacta,
¡y la faunesa antigua me rugirá de amor!

Sí, aquello era inaceptable, nefando, un insulto a la Madre Iglesia. Y yo merecía la hoguera.

En cuanto a la cuestión métrica, tampoco gustaron mis innovaciones a todo el mundo, naturalmente. Versos como «su risa es la sonrisa suave de Monna Lisa», del soneto que acabo de citar, «bajo el ala aleve del leve abanico», «la libélula vaga de una vaga ilusión», o «el divino astillero del divino Watteau», con sus repeticiones, aliteraciones y rimas internas, ponían enfermos a los «puros». Era cierto que había encontrado tales recursos leyendo a los simbolistas franceses, sobre todo a Verlaine y a Mallarmé, pero en el fondo yo no hacía más que desarrollar tendencias y posibilidades que ya existían en la poesía castellana. ¿No había escrito san Juan de la Cruz el inspirado verso «un no sé qué que queda balbuciendo», para tratar de expresar lo inefable, versos que ellos mismos, con su sucesión de tres *qués*, balbucían admirablemente? ¿No había manejado Garcilaso, con indudable maestría, una sucesión de *eses* cuidadosamente orquestadas para sugerir el zumbido de las abejas que rompían el silencio de un mediodía tórrido a orillas del Tajo?:

En el silencio sólo se oía
un susurro de abejas que sonaba.

A la mayoría de mis detractores no les hice caso. Pero era imposible no reaccionar ante los comentarios de Paul Groussac, el famoso escritor galoargentino cuyo estilo periodístico había influido considerablemente en el mío, como dije antes. Groussac razonaba que la tendencia literaria que yo cultivaba, de origen declaradamente francés, no tenía sentido en español. Yo le contesté que no estaba en absoluto de acuerdo y que, al penetrar en ciertos secretos de armonía, de matiz, de sugerencia de la lengua de Francia, había sido mi pensamiento descubrir virtudes análogas en el español. La sonoridad oratoria, los cobres castellanos, sus fogosidades, ¿por qué no podían adquirir las notas intermedias, y revestir las ideas indecisas, en que el alma tiende a manifestarse con mayor frecuencia? («Sugerir, éste es el sueño», había preconizado Mallarmé). ¿No provenían ambos idiomas de la misma raíz, del latín, idioma que yo adoraba? ¿No podía tener el español posibilidades prosódicas aún no suficientemente exploradas? Luego, le expliqué, la evolución que llevara el castellano a ese renacimiento habría de verificarse primero en América, puesto que España estaba tan cercada y erizada de españolismo que allí no había nada que hacer.

Arreciaron los ataques a la par que crecían mi fama y el ímpetu del movimiento que, aunque *strictu sensu* no lo había iniciado yo —pese a reivindicar tal mérito alguna vez—, debía a mí, indudablemente, su triunfo.

Algunos críticos, entre ellos José Enrique Rodó, me acusaron de que a *Prosas profanas* le faltaba emoción. Es verdad que mis poemas más hondos vendrían después, pero ello no quería decir que la emoción estuviera ausente del libro, sobre todo de las composiciones en las cuales se debatía la eterna antinomia de cuerpo y alma, problema entonces —y siempre— tan acuciante para mí. Había poemas, además, que aludían discretamente a experiencias amorosas, y otros cuyo tema era el autoconocimiento y la exaltación de la personalidad. En ellos no faltaba emoción. Pero lo cierto es que en *Prosas profanas* yo expresaba sobre todo, más que experiencias excesivamente íntimas, una airada protesta contra la sociedad contemporánea, y erigía, para combatirla, un mundo alternativo de belleza y de refinamiento.

Durante los cinco años que estuve en Buenos Aires no volví a ver una sola vez a mi esposa, aunque sí mantuvimos una irregular correspondencia epistolar. Rosario —cuyo hijo había nacido muerto— quería juntarse conmigo. Pero yo siempre encontraba la manera de esquivar tal propósito. Además había otras mujeres, entre ellas ¡Margarita! La recordé luego en un soneto que tuvo mucha difusión. Melancólico recuerdo pasional, vivido. Aunque en la verdadera historia la amada, que era uruguaya, no fue alejada por la muerte:

Margarita
In memoriam...

¿Recuerdas que querías ser una Margarita
Gautier? Fijo en mi mente tu extraño rostro está,
cuando cenamos juntos, en la primera cita,
en una noche alegre que nunca volverá.

Tus labios escarlata de púrpura maldita
sorbían el champaña de fino baccarat;
tus dedos deshojaban la blanca margarita:
«Sí..., no..., sí..., no...», ¡y sabías que te adoraba ya!

Después, ¡oh flor de Histeria!, llorabas y reías;
tus besos y tus lágrimas tuve en mi boca yo;
tus risas, tus fragancias, tus quejas eran mías.

Y en una tarde triste de los más dulces días,
la Muerte, la celosa, por ver si me querías,
¡como a una margarita de amor, te deshojó!

Sigo amando *Prosas profanas* no tanto como obra mía, propia, sino porque, a su aparición, se animó en nuestro continente toda una cordillera de poesía poblada de magníficos y jóvenes espíritus. Y porque aquella alba nuestra se reflejó luego en el viejo solar español.

Después de la publicación de *Los raros* y *Prosas profanas*, empecé a experimentar la urgente necesidad de escaparme otra vez a Europa. Sentía sobre todo la llamada de París, de un París conocido demasiado brevemente y donde acababa de expirar mi héroe, Paul Verlaine, a quien dediqué un sentido «Responso».

Pero, ¿cómo conseguirlo? Yo estaba otra vez sin un céntimo. Mi esperanza de recibir algo de Nicaragua, del Gobierno, resultó vana. Estaba desesperado. Y así seguí un par de años.

Fue la trágica guerra de España con Estados Unidos lo que dio lugar finalmente a que mi vuelta a Europa pudiera ser realidad. La noticia, a principios de mayo de 1898, de la total destrucción de la flota española en Manila consternó a Argentina y a mí me afectó profundamente.

La extinción del antaño inmenso imperio español y la ruina de la Madre Patria coincidían con un fin de siglo repleto, por otro lado, de ominosos augurios de una conflagración europea. Todo parecía venirse abajo, y recordé mis impresiones de la España de 1892 y el verso de Verlaine:

Je suis l'Empire à la fin de la décadence.

Unos meses después hablaba yo un día con mi amigo Julio Piquet, secretario de *La Nación*, y este incomparable y bondadoso amigo me dice que el diario quiere enviar a un corresponsal especial a España, para informar sobre la situación del país tras el Desastre.

—¿Quién puede ser? —me dice.

—¡Yo! —le contesto, sin pensarlo dos veces.

Me preguntaron cuándo quería embarcar.

—¿Cuándo sale el próximo vapor?

—Pasado mañana.

—Pues, pasado mañana.

Hice rápidamente mis maletas y me despedí de los amigos. ¡Adiós, Buenos Aires! ¡Adiós, noches de Aue's Keller, regadas por los mejores vinos! Adiós Lugones, Ghiraldo, Jaimes Freyre, redacciones de tantos diarios, de tantas revistas! ¡Un día nos volveremos a ver, aunque nada será ya lo mismo!

Ya estoy a bordo. Buenos Aires se queda atrás y se abre ante mi vista la inmensidad del mar. Vuelvo a la Madre herida, para amarla el doble. Es el día 3 de diciembre de 1898.

* * *

Desembarqué en Barcelona a principios de 1899. La Ciudad Condal, que no había visitado en mi viaje anterior, me sorprendió e impresionó profundamente, por su belleza, su civismo, la seriedad de sus ciudadanos, su industria, y la calidad de sus productos, fuesen edificios, revistas, tejidos o lámparas. Era como un París más pequeño al lado del Mediterráneo, y en ella había algo así como un *brotherhood* de artistas, agrupado en torno al famoso café Les Quatre Gats, remedo de Le Chat Noir parisiense.

En todas partes constato la palpitación de un pulso, el signo de una animación.

La gente, sin excepción, se manifestaba harta de Madrid y de tener que mantener, con los vascos, el resto del país: el separatismo estaba a la orden del día.

En el famoso café Colón fui testigo de una escena que no cabía dentro de mi experiencia anterior. Entró un obrero, un menestral, no había mesa libre y, sin pensárselo dos veces, se sentó en una ocupada por dos buenos burgueses. Nadie se inmutó. El obrero pidió su café, lo tomó, lo pagó y se fue tan tranquilo. Entretanto, los dos burgueses no habían dejado de seguir hablando. Todo había transcurrido de la manera más tranquila, más normal. Se trataba del más estupendo de los orgullos: el de una democracia llevada hasta el olvido de toda superioridad, hasta el punto de que se diría que todos aquellos hombres de las fábricas tenían una corona de conde en el cerebro.

Madrid ofrecía un espectáculo absolutamente opuesto. Los cafés rebosaban de desocupados, pululaban los mendigos y las prostitutas (entre éstas muchas menores) y se llevaban a cabo atracos y robos diarios en plena calle. *La Nación* me había enviado a España a que dijera la verdad sobre la situación del país después del Desastre, sin ocultamientos, y estaba decidido a hacerlo. Dije, en una mis primeras crónicas, que había en el ambiente madrileño un hedor de organismo descompuesto. Y era cierto. Pese a que acababa de producirse la más espantosa de las desgracias, los políticos daban la impresión de no enterarse de nada. Todo parecía tomarse más o menos a guasa, y había una frivolidad exasperante. Los periódicos apenas hablaban de lo que pasaba fuera. No había crítica objetiva de nada, empezando por los libros. ¿Los libros? En Madrid, a diferencia de París, casi nadie los leía, y mucho menos los compraba. Los editores no contrataban libros, sino que se limitaban a comprarlos ya hechos, y por precios irrisorios. No contribuían a la creación de libros, es decir, adelantando un dinero a sus creadores. Con lo cual los autores nuevos escaseaban. Buenos Aires, con su millón de habitantes, estaba mucho más al tanto de las últimas novedades de la literatura francesa que la capital de España, donde todo producto mental estaba en *crack* continuo. Después de la pérdida de las últimas colonias, faltaba totalmente la noción de convalecencia progresiva, de ir poco a poco, con fe y tesón, hacia algo mejor. Faltaba la ciencia. Faltaba maquinaria moderna. Faltaba el entusiasmo. Faltaba el civismo. Sólo había la palabrería sonora propia de la raza, y cada cual profetizaba, discurría y arreglaba el país a su manera. La verbosidad nacional se desbordaba por cien bocas y plumas de regeneradores improvisados. Era un *sport* nuevo. ¡Qué desolación! A Cánovas del Castillo, que me había acogido tan generosamente durante mi primera visita a Madrid, como ya conté, lo había abatido un truculento y fanático anarquista en 1897. A su muerte, según me dijeron, se había repetido en España el episodio de doña Juana la Loca. Una vez enterrado el cuerpo de su marido, la bella Joaquina, sin derramar una sola lágrima y como extática, se había encerrado en el palacio y no volvió a salir más de él. Apenas hablaba por monosílabos con la servidumbre para dar sus órdenes, y recorría los salones solitarios con sus tocas de viuda. Una noche de invierno se vistió de blanco con su traje de novia y por la mañana los criados la hallaron muerta en el jardín, con la cara cubierta por la nieve.

Ángel Ganivet —una de las grandes esperanzas del país— acababa de suicidarse en las frías aguas de Riga a los treinta y tres años; a Emilio Castelar, desilusionado, le quedaban pocos días (pronto asistiría a su multitudinario entierro); Juan Valera estaba casi ciego; Zorrilla había muerto; la lira de Campoamor, ya viejo y decrépito, había enmudecido para siempre; Núñez de Arce, antaño admirable profesor de energía y ahora sumido en el pesimismo, tampoco escribía nada, y lo peor es que no parecía tener sucesor; mi amigo Salvador Rueda experimentaba un inexplicable decaimiento.

«Los cisnes viejos de la madre patria callan hoy —escribí en *La Nación*—, esperando el momento de cantar por última vez.»

Yo no estaba conforme con tal abatimiento. Consideraba que la misión del poeta era cultivar la esperanza, ascender a la verdad por el ensueño y defender la nobleza y frescura de la pasajera existencia terrenal, así fuera amparándose en el palacio de la divina mentira.

Busqué por todas partes comunicarme con el alma de la Madre Patria. Hablé con políticos, diplomáticos, actores, escritores, artistas, aristócratas, cantantes, editores, directores de diarios y revistas, curas, mendigos, tenderos, prostitutas y hasta con académicos.

¡Ah, los académicos! De ellos no se podía esperar nada. Los inmortales parecían dormir el letargo de los siglos. Allí había unos personajes de lo más mediocre. Del novelista asturiano Pereda comenté que no debería faltar nunca a las sesiones del Diccionario, ya que era él quien escribía «los relieves del yantar», por limpiar, fijar y dar esplendor a «las sobras de la comida». Y de Federico Balart, académico electo, dije a mis lectores que era el poeta «meloso y falso» que ya conocían, y crítico «de una limitación asombrosa».

Entretanto, los soldados repatriados seguían volviendo como mejor podían a sus hogares. El espectáculo de tanto harapiento y lisiado era patético, conmovedor. En un diario leí el caso —que me parecía bíblico— de uno que llegó moribundo a su pueblo natal. Era de noche. Hacía frío. Llama a puerta de su casa. Sus padres no reconocen su voz y se niegan a abrirle. A la mañana siguiente encuentran al hijo muerto junto al quicio.

Orgulloso de haber capitaneado un movimiento de renovación literaria e individual en América, pude comprobar ahora que en España, la tierra de las murallas y de la tradición indomable, nadie sabía nada del modernismo. ¡Nada! Ello no impedía que el movimiento recibiera en la prensa constantes ataques. Tal cerrazón impedía la influencia de todo soplo cosmopolita. Entre los jóvenes faltaba la virtud del deseo, o, mejor, del entusiasmo, en arte, y, sobre todo, el don de la voluntad. Padecían una abulia universal. No obstante, pude difundir entre ellos los principios de libertad intelectual y de personalismo artístico que habían sido la base de nuestro esfuerzo hispanoamericano.

Hacia América Latina la indiferencia era completa. Yo no podía por menos de comparar la relación que existía entre Inglaterra y Estados Unidos. Los británicos, orgullosos de compartir idioma y una común herencia con los yanquis, mostraban una enorme satisfacción ante el progreso, a todos los niveles, de su ex colonia. Pero en España, pese a la retórica latina de siempre, apenas había ya vínculos con las repúblicas americanas. ¿Y cómo no iba a ser así cuando los españoles ni parecían haberse enterado de que existía un país vecino, a dos pasos de Madrid, que se llamaba Portugal?

Llegado el verano fui a ver los toros, al darme cuenta de que la lidia era casi lo único que seguía suscitando fervores en el viejo país hundido. Me sentí a la vez dominado y asqueado por el espectáculo. Creí percibir que durante la corrida ciertas damas sentían un goce verdaderamente sádico, y, en términos generales, concluí que la fiesta —manifestación al fin y al cabo del carácter nacional— demostraba que colectivamente el español era la más clara muestra de regresión a la fiereza primitiva. Todas mis simpatías las tenían los animales. Entre el toro y caballo, el caballo; entre el toro y el hombre, el toro. Además, mi impresión era que no hacía falta una valentía especial para ser matador: lo que se precisaba para tener éxito era buena vista y mucha agilidad. Expresé mi deseo de que nunca se implantasen los toros en Buenos Aires.

Llegué pronto a la conclusión de que la pésima calidad de la enseñanza, a todos los niveles, era la raíz de los males que padecía España. En ninguna parte de Europa estaba más descuidada, y la ignorancia era inmensa, el número de analfabetos colosal. Controlada desde hacía siglos por una Iglesia absolutamente retrógrada, con un profesorado muy mal recompensado, se precisaba una reforma profunda de la educación, para ponerla al servicio de la sociedad. Pero no veía indicios por ningún lado de que tal reforma estuviera contemplada. La vocación pedagógica parecía inexistente. En ello yo estaba en parte equivocado y no me enteré suficientemente de la magnífica labor que llevaba a cabo en este sentido, contra viento y marea, la Institución Libre de Enseñanza, pese a haber sido yo alumno, en León, del admirable José Leonard, colaborador de Francisco Giner de los Ríos en Madrid.

Observé que en España cualquiera se permitía ser un mal católico, pero que pocos renunciaban del todo a la Iglesia. No había una fe verdadera sino mil manifestaciones de religiosidad nefasta y milenaria. España era el país donde el «ama del cura» o las «sobrinas del cura» eran tipos de comedia y de cantar. La «España Negra» de Verhaeren y Darío de Regoyos no era ningún mito. Las iglesias estaban llenas de Cristos de rostros funestos o como dibujados por James Ensor, de Cristos que daban miedo, bajo sus cabelleras de difuntos, entre los nichos oscuros de los altares. Había pueblos donde, en Semana Santa, los hombres se magullaban las espaldas con azotes, como los disciplinantes de la Edad Media. Algo parecido había visto yo de niño en Nicaragua, como ya dije.

¿Qué tenía que ver todo aquello con las enseñanzas del Doctor de Dulzura, del Amigo de los Débiles?

Un día, andando por el paseo del Prado y deprimido por el espectáculo de tanta ruina, me detengo ante un grupo de niños que, asidos de la mano, cantan acompasadamente en corro. Se trata de una de esas antiguas canciones que han pasado de siglo en siglo y de boca en boca, repetidas en las rondas infantiles al crepúsculo de las tardes de mayo y en las abrasantes noches del estío. Apuro la oreja y oigo emocionado:

Al pasar el arroyo
de santa Clara,
¡ay, ay!
de santa Clara,
se me cayó el anillo
dentro del agua,
¡ay, ay!
dentro del agua.

Por sacar el anillo
saqué un tesoro,
¡ay, ay!
saqué un tesoro.
Con la Virgen de plata
y el Niño de oro,
¡ay, ay!
y el Niño de oro.

De repente esos niños que cantan su cantar eternamente renovado me parecen representar la España futura, la España que, si los dioses son propicios, renacerá un día de las cenizas del Desastre. Y subo, ya más optimista, a la victoria que me tiene que llevar al parque de Rusia.

A lo largo de los dieciséis meses que pasé en España creí ir percibiendo, efectivamente, un tenue rayo de esperanza, personificado, sobre todo, en el colosal Miguel de Unamuno, que en 1900, cumplidos sus treinta y cuatro años, era sin lugar a dudas la voz crítica más eminente del país.

Si los versos de Unamuno me decían poco al principio —los encontraba demasiado «sólidos»—, sus artículos periodísticos me parecían extraordinarios, luminosos. Unamuno daba la impresión de desconocer el miedo, y arremetía denodadamente desde Salamanca —que llamaba «ese viejo castillo roquero espiritual»— contra sus enemigos, que tenía muchos, o quienes de alguna manera se atrevían a llevarle la contraria. Yo admiraba no sólo su valentía sino su increíble energía y su vasta cultura, que abarcaba desde la fonética o la biología lingüística hasta —pasando por el inglés, el alemán, las lenguas clásicas y todas las románicas— el dano-noruego, que aprendió para poder leer a Ibsen y a Kierkegaard en su idioma original. Unamuno se interesaba por todo y era de los poquísimos españoles que tenían un conocimiento cabal de la literatura y de la política portuguesas. Escribía incansablemente en los periódicos de medio mundo. Había en él un hombre meditabundo y otro de acción. Lo achacaba al hecho de ser vasco y me decía que, en este sentido, Ignacio de Loyola era el *representative man* vascuence.

Unamuno predicaba que sólo reincorporándose a Europa, de la cual vivía aislada desde hacía tanto tiempo, sería posible que el país resurgiera. España y su idioma tenían que estar abiertos al mundo. Yo estaba de acuerdo con todo ello, aunque no con la actitud férreamente antifrancesa —y sobe todo antiparisina—, que a don Miguel le rezumaba por los poros.

Sí, por los poros. En sus cartas me aseguraba que sentía auténtica hostilidad hacia lo francés y aun hacia lo latino, y que era reticente, por su temperamento, a «las elegancias y exquisiteces» de París. Hasta llegó a afirmar que los franceses le parecían «raisonneurs et rien que des raisonneurs», unos «monos de Europa» cuya literatura, fría, fácil y bien hecha, adolecía de una gran «ineptitud metafísica». Yo, en mis réplicas, defendía la cultura francesa, subrayaba su variedad y le recordaba que había existido, entre aquellos «monos», un macaco llamado Descartes y un gorila de nombre Victor Hugo, sin ir más lejos, a quienes debíamos mucho. En fin, la tozudez del gran vasco era bien conocida y tal vez una de sus virtudes.

Unamuno me explicaba que para él lo más importante en la vida era el individualismo, el ser uno mismo en toda su potencialidad, y que su lema, en vez de ser «¡adelante!» o «¡arriba!», era «¡adentro!». Me dijo que yo era un escritor que quería expresar en castellano cosas que con el castellano no se habían pensado nunca. Era un elogio que me afectó profundamente. Me invitó a visitarle en su dorada Salamanca, pero no lo logré hacer, ni entonces ni después.

En el fondo éramos dos temperamentos muy diferentes, pero ello no impediría que tuviéramos a lo largo de diez años una relación basada en el mutuo respeto.

Contemplando la ruina de la España contemporánea, y meditando sobre la historia del país, no pude por menos de llegar a la conclusión de que la persecución y expulsión de los judíos y los musulmanes había sido un error funesto. Los judíos entendían mucho mejor que los cristianos el funcionamiento del dinero. Y los árabes, laboriosos por religión y por necesidad, habían aumentado inmensamente la riqueza de la Península, no solamente con su actividad fabril, sino con el cultivo de los campos, como esa maravillosa huerta de Valencia, por ejemplo, o la Vega de Granada. Echarles fue una idiotez. Una vez realizada la expulsión, el movimiento comercial e industrial había decaído inevitablemente.

En cuanto al mal llamado «Descubrimiento», mi opinión era tajante, como ya había demostrado con aquel poema poco diplomático dedicado al Almirante y leído durante los fastos colombinos de 1892. A mi juicio se trataba de un acontecimiento desastroso que, además de destruir las culturas indígenas de América, envenenara de oro fácil las fuentes industriales de la Península. El único pensamiento de los expoliadores que llegaron al Nuevo Mundo era engordar la hucha. Se despreció el resto. Y a partir de entonces el dinero fácil sería el sueño de todos los españoles. Mejor, mucho mejor, que Colón y los suyos nunca hubieran «descubierto» aquellas desafortunadas tierras.

* * *

Un día primaveral de 1899 me paseaba con Ramón del Valle-Inclán, de quien me había hecho muy amigo, por el Real Sitio de la Casa de Campo, entonces cerrada al público pero a la cual yo tenía acceso gracias a los buenos oficios de una persona con influencia en Palacio. Allí tuvimos la sorpresa de tropezar con una hermosa joven rodeada de niños. Nos explicó que se llamaba Francisca Sánchez del Pozo y que su padre era uno de los guardas del parque. Vivían cerca, en la calle Cadarso, al otro lado del Manzanares, y ella venía cada día a jugar con sus hermanitos y hermanitas mientras su padre se ocupaba de sus faenas. Nos regaló a ambos una rosa roja. De mediana estatura, con un rostro pálido, buen perfil y abundante pelo negro, la joven era de verdad atrayente.

Al día siguiente volví, esta vez solo, y pasé un largo rato hablando con ella. Me dijo que era de Navalsauz, pequeño pueblo de la sierra de Ávila, y que su padre, que se llamaba Celestino Sánchez, había obtenido su puesto actual debido a la intervención del político Francisco Silvela, para quien había trabajado durante unas elecciones. Me confesó, ruborizada, que le daba vergüenza tener veintitrés años y ser todavía analfabeta. Su ilusión, dijo, era aprender a leer y a escribir.

Regresé al otro día... y al otro. Conocí a su padre, a quien le hice saber quién era. Se trataba de una familia muy numerosa —Francisca era la mayor de unos quince vástagos—, e intuí que aquel hombre no pondría obstáculos a que una persona como yo se interesara por su hija.

Así fue, efectivamente. Francisca me concedió una cita, supe enamorarla, y poco tiempo después la desvirgué. Yo estaba harto de conquistas fáciles, de *demi-mondaines*. Tenía ganas de hogar, de familia, de un sitio seguro, de una pareja estable. Y ella me gustaba sobremanera. Expliqué a sus padres —su madre se llamaba Juana y era una excelente persona— la tragedia de mi matrimonio fracasado y les aseguré que obtendría cuanto antes un divorcio. Pero que entretanto quería vivir con su hija. Gente humilde, se conformaron con lo inevitable. Alquilé un piso en la calle marqués de Santa Ana y allí nos instalamos.

Francisca fue lazarillo de Dios en mi sendero, alma sororal, y me dio con creces el amor y el sosiego que tanto necesitaba. Después le dije:

En mi pensar de duelo y martirio
casi inconsciente me pusiste miel,
multiplicaste pétalos de lirio
y refrescaste la hoja de laurel.

Ser cuidadosa del dolor supiste
y elevarte al amor sin comprender;

enciendes luz en las horas del triste,
pones pasión donde no puede haber.

Seguramente Dios te ha conducido
para regar el árbol de mi fe.
¡Hacia la fuente de noche y de olvido,
Francisca Sánchez, acompáñame...!

Me sentía orgulloso de mi conquista, de que una bella española de campos remotos y ocultos de la Vieja Castilla se hubiera dignado unir su suerte a la de un errante peregrino del arte venido de lejanas tierras americanas. Di las gracias a Dios por haberla encontrado. Y pensé que en nuestra unión se unían España y América.

Francisca quería que conociera su aldea de Navalsauz, y de acuerdo con sus padres decidí llegar hasta allí aquel noviembre, durante las fiestas patronales del lugar. Ellos nunca las perdían, y fieles a su costumbre salieron de Madrid para el pueblo diez días antes que yo, llevando a Francisca con ellos.

En la estación de Ávila me esperaban con las caballerías el buen Cayetano Sánchez y dos robustos hijos suyos. A mí me subieron a un simpático burro, hermano del de Sancho Panza. La carretera cruzaba llanuras inmensas y áridas donde, no cabía duda, los labriegos tenían que luchar con ahínco contra los elementos para poder subsistir. Hacía ya un frío considerable y me preguntaba cómo sería en enero y febrero, cuando las nevadas. Pasamos la noche en una venta sin camas, durmiendo cada cual entre los aparejos y provisiones. Recuerdo que traté de conciliar el sueño cerca de la chimenea, sin lograrlo, debido a los ensordecedores ronquidos de los campesinos. Al día siguiente, después de transitar por empinadas laderas y oscuras hondonadas, llegamos, ya cayendo la noche, a Navalsauz, montoncito de casucas entre peñascos, donde me esperaba, radiante, mi Francisca, rodeada de primos, tíos y abuelos.

Casi lo primero que me llama la atención de Navalsauz es su pequeño camposanto, al constatar que allí no hay una sola cruz, así sea la más tosca y miserable. No me hace gracia el descubrimiento. ¡En el pueblo de mi compañera no ponen cruces a sus muertos!

En la iglesia, situada en medio del cementerio, las mozas, Francisca entre ellas, están adornando a la patrona, la Virgen del Rosario, mientras cantan alegres canciones populares. Todas visten el traje típico del lugar: falda corta y ancha, de gran vuelo, que deja ver macizas y bien redondeadas pantorrillas; media o calcetín blancos; y zapato negro. En corpiños y faldas gritan los colores más chillones. Al cuello llevan un pañuelo, también de vivos tintes, y otro en la cabeza. El pelo va recogido en un moño de ancha trama. La mayoría no llevan sortijas en sus pobres manos oscuras, más hechas a sacar patatas y cuidar ganado. ¡No estamos en la risueña Sicilia de Virgilio!

Por la noche vi venir del campo a un grupo de mozos con grandes ramas verdes que luego iban colocando sobre los techos de varias casas. Me explicaron que en donde había una muchacha soltera era costumbre que pusiera ramas su novio o su pretendiente. Se trataba, seguramente, de un milenario rito pagano.

A la mañana siguiente las mozas presentaron a la Virgen un ramo de laurel cubierto de peras, manzanas y guindas, después de cantar en coro unas lindas coplas en loor suyo. Luego los hombres sacaron a la Patrona en procesión por el pueblo.

Y después baile y jolgorio con gaita y tambor en la pradera y una rica merienda.

En Navalsauz pasé tres días de plena vida pastoral, llenando los pulmones del aire puro de Gredos. Luego volví a Madrid con mi sana, amorosa y alegre aldeana castellana.

No podía olvidar aquel pobre camposanto sin cruces. ¡Qué solos estarían allí los muertos, sin una cruz que les recordara! Lo que yo no podía sospechar era que allí, al cabo de pocos años, yacerían dos malogrados hijos míos.

* * *

Ramón del Valle-Inclán, testigo de la epifanía de Francisca, era de mi misma edad y habíamos intimado casi enseguida. Delgado como un palo bajo su macferland inglés (cuya esclavina se convertía por instantes en dos alas de murciélago satánico), con abundante melena y larga barba monjil, ambas de un negro azabache, los ojos dulces o relampagueantes según el momento, sombrerón de anchas alas, gesto militar, palabras tremendas, maneras de aristócrata, sonrisa entre la cual se escapaban frases de cortos golpes paradójicos... el creador del marqués de Bradomín daba la impresión de que su principal vocación en la vida era *épater le bourgeois*.

Valle-Inclán era pobre y quería ser, además de gran escritor, cómico. Pero unos meses después le tuvieron que amputar un brazo tras una riña en el Café de la Montaña, y no hubo más remedio que renunciar a aquel empeño.

Femeninas, *Epitalamio*, *Cenizas* fueron la primera floración en el jardín de aquel gran señor de letras, a la que seguirían las maravillosas *Sonatas* de las cuatro estaciones que le iban a dar fama universal. Valle-Inclán tenía el *deus*, era un inspirado. Y las cosas fantásticas que aparecían, que ocurrían, en sus libros solían tener una sólida base en la realidad, realidad transformada por el poder de la imaginación. Sólo quien tiene el *deus* puede hacer eso. Y, más que tenerlo, Valle-Inclán vivía poseído por él.

Después vendrían las *Comedias bárbaras*, ancladas en la Galicia milenaria y misteriosa. Todo eso legendario de Santiago de Compostela —escribí en alguna parte—, todas las sendas de fe que habían ido abriendo generaciones y generaciones por los siglos de los siglos; todas las creencias de la labriega que sabe los decires de las brujas; la Santa Compaña, con sus almas en pena; las meigas y los demonios; el hablar de las piedras para quien las entiende, como el de los árboles en la sombra para quien los oye; todo lo que en la circundante naturaleza tiene esa región de la España atlántica y lluviosa estaba vivo y palpitante en la obra de Valle-Inclán. Pero adquiría, por la virtud genial, por el *deus*, una expansión absoluta. Y el marqués de Bradomín y don Juan de Montenegro irían por todas partes, gallegos universales, sí, pero respirando con más placer, antes que los perfumes forasteros, los del majestuoso botafumeiro de la catedral compostelana.

Si Ramón del Valle-Inclán era el gallego profundo, Juan Ramón Jiménez encarnaba el Sur. Nuestro encuentro tuvo lugar en Madrid a principios de 1900 en momentos en que, como le dije entonces a Unamuno, me encontraba en una soledad intelectual desesperante. Influía poderosamente sobre mi ánimo la atmósfera de decaimiento y de achatamiento que se respiraba en España, y necesitaba urgentemente otros aires.

Juan Ramón Jiménez llegó a la Villa y Corte desde su Moguer nativo invitado por mí y un buen amigo mío, el joven poeta almeriense Francisco Villaespesa, a luchar por el modernismo.

Villaespesa había devorado, antes de conocernos, todo lo mío que le llegara a las manos. Me adoraba, me tenía puesto en una peana, me decía que yo había producido una verdadera revolución entre la juventud española, abriéndole horizontes nuevos, y que en Andalucía, gracias a mí, surgían en cada momento poetas nuevos. Todo ello me halagaba.

En cuanto a Jiménez, tenía veinte años y había leído varios poemas míos en revistas, entre ellos «Al rey Óscar», salutación al monarca sueco con ocasión de una breve visita suya a España. Mucha gente le había hablado de mí y se desvivía por conocerme personalmente.

A los cinco minutos de escucharle estaba seguro de que iba a ser un gran poeta. Congeniamos enseguida. Empezó a visitar asiduamente mi casa en la calle del marqués de Santa Ana, a menudo acompañado de Villaespesa o Valle-Inclán, y supo hacer buenas migas con Francisca, que no solía aparecer en tales ocasiones.

Quien faltaba en aquellas reuniones era Antonio Machado, que se encontraba entonces en París con su hermano Manuel. Ambos trabajaban como traductores para la casa Garnier y, por la noche, se empapaban de simbolismo y de bohemia. Leí algunos poemas de Antonio en una revista madrileña y me gustaron mucho. Intuí que seríamos amigos.

Juan Ramón traía bajo el brazo el manuscrito de sus dos primeros libros, *Ninfeas* y *Almas de violeta*. Constaté que revelaban una sensibilidad poética exquisita, aunque tal vez excesivamente sentimental. Juan Ramón me pidió un prólogo para *Ninfeas* y le hice un soneto animador hecho casi todo de preguntas:

¿Tienes, joven amigo, ceñida la coraza
Para empezar valiente la divina pelea?
¿Has visto si resiste el metal de tu idea
La furia del mandoble y el peso de la maza?

¿Te sientes con la sangre de la celeste raza
Que vida con los números pitagóricos crea?
¿Y, como el fuerte Herakles, al león de Nemea
A los sangrientos tigres del mal darías caza?

¿Te enternece el azul de una noche tranquila?
¿Escuchas pensativo el sonar de la esquila
Cuando el Ángelus dice el alma de la tarde

Y las voces ocultas tu razón interpreta?
Sigue, entonces, tu rumbo de amor. Eres poeta.
La Belleza te cubra de luz y Dios te guarde.

Aquel mismo 1900 le dediqué al poeta onubense un poema en el cual le recomendaba que aceptara con estoicismo la aspereza e inevitable brutalidad del mundo. Contenía la estrofa:

Jiménez,
la vida
está encendida
en tu pupila,
en tu emoción infinita,
en tus versos que cantan

canciones antiguas
del corazón de tu España,
que está en tu alma misma.
(Jiménez, es preciso
reír, o sonreír al Paraíso.)

Juan Ramón Jiménez no defraudaría las esperanzas que despositara en él. Además, ¡cuánto le tendría que agradecer a lo largo de los años que me quedaban!

* * *

En abril de 1900, justo cuando Madrid me cansaba mortalmente, *La Nación* me mandó a París a cubrir la Exposición Universal. ¡Qué suerte la mía, pensé! ¡Qué ilusión! ¡Los dioses no me olvidan!

En la estación me esperaba Enrique Gómez Carrillo y me fui a vivir con él en su casa del número 29 de la calle Faubourg Montmartre. A los pocos meses Carrillo se tuvo que ir y me llevé allí al poeta mexicano Amado Nervo, que después redactaría lindos recuerdos de nuestros días franceses.

Nervo, de quien me hice pronto íntimo amigo, sería casi siempre poeta de voz baja, condición excepcional en la sonante Madre Patria y en nuestras Américas españolas, donde había habido cada Stentor indígena y cada hombre-orquesta que ensordecían las ágoras. Cuando le conocí era pobre y vivía de sus traducciones de novelas, vendidas casi tan miserablemente como mis libros de poemas.

Era alucinante estar otra vez en la ciudad de mis sueños, y determiné que, ocurriera lo que ocurriera, esta vez me quedaría. Decidí no llamar por el momento a Francisca: quería, primero, apurar sin estorbos la copa de los placeres parisienses.

De día me dedicaba a visitar la Exposición, recogiendo mis impresiones para *La Nación*, y de noche, con Nervo y otros amigos, la mayoría de ellos americanos, frecuentaba las *boîtes* de Montmartre (sobre todo la Cyrano), la Bodega de la Rue de Rivoli o Maxim's, entonces en todo su esplendor. Allí escribí el soneto que empezaba:

Amado es la palabra en que amar se concreta;
Nervo es la vibración de los nervios del mal.
Bendita sea, y pura la canción del poeta
que lanzó sin pensar su frase de cristal...

Desde España me escribía cartas desesperadas el joven y prolífico Villaespesa. ¿Por qué me había ido a París en el momento en que él y sus amigos más me necesitaban? ¡Era un delito que la juventud española no me perdonaría jamás!

¡Pobre Villaespesa! Iba de crisis en crisis y no pocas veces le tendría que enviar dinero para sacarle de apuros o impedir que se pegara un tiro. ¡Alma grande y dolorida la del almeriense de Laujar de Andarax!

Al poco tiempo vino a vivir con nosotros en la calle Faubourg Montmartre el pintor belga Henri de Groux, raro entre raros y famoso por sus excentricidades y arrebatos. Groux tenía larga cabellera, ojos de tocado y una cara pálida. Pintaba cuadros lívidos, misteriosos, tétricos, de vivos colores, nacidos al influjo de preocupaciones teológicas y soplos demoniacos. Eran aquéllas visiones espantosas, cataclísmicas, que expresaban tormentosos terrores milenarios. *El Cristo de los ultrajes*, por ejemplo, tan elogiado por León Bloy, o aquel *Moritur* en el cual surgía la Desnarigada cabalgando sobre la desolación de una campaña llena de cadáveres.

Groux era uno de los pocos intelectuales de verdad con quienes intimé en París. Yo tenía pesadillas horribles, las de siempre, y una noche, al despertarme sobresaltado, me esperaba otro mal sueño. Y es que el pintor apareció de repente al lado de mi cama envuelto en un rojo ropón dantesco, con capuchón y todo, que dejara en el piso una de las innumerables amantes de Enrique Gómez Carrillo. ¡Qué susto me dio el belga, Dios mío!

Aquel endemoniado pintor era un maldito. Como Verlaine, y como yo también, *hélas!*, había nacido bajo la influencia de Saturno, y por algo admiraba profundamente al Baudelaire de *Las flores del mal*. La mala suerte le había hostigado toda la vida. Padecía delirios de persecución. Cuando le conocí no tenía un céntimo, decía pestes de los marchantes que le explotaban y de los críticos que no le entendían, y resistía con un estoicismo digno del mismo Séneca los embates del destino.

En París la lucha era mucho mayor que en ninguna parte, y las dificultades y los inconvenientes para un artista, para un hombre de pensamiento, se multiplicaban más que para nadie. Por ello tantos naufragios, suicidios, desapariciones.

Groux se quedó unos meses con nosotros. Luego le perdimos de vista. Haber convivido con él fue un privilegio. Cinco o seis años después se habló mucho del pintor en los periódicos cuando, tras una sonada *liaison* con una sobrina suya, fue encerrado en un manicomio italiano, del cual logró escaparse. Después, otra vez, el silencio. Nunca volví a toparme con él.

La Exposición Universal de 1900 era un inmenso estallido de vitalidad, simbolizada por la luz eléctrica, que por la noche convertía los hormigueantes pabellones, alineados a lo largo del Sena, en esplendorosos y centelleantes palacios de hadas.

La inauguración se había hecho coincidir, deliberadamente, con la llegada de la primavera, y el hálito de Flora —Flora francesa— impregnaba el ambiente. Nunca, seguramente, habían sido las parisienses tan guapas, tan picantes y tan incitadoras, no sólo las cortesanas y actrices de moda —con Liane de Pougy y Cléo de Mérode a la cabeza— sino las bellezas que se apreciaban diariamente por la calle y que, al pasar, imantaban los ojos de todos los hombres, de la nacionalidad que fuesen y hasta de los hipócritas ingleses.

Después de cien años repletos de horrores bélicos, la Exposición, dominada por la Torre Eiffel, quería expresar un legítimo optimismo ante los retos del porvenir. Era la exaltación del gozo humano, la glorificación de la alegría, de la inteligencia, de la ingenuidad. No se podía negar la evidencia de los impresionantes avances tecnológicos conseguidos últimamente. Además de la electricidad, ahí estaban los primeros automóviles, el cinematógrafo, las bicicletas, la conquista del cielo que se avecinaba... y tantos otros inventos, algunos de ellos prodigiosos. Pero yo, con todo, no estaba convencido, ni mucho menos, de que los hombres mejorábamos, y veía por doquier los augurios de próximas y terribles conflagraciones. ¿No estaban abiertas todavía las heridas de la contienda franco-prusiana de 1870-1871? ¿No daba intenso miedo Alemania, cada día más militarista? ¿No se extendía por Francia un antisemitismo agudísimo —acababa de concluir el famoso *affaire* Dreyfus— y un nacionalismo cada vez más acusado?

Se vería luego, iniciada ya la locura de la Gran Guerra, que los primeros catorce años del nuevo siglo habían sido de verdad una *Belle Époque*. Bella época sin precedentes... y sin retorno posible.

Aquel París de la Exposición Universal era un hervidero de gentes de todos los puntos del globo.

Recorrí casi todos los pabellones, y algunos numerosas veces. El de Estados Unidos, en el Quai d'Orsay, tenía una cúpula dorada y ostentosa coronada por el águila yanqui con sus vastas alas desplegadas. Era imponente. Dentro, toda la panoplia de la vida profesional norteamericana se mostraba en un ambiente de la Quinta Avenida: diarios, guías, facilidades estenográficas, máquinas de escribir, oficina de correos, buró de informes y hasta la imprescindible agua helada. Las conquistas yanquis en agricultura, industria, ingeniería, electricidad, instrucción pública, artes, ciencias y demás terrenos de la actividad humana estaban a la vista en las distintas secciones de la Exposición. La gran nación adolescente y colosal demostraba una vez más su plétora de vitalidad, y me cuidé de subrayar, en mis reportajes, que, pese a lo que creían muchos hispanoamericanos, Estados Unidos también tenía magníficos artistas contemporáneos, tales como Whistler y Sargent. En absoluto estaban los hombres fuertes del Norte desposeídos del don artístico, del pensamiento o del ensueño. Al contrario, había entre ellos una minoría intelectual de innegable excelencia.

¿Hace falta decir que la presencia de la América nuestra, de la América católica, era mínima?

Un día, cuando visitaba la sección de maquinaria agrícola, entablé conversación con un español que, acompañado de un amigo, miraba atentamente unos nuevos arados franceses de la marca Brabant. El personaje tenía mucha prestancia, con la piel curtida por el sol y grandes ojos oscuros. Me dijo que se llamaba Federico García Rodríguez y que era terrateniente de la Vega de Granada donde, a raíz de la pérdida de Cuba, se cultivaba intensamente la remolacha de azúcar. Necesitaba un arado moderno para labrar sus tierras y por ello había venido a París. Al saber que yo era el poeta Rubén Darío se emocionó. Y aún más cuando le dije que yo también me llamaba García, por parte de padre.

—Cuando le diga a mi esposa que le he conocido en persona —me dijo— no se lo va a creer.

Me invitó a visitarles en su pueblo. Había algo en la mirada de aquel hombre de nobles facciones campesinas que se me quedó clavado en el alma.

En el palacio de las Bellas Artes, en la sección francesa, me detuve maravillado ante el *Salomé* de Gustave Moreau, cuadro que, en la novela *À rebours*, de Huysmans, pertenece a la colección privada del Chevalier des Esseintes, uno de los héroes de mis años de escritor principiante, y cuyo nombre más de una vez utilizara como seudónimo mío. ¡Qué cuerpo más divino el de la Salomé de Moreau, con sus maravillosas piernas y sus brazos blancos y contorneados! Volví varias veces para contemplar el lienzo y me inspiró un poema que luego incluí en *Cantos de vida y esperanza:*

En el país de las Alegorías
Salomé siempre danza
ante el tiarado Herodes,
eternamente;
y la cabeza de Juan el Bautista,

ante quien tiemblan los leones,
cae al hachazo. Sangre llueve.
Pues la rosa sexual
al entreabrirse
conmueve todo lo que existe,
con su efluvio carnal
y con su enigma espiritual.

Entre los otros cuadros que me llamaron la atención en la Exposición recuerdo los de los «secesionistas» vieneses, especialmente *La Filosofía*, de Gustav Klimt, que provocó tremendas discusiones en la prensa y, en mí, el más vivo entusiasmo.

En cuanto a la música, tuve la suerte de oír, en el pabellón español, un concierto dado por un grupo de cantaores gitanos. Fue extraordinario. Más tarde me enteré de que los había frecuentado asiduamente durante la Exposición el joven compositor francés Claude Debussy, quien, sorprendido por aquella música de oscura raíz oriental, había introducido en algunas de sus propias obras temas de evidente procedencia andaluza.

* * *

Al poco tiempo de llegar a París en 1891, Enrique Gómez Carrillo había conocido al gran escritor irlandés Oscar Wilde, entonces en la cumbre de su fama. A Wilde le había interesado mi joven amigo, tan guapo y elegante, y Enrique sería uno de sus confidentes parisienses más íntimos. Wilde admiraba profundamente la poesía de Paul Verlaine, pero le inquietaba su fealdad. Un día le dijo a Enrique: «El primer deber de un hombre es ser bello, ¿no te parece?». A lo cual, según me contó, Gómez

Carrillo le contestó: «Para mí sólo son bellas las mujeres». Wilde estaba escandalizado, naturalmente.

Yo tenía ganas de conocer al famoso irlandés, que acababa de salir de la cárcel y estaba otra vez en París. Le pedí a Enrique que me lo presentara.

Había en los grandes bulevares un bar que se llamaba «Calisaya», y fue allí donde tuvo lugar nuestro encuentro. Nos acompañaba aquella tarde otro buen amigo de Wilde, Ernest Lajeunesse. Wilde entonces era un caballero un tanto robusto, afeitado, con algo de abacial, muy fino de trato. Hablaba el francés con mucha facilidad pero con marcado acento británico. Rara vez conocería yo a una persona de una distinción mayor, una cultura más elegante y una urbanidad más gentil. En nuestra conversación, mantenida en francés, su habilidad de decidor se marcaba de singular manera. Su vocabulario era pintoresco, fino y sutil. Parecía mentira que aquel personaje absolutamente correcto fuese el *revenant* de un infierno carcelario. Sus viejos amigos franceses que le habían adulado y mimado en tiempos de riqueza y de triunfo ya le evitaban. Una excepción era el noble poeta y amigo mío Jean Moréas, tal vez el único literato de París capaz de vencer al irlandés hablando.

Wilde hasta había cambiado de nombre y se llamaba ahora Sebastian Melmoth. En Inglaterra, la Inglaterra del *cant* y de la hipocresía, le habían embargado todos sus bienes. Vivía de la ayuda de algunos amigos de Londres.

Unos cuantos meses después el pobre Oscar se moría solo en su hotel. No pude ir a su sepelio porque, cuando lo supe, ya estaba bajo tierra.

Escribí un artículo dolorido para *La Nación*, donde recordaba que Wilde había tenido, en su corta vida, los mayores éxitos que un artista pudiera desear, así como, luego, las desgracias más horribles que un espíritu pudiera resistir. Dueño de la camisa del hombre feliz, Inglaterra y Estados Unidos le vieron victorioso, ganando enormes cantidades de dinero con sus escritos, sus conferencias y sus piezas teatrales; la *fashion* fue suya durante un tiempo; las damas llevaban en sus trajes sus colores preferidos; los jóvenes poetas seguían sus prosas y sus versos; la aristocracia gozaba con su presencia en los más elegantes salones; sus *bons mots* eran proverbiales; en Londres salía a dar una charla en un teatro con un cigarrillo encendido, y eso se consideraba de un gusto supremo.

Y luego la caída. ¡Dios mío, la caída! No se puede jugar con las palabras, dije en mi crónica, y menos con los actos. Wilde se desplomó desde muy alto por haber querido abusar de la sonrisa y de la pose. La proclamación y la alabanza de cosas tenidas por infames; el dandismo exagerado; el querer a toda costa *épater le bourgeois;* el tomar las ideas primordiales como asunto comediable... todo ello le hizo bajar desde la cumbre de la gloria y del éxito social hasta la vergüenza de una cárcel, con sus brutales trabajos forzosos que le rompieron el cuerpo y el alma.

El proceso de Wilde conmovió a todos los hombres de buen corazón, y principalmente a los artistas, y quedará como eterno oprobio de Inglaterra. Pero hubo algo peor: el abandono de los amigos que, olvidando toda piedad, le negaron su apoyo, como si hubiera sido un leproso, y que sólo en un puñado de casos trataron de aliviar sus negras horas en aquel lóbrego e inmisericorde presidio de Reading.

Yo creí en un primer momento que Wilde se había suicidado, e informé a mis lectores de que, desesperado, había tragado estricnina, y que había muerto como un perro envenenado en la soledad de su cuartucho de hotel de mala muerte. Gracias a Dios estaba yo equivocado y supe luego que, poco antes de fallecer, el gran escritor había recibido los consuelos de la religión católica.

No tener dinero abundante en París era para mí una cruz, como lo había sido para Wilde. Dependía para mi subsistencia, y la de los míos, de mis ingresos de *La Nación*, que en absoluto permitían extralimitaciones. Mis poemas no me daban casi nada. Además, a ningún escritor llegado de fuera le hacían caso los franceses, de modo que, si yo iba teniendo cada vez más celebridad en el mundo de habla española, en Francia no me conocía prácticamente nadie, con lo cual apenas había posibilidades de trabajo. Ello me deprimía profundamente, y en mis artículos, casi sin darme cuenta de ello, empecé a arremeter contra la sociedad francesa, acusándola de decadente, inmoral, egoísta y materialista y de endiosar a la mujer como mera máquina de goces carnales. ¿El adulterio? Era ubicuo, decía, un uso esencialmente parisiense, con el resultado de que la antigua familia francesa crujía y se desmoronaba. Veía pose y farsa en todo. En la literatura, el único tema era ya el asunto sexual. El amor, como nosotros lo entendíamos, no existía y, más que nunca, se había reducido a un simple acto animal. Y así por el estilo.

La verdad, sin embargo, es que yo sentía envidia de los que podían disfrutar de París y sus encantos sin tener preocupaciones económicas. El frenesí sexual de la capital me producía un anhelo de placeres imposible de satisfacer debido a mi situación menos que boyante, y ello me cortaba las alas.

Entretanto Francisca había dado luz en Madrid a una niña, a quien se puso el nombre de Carmen. Paca y yo utilizábamos distintos apodos o términos cariñosos cuando nos escribíamos: «Tatay» y «Tataya», «Conejo» y «Coneja», «Hijito» e «Hijita». A Carmencita le adjudicamos el apodo de «Conejita», y a María, la hermana menor de Francisca, que luego pasaría temporadas con nosotros en París, el de «Tataicilla».

Yo ya quería que Francisca se juntara cuanto antes conmigo, y que dejara a la niña con su madre, pero tuvimos que esperar porque yo no sabía todavía cuál sería mi próxima misión para *La Nación*. Por otro lado, trataba por todos los medios de conseguir el puesto de cónsul de Nicaragua en París, y llevaba a cabo numerosas consultas en tal sentido. Le aseguré a Francisca que nada más recibir el nombramiento mandaría por ella. Pero el nombramiento no llegaba. Yo, siempre sin recursos, comía a crédito y apenas le podía enviar nada. Así las cosas, llegó a París en agosto un representante de *La Nación* y, después de hablar largamente con él, el diario me encargó unas crónicas sobre Italia, país de arte por el cual sentía una intensa devoción y que me desvivía por conocer. Preparé enseguida mis maletas.

Pasé por Turín, donde visité la magnífica Pinacoteca. Probé la sabrosa *fonduta* aromatizada con trufas blancas. Conocí Génova y vi desde su altura los lejanos Alpes, luminosos bajo el sol. En su famoso cementerio observé que hasta los pobres tenían una cruz de mármol o una lámpara graciosa. Estuve en Pisa y admiré lo que allí hay que admirar: el Duomo, el Camposanto, la Torre Inclinada, el Campanile, el Baptisterio, la Cartuja. Me enamoré de Venecia, todavía sin profanar por el turismo multitudinario, y recordé a Shylock y a lord Byron. Recalé en Livorno, vibrante de agitaciones modernas. En el santuario de Montenegro, en Ardenza, recé un avemaría a la Virgen milagrosa, amada de los marinos. Y luego seguí hasta Roma.

Me poseyó la ciudad imperial y papal. Vi pasar por una calle al endiosado Gabriele D'Annunzio, con su inevitable pose. Y, acompañando a un nutrido grupo de peregrinos argentinos, fui presentado a su santidad León XIII. Evoqué para mis lectores aquel encuentro. El viejecito de color marfil me dijo palabras paternales, me dio a besar su mano (ornada con una esmeralda enorme) y me bendijo. No había contado con llegar a conocer al papa blanco, pues creía que cuando llegase a Roma ya se habría apagado la leve lámpara de alabastro. Cuando estuve frente a frente con él, la expresión de los ojos, casi extraterrestre, y la voz que se escapaba de aquel cuerpo frágil, de aquella carne de Sèvres, daban la idea de un hilo milagroso que sostuviese por virtud de prodigio el peso vital.

Delante del Papa reviví por un momento, como en un sueño, mi infancia católica y sentí que renacía mi fe antigua. Eran las viejas campanas de la cercana iglesia leonesa de San Francisco que llamaban a misa; la ropa dominical, sacada de los muebles de alcanfor; la llegada a la catedral al claror del alba y la salida en plena luz matinal; la casa pacífica y la buena tía abuela Bernarda con sus oraciones; el granado en flor bajo el cual los labios adolescentes anhelaran el beso de los de la prima rubia; y la Semana Santa, con sus ceremonias simbólicas y sus procesiones alegres como fiestas nupciales...

¡Ah, mi fe antigua, mi fe de niño!

En Roma conocí a un célebre pensador, novelista, historiador y panfletista colombiano, Enrique Vargas Vila, cuya necrología yo había publicado años atrás en *La Nación* al recibir la falsa noticia de su muerte. Vargas Vila amaba a Italia sobre todos los países. Fuimos íntimos enseguida, y no siendo él noctámbulo, antes bien persona metódica y arreglada, pasó conmigo toda esa noche, en un cafetín de periodistas, hasta el amanecer. Durante aquellas intensa horas le dediqué un pequeño piropo poético:

A Vargas Vila

En Roma, donde dice la Vida
lo que la inmensa Sibila vierte,
junto a tus armas pongo mi egida,
¡hermano grande, hermano fuerte!

Enrique Vargas Vila y yo nos volveríamos a ver en otros lugares y seríamos los mejores camaradas en Apolo y en Pan. Siempre me aconsejaría que no les hiciera caso a los envidiosos que me perseguían.

—El desdén mata la envidia —me decía—. No hay nada más fuerte que el desdén. Es la maza de Aquiles.

Vargas Vila temía a los mediocres y gustaba de la vida aislada, a solas con sus pensamientos y su quehacer literario. Creía que cada hombre tenía una misión que cumplir. No quería que yo diera su dirección a nadie. Opinaba, con razón, que el silencio era la atmósfera propicia para las grandes creaciones. Una de aquellas mañanas romanas, tras un animado paseo nocturno, me llevaron al lugar campestre, situado en las orillas del padre Tíber, denominado Acqua Acetosa. Allí, en una rústica *trattoria*, en donde sonreían rosadas tiberinas, nos dieron un desayuno mítico y primitivo: pollo frito en clásico aceite, queso de égloga, higos y uvas que cantara Virgilio, vinos de oda horaciana. Y las aguas del río, y la viña frondosa que nos servía de techo, vieron, ¿cómo lo diré?, naturales y consecuentes locuras.

Estábamos ya en noviembre y me urgía volver a París. Pero primero cogí el tren y me fui a Nápoles. Durante el trayecto tenía la cabeza llena de mis impresiones de la Capilla Sixtina. Goethe dijo que nadie, sin ver con sus propios ojos aquel prodigioso techo, podía tener una idea cabal de lo que era capaz de conseguir un solo hombre. Yo estaba de acuerdo. Mientras rodaba el tren lentamente hacia el sur, yo meditaba sobre las infinitas miradas que, durante cuatro siglos, desde el Renacimiento hasta nuestros días, habían interrogado, asombradas, a la gigantesca obra maestra de Miguel Ángel, llevada a cabo en condiciones físicas y económicas tan difíciles. Recordé el poema de Gautier, en el cual el buen Théo evoca al Maestro cuando desciende del andamio, «sublime y radiante», sin poder bajar ni los ojos ni los brazos y con las piernas casi paralizadas. *El Juicio Final* —escribí luego— me había parecido más cerca de Atenas que de Jerusalén; más cerca del nevado Olimpo que del trágico Josafat; más cerca de la gloria del músculo que del aleteo medroso de la plegaria. Miguel Ángel, yo estaba convencido de ello, había querido plasmar ante todo, grandiosamente, la expresión inmortal del cuerpo humano, la nobleza clásica del gesto.

En Nápoles, donde pasé agradables momentos en compañía de Vittorio Pica, el célebre crítico de arte, nada recordaba el madero del Nazareno, nada su religión de angustia. La bahía, suavemente encorvada y palpitante, era como una seda azul sobre un inmenso regazo. En cualquier momento podía emerger de sus ondas, en alegre algarabía, un tropel de tritones y sirenas. Desde la parte alta de la ciudad se divisaban la encantadora isla de

Capri, el cono poblado de mitos del Vesubio, y enfrente, Castellamare y Sorrento. En Nápoles se comprendía la resistencia al cristianismo, la taimada protesta del meridional, epicúreo y jovial, a una ley de tristeza y de mortificación. ¿Un Dios nuevo? ¿Para qué, si los viejos no habían dejado de ser buenos? ¿Valía este doliente hombre coronado de espinas por aquellos radiantes silenos coronados de parra? ¿Por ventura ese cielo que prometía el Crucificado sería más azul que el cielo del Mediodía? ¿Los ángeles tenían acaso los inmensos ojos luminosos de las napolitanas? ¡La tortura, el martirio! ¿Para qué, si la vida estaba llena de sol, si olían tan bien las flores de los naranjos y el oscuro vino tinto tenía aún el secreto de las risas de los dioses?

Nápoles estaba por Zeus contra Cristo.

Todo ello lo dije en mi crónica de turno, y no sé si, al hacerlo, ofendí a algún piadoso lector de *La Nación*. No sería sorprendente: en Buenos Aires tampoco faltaban los meapilas.

* * *

Terminada la Exposición Universal de París, seguía viviendo en la misma casa de la calle Faubourg Montmarte con Amado Nervo. El 18 de enero de 1901 —el día en que yo cumplía treinta y cuatro años— llegó Francisca. Nervo y ella hicieron muy buenas migas y el poeta mexicano, impresionado por el innato porte aristocrático de mi compañera, pese a ser una campesina analfabeta de Ávila, le puso el sobrenombre de «La Princesa Paca».

Francisca dejó atrás en España, con su madre, a nuestra hija Carmencita, a quien yo no había visto todavía. Ni la vería nunca, pues supimos poco tiempo después que tanto ella como el padre de Paca, aquel buen Celestino Sánchez, acababan de morir de viruela.

Francisca se adaptó rápidamente a la vida parisiense. Nervo y yo empezamos a enseñarle a leer y a escribir, y no tardó en adquirir los rudimentos del francés. Yo, como siempre, estaba casi sin dinero, y los pocos céntimos que ganaba se los pasaba a ella para que pudiera ir bien vestida. Yo la quería elegante y más culta. Hizo todo lo que pudo, la pobre.

Vendí miserablemente dos libros a una casa editora de París, Viuda de Charles Bouret, que se especializaba en ganar millones a costa de escritores españoles e hispanoamericanos. Eran *Peregrinaciones* —mis crónicas para *La Nación* sobre la Exposición Universal y mi visita a Italia— y una nueva edición de *Prosas profanas y otros poemas*, con un prólogo perspicaz de José Enrique Rodó que se haría famoso.

Ambos se editaron en 1901, y con ellos apenas gané nada.

Por las mismas fechas sacó Garnier mi *España contemporánea*, otra selección de crónicas publicadas en *La Nación*. Unamuno comentó elogiosamente el libro en la revista *La Lectura*, señalando su síntesis de americanismo y españolismo.

También mostró su aprecio por el libro la admirable Emilia Pardo Bazán, sin duda alguna la mujer más culta de España y cuyo salón yo había frecuentado asiduamente en 1899. Doña Emilia me escribió una carta muy afectuosa e incisiva al respecto, en la que se rectificaba una pequeña inexactitud encontrada en las páginas dedicadas a su persona. Se trataba de una anécdota que yo le había atribuido a ella pero que resultaba ahora proceder del gran Emilio Castelar. Por aquellas fechas había habido un vago proyecto de «coronar» al poeta Campoamor como Poeta Nacional (así como antes se había distinguido a Zorrilla), propuesta apoyada por unos y ridiculizada por otros y, de hecho, nunca llevada a cabo. Castelar estaba en contra, pues no apreciaba en absoluto a Campoamor, y dijo, en la frase que yo ponía en boca de doña Emilia:

—Cuando se publicaron las *Doloras* de Campoamor, Victor Hugo, celoso de esa gloria, dijo: «Voy a hacer un volumen de *Doloras* como las de Campoamor»... ¡y escribió nada menos que *Chansons des rues et des bois*, una obra inmortal!

Apostillaba doña Emilia en su carta que a Hugo le habían endiosado, cosa que nunca les sucedía a los pobres grandes hombres españoles, conocidos y aplaudidos sólo en su tierra, nunca fuera, y muchas veces ni eso.

Tenía razón la escritora gallega. Si Pérez Galdós hubiera nacido francés sus novelas habrían sido traducidas a todos los idiomas cultos del mundo. Pero le tocó ser español y su nombre apenas sonaba en París o en Londres.

Poco después conocí por fin a Antonio Machado, que llegó a París como canciller del Consulado de Guatemala, puesto inverosímil que le había conseguido Enrique Gómez Carrillo. Como había intuido tiempo atrás, Machado y yo nos llevamos bien enseguida. Él preparaba para la imprenta su primer libro de versos, *Soledades*, donde la influencia de Verlaine era palpable, así como la mía.

Machado me habló de su encuentro con Oscar Wilde en 1899 —anterior al mío— y de su amistad con mi querido Jean Moréas. En el fondo no le caían bien los franceses, y no creo que hubiera sido capaz de vivir largas temporadas entre ellos. Era un ser hondo, enigmático, extremadamente bondadoso, con una vida interior muy compleja. Considero que nuestra relación, que se afianzaría con los años, fue una de las más enriquecedoras de mi existencia.

París, haciendo alarde de aquella sensualidad ambiente que lo cantaridizaba todo, seguía con su frenética carrera de placeres, ignorante de la tragedia que se avecinaba. En mis crónicas para *La Nación* documentaba los avatares de aquella vasta capital del oro y del amor fácil. ¡Qué lujo el del París *mondain!* ¡Y qué contraste con la pobreza de la clase baja! El nuevo dios era el automóvil; la obsesión de moda, conseguir nuevos récords de velocidad y viajar a cien kilómetros por hora. Yo, sin negar la belleza que había en los mejores Dion, o Mercedes o Deschamps, consideraba que jamás podrían igualar en gracia y elegancia a un soberbio carruaje tirado por hermosos caballos.

Entretanto allí estaban los anarquistas con sus bombas, resueltos a hacer saltar por los aires todas las testas coronadas de la vieja Europa.

Fui a Londres. Llovía torrencialmente cuando llegué. Aquella ciudad gigantesca, con sus cinco millones de habitantes según las estadísticas, me parecía brutalmente masculina y eché en falta, al mirar por la ventana de mi hotel, la dulce sonrisa femenina de París. Los ingleses, como yo ya sabía, no eran verbosos como nosotros los latinos, raza de rétores. Apenas parecían hablar y, por supuesto, nunca se abrazaban ni se daban los famosos golpes en la espalda de los españoles. Soberbios lo eran, por supuesto, los dueños de aquel poderoso navío anclado que tenía en jaque el mundo entero. Ello se notaba en todo lo que decían y en su manera de decirlo. Pasada a mejor vida la reina Victoria, no cabía duda de la enorme popularidad del rey Eduardo, *sportsman* en una nación de *sportsmen* y popularísimo en París, donde eran muy conocidas y comentadas las correrías nocturnas y amorosas de sus tiempos de príncipe de Gales.

Castelar había predicho que, después de la Exposición Universal de 1900, habría una guerra europea. Yo ya no lo dudaba. La alianza ruso-francesa me parecía un enorme absurdo y una colosal mentira, pues los dos regímenes no tenían nada en común. El zar Nicolás visitó Francia, protegido por un dispositivo impresionante. Llevaba unas propuestas para aminorar la producción de armamento, pero todo quedó en agua de borrajas. Los perros de la destrucción y de la muerte estaban mejor amaestrados que nunca. El sueño de paz universal quedaba reducido a espuma. Parecía que el mundo entero estaba listo para la matanza y para la rapiña. La locura ultranacionalista de Alemania atizaba el patriotismo de Francia, de Gran Bretaña y, sobre todo, de Estados Unidos, la nación más poderosa de la Tierra. El desastre nos venía inexorablemente encima.

Si el autómovil ya empezaba a dominar la Tierra, el avance de la aviación garantizaba que muy pronto el hombre sería también dueño del cielo. Cada día los periódicos traían información sobre los nuevos aparatos. En las revistas se prodigaban bellas fotografías de los mismos. Toda iba de repente mucho más de prisa.

Un día vi algo terrible, que no puedo olvidar. Me había levantado temprano para acompañar a dos amigos artistas en una excursión al campo. Íbamos charlando animadamente, camino de la avenida del Maine. El cielo estaba tranquilo y claro. De repente apareció un globo aerostático. Lo miramos fascinados. Se acercó más y alguien gritó:

—¡Se está quemando!

Salió del aerostato una luz, una llama, y luego hubo una detonación y una densa humareda que nos espantó a todos. El globo reventado se desplomó.

Fue todo tan rápido que no nos dimos cuenta del tiempo. Se trataría de unos pocos segundos. Oímos el ruido del horroroso choque, como a doscientos metros. A lo largo de la avenida, un poco más delante, estaban desparramados los restos del globo y, debajo de ellos, los despedazados cuerpos de dos hombres. Al rato llegaron las camillas y se recogieron los restos de los desafortunados. Yo no quise mirar. Sacos sangrientos de carne y huesos deshechos. Luego supimos que allí, en el parque de Vaugirard, la pobre mujer del aeronauta y su hijito mayor habían presenciado, locos de terror, la caída. Ya no pensamos más en salir al campo y nos volvimos conmovidos, enfermos, a nuestras casas.

La locomoción aérea iba a cambiar nuestra existencia, ello parecía indudable. Estábamos ante el advenimiento de una nueva era. Y, lo peor, era evidente que las máquinas aéreas no servirían sólo para el progreso, sino también para la guerra.

Le mandé a Juan Ramón Jiménez, con quien me carteaba con frecuencia, un ejemplar de *Peregrinaciones*, advirtiéndole que pronto recibiría otro libro mío, *La caravana pasa*, con mis artículos más recientes sobre París. Le dije que me daba pena que hubiera en ambos tanto periodismo, pero que, de todas maneras, siempre trataba de poner en mis crónicas algún grano de arte.

* * *

Entretanto, casi coincidiendo con el nacimiento de mi hijo Rubén Darío Sánchez en Madrid, adonde había regresado Paca a dar luz, fui nombrado, por fin, cónsul de Nicaragua en París. Corría el mes de marzo de 1903. Yo necesitaba urgentemente otro trabajo para complementar los nada pingües ingresos que me llegaban de *La Nación*, y el nombramiento, largamente perseguido, me pareció casi providencial.

A partir de aquel momento mi existencia parisiense alternaría entre mis tareas consulares y mis trabajos para el diario.

El ministro de Nicaragua en París era un individuo llamado Crisanto Medina, hombre ducho en asuntos diplomáticos pero sin noción alguna de literatura. A pesar de nuestras buenas relaciones iniciales, había algo que impedía una completa cordialidad. Se trataba del asesinato de mi abuelo materno, en el cual un pariente suyo estuvo por lo visto implicado.

Medina iba a ser mi cruz.

La caravana pasa se publicó en París aquella primavera. No tuvo más eco en España y América que mis anteriores libros de crónicas. En cuanto a Francia, los literatos no hacían caso alguno de los escritores extranjeros que vivían entre ellos, como creo haber dicho ya. No leían nada en español e ignoraban absolutamente las letras americanas. El *Mercure de France* abrió por algún tiempo en sus páginas una sección dedicada a éstas, eso sí, pero desapareció enseguida por falta de interés.

Rubén Darío, para decirlo escuetamente, era en París un total desconocido.

Por otro lado, yo era muy consciente de que casi había llegado a la temible barrera de los cuarenta años. Me miraba en el espejo y me veía muy desmejorado, con el pelo y la barba llenos de canas. Había ganado muchos kilos y la cara se me había hinchado. ¡Ya no era el vate esbelto y guapo de antes! Además, si la muerte me obsesionaba como siempre, me atenazaba ahora el temor a caer seriamente enfermo, o de tener un accidente. Todo ello se lo contaba a mi media hermana Lola, allá en San Salvador, a quien no había vuelto a ver desde la muerte de mi primera mujer. Lola me idolatraba y se quejaba amargamente de mi prolongada ausencia. Con una de mis cartas le mandé una fotografía mía reciente y unos versos que decían:

Este viajero que ves,
es tu hermano errante. Pues
aún suspira y aún existe,
no como le conociste,
sino como ahora es:
viejo, feo, gordo y triste.

Lola me contestó con las frases más exageradas. Era yo un hombre perfecto... Mi belleza física y mi corazón estaban acordes con mi gran talento... Mis manos, como yo mismo había señalado en las palabras liminares de *Prosas profanas*, eran «manos de marqués». Rubén Darío, ¿«viejo, feo, gordo y triste»? ¡Qué tontería! Bueno, gordo sí, Lola concedía que lo estaba bastante. Pero estimaba que me sentaba muy bien haber ganado peso y que, como se decía en San Salvador, tal condición me *lucía*.

Mi hermana desvariaba. La imagen que me devolvía el espejo no tenía nada que ver con la que ella se obstinaba en imaginar. Sólo me seguían gustando, eso sí, aquellas manos aristocráticas, que hacía notar para consolarme de la creciente fealdad de mi rostro.

Necesitaba un cambio de clima. Llevaba tiempo deseando conocer mejor el sur de España y pisar tierra africana. *La Nación* me dio su beneplácito, y a finales de 1903, después de pasar por Barcelona —con vida más bulliciosa que nunca—, llegué a Málaga.

Estar a orillas del mar latino, y sentir otra vez el sol en la cara, fue tonificante. Hice excursiones, hablé con los pescadores, conocí a escritores locales y observé las idas y venidas de los turistas ingleses. No tenía ganas de escribir versos. Pero Azorín insistía mucho en que le enviara algo para su revista *Alma española*, y fue entonces cuando surgió el poema titulado «Cantos de Vida y Esperanza», así, con mayúsculas.

Dicha composición, escrita en endecasílabos, recogía mi angustia ante el tiempo transcurrido desde los días heroicos del modernismo, allá en Chile y Buenos Aires. La estrofa inicial se haría luego famosa:

Yo soy aquel que ayer no más decía
el verso azul y la canción profana,
en cuya noche un ruiseñor había
que era alondra de luz por la mañana.

El poema fue una especie de autobiografía rimada, de *point de repère* a la que yo ingenuamente consideraba mitad del camino. En él, tras aludir a mi lucha por la existencia desde los primeros años, sin padres propios y sin recursos, canté el sagrado bosque de mi adolescencia y el poder avasallador de los sentidos en una idiosincrasia como la mía, calentada a sol de trópico:

Potro sin freno se lanzó mi instinto,
mi juventud montó potro sin freno;
iba embriagada y con puñal al cinto;
si no cayó, fue porque Dios es bueno.

Agradecí el supremo consuelo del Arte:

Vida, luz y verdad, tal triple llama
produce la interior llama infinita;
el Arte puro como Cristo exclama:
¡Ego sum lux et veritas et vita!

Y terminé afirmando el culto del entusiasmo y de la sinceridad contra las añagazas y traiciones del mundo, del demonio y de la carne.

Compuse otro poema en Málaga, «A Roosevelt», que mandé a Juan Ramón Jiménez para su magnífica revista *Helios.* En la primera parte hice el elogio del Presidente Cazador, símbolo de la potente nación que había humillado a España en 1898 y que ahora amenazaba a América Latina:

Eres los Estados Unidos,
eres el futuro invasor
de la América ingenua que tiene sangre indígena,
que aún reza a Jesucristo y aún habla en español.

Luego, tras un resonante «No» que dividía el poema en dos hemisferios, lancé mi reto a aquellos hombres del Norte que nos veían como presa fácil:

[...] La América católica, la América española,
La América en que dijo el noble Guatemoc:
«Yo no estoy en un lecho de rosas»; esa América
que tiembla de huracanes y que vive de amor,
hombres de ojos sajones y alma bárbara, vive.
Y sueña. Y ama, y vibra, y es la hija del Sol.
Tened cuidado. ¡Vive la América española!
Hay mil cachorros sueltos del León Español.

Aquella oda-protesta iba a tener un éxito fulminante en momentos en que, tras el Desastre, España trataba de reponerse de sus heridas. De repente me vería reconocido como poeta de la raza.

Málaga me encantó por su carácter abierto y risueño y el talante campechano de sus gentes. Pero había una indolencia envolvente y mucha pobreza. Las mujeres, garbosas y alegres, tenían bellos ojos, y caras y cuerpos de celeste pecado mortal. Todo el mundo hablaba con una elocuencia torrencial. ¡Por algo era malagueño mi llorado amigo Antonio Cánovas del Castillo!

Allí recibí, mandado por Juan Ramón Jiménez, un ejemplar de *Arias tristes*, su nuevo libro, que comenté para *La Nación* en un artículo titulado «La tristeza andaluza».

¿Tristeza andaluza? Sí, había llegado a la conclusión de que, en contra de lo que creían los extranjeros, el alma del Sur era en el fondo dolorida, apenada. A mi juicio, lo demostraban el cante flamenco, entonces en decadencia, y el libro de mi joven amigo onubense. Desde luego, hacer una interpretación del alma andaluza basándome en el cante era muy arriesgado, y así se me haría ver más adelante. Pero en cuanto a la tristeza de Juan Ramón Jiménez, no podía caber la menor duda. Dije en aquel artículo que después de Bécquer no se escuchaba en España un son de arpa, un eco de mandolina más personal, más individual, que el del poeta de Moguer.

Y era verdad. Andaluz y europeo, popular y culto, con Juan Ramón Jiménez la poesía española contemporánea empezaba a salir de su atonía, de su atolladero. El poeta tuvo por aquellas fechas para conmigo —y tendría siempre— detalles extraordinarios, y sus cartas, rebosantes de entusiasmo y de proyectos, me ayudaron a luchar contra mi tenaz neurastenia. Que Juan Ramón Jiménez se considerara discípulo mío me llenaba de alegría y de orgullo.

Desde Málaga fui a Granada, Sevilla, Córdoba, Gibraltar y, cruzando el Estrecho, Tánger.

Hacía un tiempo nuboso en Granada y pude disfrutar la Alhambra y el Generalife casi sin turistas. Desde niño yo había soñado con aquellos patios, salas y estanques. La realidad superó con creces lo que me había imaginado. Mientras deambulaba por estancias y jardines, o me paraba a escuchar el mínimo susurro de los surtidores, lamenté una vez más la cruel expulsión de los musulmanes, de aquellos musulmanes cultos, sabios y poetas, con industrias hermosas y pueblo sin miserias.

Subí a la Torre de la Vela, desde la cual se contemplaba la verde llanura cantada por los poetas árabes, y fui preso, súbitamente, de una punzante tristeza. Granada, comprendí, era una ciudad de alma ausente, una amada abandonada cuyo destino era llorar eternamente el bien perdido. Recordé, entonces, a aquel terrateniente de la Vega con ojos oscuros a quien había conocido en la Exposición de París, y su sorpresa y alegría cuando le dijera que yo también me llamaba García. Se me ocurrió la idea de ir a verle, pero disponía de poco tiempo y además había olvidado el nombre de su pueblo que, desde la torre, tal vez se adivinaba.

En la Alhambra no podía por menos de evocar a los ardientes polígamos en cuyo paraíso el primer premio era la limpia, perfumada, adolescente y siempre virgen belleza femenina. Los palacios y jardines eran un reflejo terrenal de aquel paraíso. Guardando los preceptos coránicos, los sultanes no sólo tenían garantizado el eterno bienestar sino que gozaban de un maravilloso anticipo de lo que les esperaba en el más allá. ¡Cómo les envidiaba! Mi pobre Francisca no podía competir con las lascivas huríes, odaliscas y princesas que poblaban mi ferviente imaginación. Además, al no haber entre nosotros ni una mínima afinidad cultural, yo me sentía a veces muy culpable por haber involucrado a aquella criatura en mi vida de poeta errante, bebedor y poco equilibrado.

En Sevilla me impresionó sobre todo el *Finis Gloriae Mundi* de Juan Valdés Leal, en el Hospital de la Caridad. ¡Cómo olvidar nunca aquel cuadro habiendo contemplado de cerca la mueca del obispo, con su cuerpo lleno de gusanos! ¡Qué visión de espanto! La Córdoba romana me trajo el recuerdo de Lucano y Séneca, y allí también me acordé de mi buen valedor Juan Valera, hijo de aquellas tierras, cuyo elogio de *Azul...* me había lanzado a la fama. Al deambular por el bosque de palmeras petrificadas de la mezquita, y contemplar la catedral, maldije a los que habían creído preciso afear el recinto de Alá para adorar mejor a Jesucristo.

Luego la visita forzosa a Gibraltar, la vasta fortaleza rocosa que humillaba el amor propio de Europa entera.

La presencia de los hijos de John Bull se notaba ya en Algeciras, donde tenían sus hoteles, sus campos de golf y hasta su propio ferrocarril. Todo apuntalado por una lluvia de libras esterlinas.

En Gibraltar se advertían un aseo, una actividad, una higiene, un confort y un *pale ale* que muy poco tenían de españoles. Allí pude comprobar la justeza de un comentario de Nietzsche, según el cual la finalidad del puritano domingo británico era crear tanto aburrimiento entre la clase obrera que lo único que deseaba era volver a trabajar el lunes. El domingo gibraltareño no tenía nada que ver con el español, tan bullicioso y alegre:

Mañana es domingo de pipiripingo,
de pipirigallo...

No había una sola tienda abierta y la gente se paseaba solemne por las calles, sin hacer ruido. Fue de verdad impresionante. No pude aguantarlo y me escapé corriendo al bullicio de Algeciras.

En Tánger seguí meditando sobre el Islam. Y volví a envidiar a los musulmanes, que no tenían, como nosotros, ideas del pecado que hacían dura y despreciable la vida terrestre, y que, en su inmortalidad teológica, no esperaban ni premios ni castigos que fuesen más allá de nuestra comprensión humana.

Al escuchar a los músicos árabes, recordé a aquellos gitanos andaluces de la Exposición Universal de París. ¿Cómo dudar de la influencia oriental sobre el cante flamenco?

Por marzo ya estaba de nuevo en la capital francesa, donde, según le dije a Juan Ramón Jiménez, esperaba seguir toda mi vida, si Dios quería. París era todavía mi Ítaca. Le confesé que apenas había compuesto versos durante mis excursiones y que me parecía que ya era tiempo de que escribiera algo para España. Me alentó a hacerlo.

Después de mi visita al Sur, todavía poseído de la imperiosa necesidad de viajar, salí para Bélgica, Alemania, Austria, Hungría y, otra vez, Italia, siempre con el encargo de mandar crónicas a *La Nación*.

Me sobrecogió contemplar con mis propios ojos el campo de Waterloo, escenario del más tempestuoso derrumbamiento de gloria y de soberbia visto por los siglos. Recordé *Les misérables* del dios Hugo. Y no pude por menos de evocar el tremendo retrato de Napoleón debido al pincel de mi admirado amigo Henri de Groux. Voy por el inmenso y legendario Rhin, entre castillos de ensueño medieval, desde Colonia a Maguncia. Me acompañan las sombras de Heine, de Hugo y de otro coloso, el divino Wagner. Sueño con Lorelays, Lohengrins, pálidas princesas y trovadores enamorados. Peregrino del arte, de soleadas tierras americanas, pongo el oído atento a la música triste de la otra Europa, la de brumas y lluvias.

Un rápido paso por Francfort, cuna de los judíos Rothschild, y por el ruidoso Hamburgo, y heme en Berlín donde el emperador Guillermo II impone a su país una rigurosa disciplina prusiana de verdad aterradora. Berlín es un enorme cuartel. El paso de las tropas hace retumbar a cada momento sus calles. La exaltación bélica se respira en el ambiente y me produce una profunda inquietud. Me confirmo en mi convicción de que se aproxima una conflagración internacional.

Viena es otra cosa. La llamada «hermana de París» es hermosa, con una alegría comunicativa y un invisible soplo que incita al placer. Se acaba de celebrar el centenario de Strauss, y los compases de vals se oyen por doquier, en salas de fiestas, en la calle, en los jardines públicos...

De allí a Budapest. Me hechiza. En uno de sus suburbios, lleno de atracciones, teatros, ventas diversas, castillos luminosos, trajes pintorescos y músicas nacionales, admiro una colección de mujeres que habría dejado meditabundo y soñador al mismísimo Salomón.

Mi llegada coincide con la muerte de Mór Jókai, el gran novelista, poeta y pensador nacional. Asisto a los funerales. El cortejo es solemne y fastuoso, y en los balcones, adornados de colgaduras de duelo, se agolpa una muchedumbre de rostros femeninos preciosos, con ojos brillantes. Al pasar el carro de las más frescas coronas, el de los estudiantes, compro a una florista un ramo de rosas y, poeta desconocido de lejanas y cálidas tierras, arrojo yo también, con el corazón palpitante, mi ofrenda a los despojos del vate.

No contento con mi viaje a las tierras de bruma, decido hacer una breve escapada a Venecia. La ciudad ha cambiado, está tan abarrotada de turistas cosmopolitas y presumidos —sobre todo ingleses— que trueco mentalmente su nombre por el de Snobópolis. Pese a tal profanación, Venecia sigue siendo un lugar hecho para el amor. En el Lido, donde vaga el recuerdo de Byron, veo a don Carlos de Borbón y su esposa, doña Berta de Rohán, eternos monarcas vagabundos, estrenar una especie de ridículo automóvil marítimo. El espectáculo me parece patético.

Lo que ocupa sobre todo mis pensamientos en estos momentos es la correspondencia de George Sand y Alfred de Musset, que acaba de editarse por póstuma voluntad de aquella terrible devoradora de hombres, muerta unos treinta años atrás. A mí me dan pena estas cartas. ¡Pobre Musset, tan jovencito, tan soñador, en manos de semejante literata! Pero no puedo negar la fascinación que ejerce sobre mí la Sand. ¿Cómo sería tener una relación amorosa con una mujer a la vez tan intelectual y tan sexualmente impúdica? Yo, que seguía siendo en el fondo un redomado tímido, apenas lo podía concebir.

Y, para terminar mi excursión, Florencia. Visita presurosa. Un turista más. Me extasío ante el *David* de Miguel Ángel. Voy a oír bel canto. En Florencia no se exige traje de etiqueta. Lo que en otras partes es función extraordinaria, aquí es natural y propio. Esta noche ponen una obra romántica, con música para el corazón y no, como entonces era habitual, para la cabeza. Feliz quien como yo, pienso, puede todavía gustar de esos goces de antaño.

Cuando volví a París aquel abril, la divina Flora ya se apoderaba otra vez de jardines y corazones, y mi musa casi me dictó un romance que titulé «Por el influjo de la primavera». A Juan Ramón Jiménez, a quien se lo mandé, el poema le pareció una transfiguración de «Primaveral», aquel romance innovador de *Azul*... Tenía razón mi joven amigo. Yo seguía siendo el poeta de la primavera, pero el tiempo había hecho su trabajo:

¡Divina Estación! ¡Divina
Estación! Sonríe el alba
más dulcemente. La cola
del pavo real exalta
su prestigio. El sol aumenta
su íntima influencia; y el arpa
de los nervios vibra sola.
¡Oh, Primavera sagrada!
¡Oh, gozo del don sagrado
de la vida! ¡Oh, bella palma
sobre nuestras frentes! ¡Cuello
del cisne! ¡Paloma blanca!
¡Rosa roja! ¡Palio azul!
Y todo por ti, ¡oh alma!
Y por ti, cuerpo, y por ti,
Idea, que los enlazas.
¡Y por Ti, lo que buscamos
y no encontraremos nunca,
jamás!

El *deus* había acudido una vez más, y me gustó aquella manera de cortar bruscamente el compás del romance con tan contundente «jamás». El poema se publicó en *Blanco y Negro* y fue muy admirado.

Por estas mismas fechas Gregorio Martínez Sierra se empeñaba en publicar como libro las crónicas de mi visita al Sur enviadas a *La Nación*. Nos pusimos de acuerdo sobre las condiciones y, a instancias de Gregorio, que opinaba que no había folios suficientes, añadí mis impresiones de los otros países europeos recientemente visitados. *Tierras solares* se editó en Madrid a finales de 1904, con cubiertas hechas en Londres. Tirada pequeña, ventas pobres, repercusión mínima, pese a que se había mandado el libro a todos los principales periódicos de España.

¡Lástima de país que no leía nada!

* * *

Ya era hora de que publicara una nueva colección de versos, después de casi diez años sin hacerlo. Como título se me ocurrió primero *Los cisnes y otros poemas*, pero luego decidí aprovechar el de aquella poesía autobiográfica escrita en Málaga y en que daba fe de los cambios operados por el tiempo en mi persona desde la aparición de *Azul...* Y así empezó a tomar cuerpo *Cantos de vida y esperanza*.

Mi producción poética de entonces no era copiosa, y resolví por ello incluir algunas composiciones bastante anteriores, como «Marcha triunfal», «Al rey Óscar», «Cyrano en España», «Salutación a Leonardo» y «Tarde del trópico».

A veces, al buscar el manuscrito de tal o cual composición, no lo encontraba. ¿Extraviado en una borrachera? ¿Robado, prestado o perdido durante una de mis excursiones? Lo peor era que no siempre recordaba todos los versos de los poemas que faltaban. Entonces había que tratar de reconstruirlos poco a poco. En esta tarea me fue muy útil Juan Ramón Jiménez, que tenía una memoria poética extraordinaria. Fue mi confidente durante todo este periodo. Le confesaba mis penas, mis angustias. Un día le escribí que, cuando se nace bajo un signo de mala influencia, no hay más que salir de la tierra. Se espantó y me rogó a vuelta de correo que me calmara. Le dije que mis poemas actuales tenían una gran sinceridad, expresando al «hombre que siente» que había echado en falta José Enrique Rodó en *Prosas profanas.* Y era verdad que brotaban de lo más hondo de mi ser. Añadí, para que Juan Ramón me comprendiera mejor, que en mis libros anteriores, aunque sufría, ¡cómo no!, estaba en mi primavera, y que ello me consolaba y me daba aliento y alegría.

Era consciente de que *Cantos de vida y esperanza* carecía de unidad temática. A mi juicio, y creo que no me equivoqué, las poesías cuyo asunto giraba en torno al *tempus irreparabile fugit* eran los mejores. «Canción de otoño en primavera» sería la más famosa de ellas, la que más suaves y fraternos corazones conquistara:

Juventud, divino tesoro,
¡ya te vas para no volver!
Cuando quiero llorar, no lloro...
y a veces lloro sin querer...

«Un vasto dolor y cuidados pequeños», «el grano de oraciones que floreció en blasfemias», «el falso azul nocturno de inquerida bohemia»... había muchos versos en el libro que definían con nitidez mi angustia ante la vida y el Enigma. En uno de los poemas más sentidos de la colección, «Divina Psiquis», manifesté una vez más mi azoramiento ante la dicotomía erótico-espiritual del hombre, representada ahora por el vuelo de una mariposa, símbolo del alma, «entre la catedral y las ruinas paganas». El poema se resolvía con el triunfo del consuelo cristiano, al posarse la mariposa en un clavo de la cruz del Señor.

Cerré el libro con «Lo fatal», tal vez, de todas mis poesías, la que con más fuerza expresaba mi apego a la vida de los sentidos... y mi horror ante la muerte:

Dichoso el árbol que es apenas sensitivo,
y más la piedra dura, porque ésta ya no siente,
pues no hay dolor más grande que el dolor de ser vivo,
ni mayor pesadumbre que la vida consciente.

Ser, y no saber nada, y ser sin rumbo cierto,
y el temor de haber sido y un futuro terror...
Y el espanto seguro de estar mañana muerto,
y sufrir por la vida y por la sombra y por

lo que no conocemos y apenas sospechamos,
y la carne que tienta con sus frescos racimos,
y la tumba que aguarda con sus fúnebres ramos,
¡y no saber adónde vamos,
ni de dónde venimos...!

Ciertamente en mí había, desde los comienzos de mi vida, la profunda preocupación del fin de la existencia, el terror a lo ignorado, el pavor de la tumba o, más bien, el del instante en que cesa el corazón su ininterrumpida tarea, cuando la vida desaparece de nuestro cuerpo.

En el pequeño prefacio que puse a *Cantos de vida y esperanza* declaré mi satisfacción por el triunfo, en América y España, del movimiento de libertad que me había tocado iniciar —tal vez estuve un poco inmodesto—, y, para justificar el contenido patriótico de algunos de los poemas, reiteré mi convicción de que, si no íbamos con cuidado, mañana todos podríamos ser yanquis y tener que hablar inglés.

Corría el mes de febrero de 1905. Decidí pasar unos meses en la Villa y Corte y allí fui con Francisca y su hermana menor María, que ahora vivía con nosotros en París.

En el piso modestísimo que alquilé en la calle de Veneras, al lado de la plaza de Santo Domingo y a dos pasos del convento de las Descalzas Reales, me visitaba con frecuencia mi fiel Juan Ramón Jiménez, a quien confié el manuscrito de *Cantos de vida y esperanza* para que cuidara su edición. Al moguereño le aterraba mi apego al alcohol y me rogaba siempre que no bebiera delante de él ni whisky con soda (que yo llamaba «W y S») ni Martell tres estrellas, mi cognac preferido. Yo asentía para complacerle pero luego, aprovechando que mi habitación estaba dividida en dos por una puerta de cristales, me disculpaba un momento y en un rincón de la alcoba colindante, creyendo que no me podía observar, me tomaba rápidamente unos sorbos. Una tarde, mirando por la puerta, Jiménez me pilló *in fraganti*. No dijo nada, pero leí en sus ojos un inmenso dolor. No sólo me admiraba aquel poeta todo sensibilidad. Me quería entrañablemente y temía, con razón, por mí.

Salió por estas fechas en Barcelona, editada por Maucci, la segunda edición de *Los raros*, libro prácticamente desconocido en España. En un breve prólogo aclaré que, menos las notas sobre Camille Mauclair y Paul Adam, todo había sido escrito en Buenos Aires doce años antes, cuando en Francia estaba en pleno auge el simbolismo. Expliqué que me había tocado a mí dar a conocer en América aquel movimiento renovador y que por ello, y por mis versos de entonces, fui atacado y calificado de «decadente». Terminé reconociendo que, desde entonces, una razón autumnal había sucedido a las explosiones de mi primavera.

Aquel libro tuvo entre la juventud española un éxito realmente considerable, y su influencia sobre «los nuevos» sería destacada después por la crítica.

Trajeron desde Navalsauz, para que le viera, a mi hijo Rubén, criado por Juana, la madre de Francisca. Tenía ya casi dos años. Al cogerle en mis brazos pensé de repente, por cerebración inconsciente (como entonces se decía) en Phocás, el emperador de Bizancio que había crecido en el campo entre pastores. Unos días después me salió del alma un soneto estremecedor:

Phocás el campesino, hijo mío, que tienes,
en apenas escasos meses de vida, tantos
dolores en tus ojos que esperan tantos llantos
por el fatal pensar que revelan tus sienes...

Tarda en venir a este dolor a donde vienes,
a este mundo terrible en duelos y en espantos;
duerme bajo los Ángeles, sueña bajo los Santos,
que ya tendrás la Vida para que te envenenes...

Sueña, hijo mío, todavía, y cuando crezcas,
perdóname el fatal don de darte la vida
que yo hubiera querido de azul y rosas frescas;

pues tú eres la crisálida de mi alma entristecida,
y te he de ver en medio del triunfo que merezcas
renovando el fulgor de mi psique abolida.

A Phocás no le daría tiempo para poder renovar el fulgor de mi psique abolida. Unos meses después, tras volver con su abuela a Navalsauz, cogió una fiebre y se murió. Lo enterraron en el pequeño camposanto del pueblo, aquel camposanto sin cruces que había visitado años atrás. Su muerte nos afectó hondamente —ya habíamos perdido a Carmen «la conejita»— y nos fuimos a pasar el verano a Asturias.

Allí, en San Esteban de Pravia, recibí una carta de Antonio Machado en la cual me hablaba del triunfo de *Cantos de vida y de esperanza*, que acababa de editarse en Madrid, subtitulado *Los cisnes y otros poemas*. ¿Triunfo? ¡Se habían tirado sólo quinientos ejemplares, y el libro, cuidadosamente preparado por Juan Ramón Jiménez, apenas se mencionó en los periódicos! Pero, con todo, iría haciendo su camino.

Como segundo poema del libro figuraba «Salutación del optimista», leído unos meses antes por mí en un acto del Ateneo madrileño y que tuviera entonces mucho éxito:

Ínclitas razas ubérrimas, sangre de Hispania fecunda,
espíritus fraternos, luminosas almas, ¡salve!
Porque llega el momento en que habrán de cantar nuevos himnos
lenguas de gloria. Un vasto rumor llena los ámbitos;
mágicas ondas de vida van renaciendo de pronto;
retrocede el olvido, retrocede engañada la muerte;
se anuncia un reino nuevo [...]

Era el clamor de un poeta venido de América que, viendo el abatimiento de España tras 1898, llamaba a la resurrección de la vieja Patria, incitaba a la confianza en el Destino y proponía la fraternidad y cooperación de todos los países de habla castellana. Tiempo después el dominicano Max Henríquez Ureña, creo que pensando sobre todo en aquel poema, diría de *Cantos de vida y esperanza* que significaba «el retorno de los galeones». ¡Qué cumplido más hermoso!

* * *

Antes de volver a París aquel otoño me puse de acuerdo con la casa Fernando Fe para que me editasen mi libro *Opiniones*, otra recopilación de artículos publicados mayormente en *La Nación* y, por ello, desconocidos para el público lector español.

El libro salió en abril de 1906 y tuvo tan poca resonancia en la prensa —pese a que mi editor, Francisco Beltrán, había distribuido numerosos ejemplares entre las redacciones— que me produjo vergüenza ajena. Y es que en aquella España venida a menos apenas se reseñaban los libros si el autor no pagaba al periódico.

Opiniones incluía, entre notas sobre personajes como Isadora Duncan, Edmond Rostand, Anna de Noailles, Maurice Rollinat y el poeta Heredia, sendos artículos muy serios y trabajados sobre Gorki y Zola —que acababa de morir—, y otro sobre la poesía española contemporánea.

Si al principio algo opuesto al naturalismo, yo había llegado a admirar profundamente a Zola, no sólo por su inmensa valentía durante el caso Dreyfus, sino por su obra misma. Arrancado de su labor por la más estúpida contingencia, su pérdida me parecía trágica para la humanidad entera. Sobre su cabeza había echado toneladas de basura la ultranacionalista derecha francesa, cada vez más antisemita. Zola vivía abiertamente con su amante, Nana, con quien tenía dos hijos, y la situación era aceptada por su admirable esposa, que no podía tener descendencia y que sabía que su marido era fundamentalmente bueno, sincero y honrado. En el entierro, al que asistí, la mujer y la amante estuvieron juntas ante el féretro. Nunca vi tal caso de dignidad, ni de tal desprecio hacia las convenciones sociales.

Sobre el testamento de Zola imprimieron los periódicos reaccionarios chistes repulsivos. Según uno de ellos, la declaración de última voluntad contenía la siguiente cláusula: «Para Nana, los pequeños millones que he ganado explotando la lubricidad de mis contemporáneos». ¡Qué ruindad moral!

Zola, el más magistral director de ideas de aquellos tiempos, era en realidad un tímido solitario. No había nacido en la opulencia, ni mucho menos. Fue capaz de labrar su vida de escritor contra todos los obstáculos, con voluntad de hierro, y nunca, alcanzada la fama, se permitió olvidar de dónde había venido. Él, que conocía el sufrimiento y la miseria, estuvo siempre, como Nuestro Señor Jesucristo, al lado de los débiles, de los oprimidos, de las víctimas, de los que no tenían nada. ¡Qué gloria la suya! En el entierro había sabios y poetas, obreros y niños y niñas con sus padres. Todos profundamente entristecidos. Ni el entierro de Castelar, ni el del viejo poeta húngaro Jokái, que presenciara en Budapest, se le podían comparar. Fue impresionante.

Gorki era otro gigante, un alma inmensa que recogía los gritos, las violencias y los sueños de sus hermanos que sufrían y caían. Le llamé «el san Juan de Dios de los malditos». Odiaba la opresión, como Zola, empezando por la que existía en su propio país, y, fotógrafo maravilloso, quiso expresar, sin afeites de estilo, la miseria de Rusia. Sabía que el delincuente no es nunca el único responsable de su delincuencia y que, si conociéramos las causas de su comportamiento, le perdonaríamos, como Cristo perdonó en la cruz a los verdugos que se encargaban de abrirle los costados.

Rebelándose contra la resignación oriental de las masas rusas, Gorki, utilizando palabras hechas de sangre y fuego, quería incitar a la rebelión. Y yo estaba seguro de que, un día no lejano, Rusia se vería envuelta en las llamas de una terrible revolución. Nuestra civilización europea toda, además, se agitaba desde hacía largo tiempo bajo una presión atroz. La catástrofe, les decía a mis lectores, me parecía inevitable.

En cuanto a los nuevos poetas de España, una de las crónicas recogidas en *Opiniones* señalaba, con alivio, que la manera de pensar y de componer había cambiado gracias a la influencia del movimiento mental iniciado unos años antes en las letras hispanoamericanas y en el cual yo había tenido el honor de desempeñar un papel principal. Se había acabado el estancamiento, la sujeción a la ley de lo antiguo académico, la vitola o patrón que antaño uniformara la expresión literaria. Ya no se hacían versos de determinada manera, a lo fray Luis de León, a lo Zorrilla, a lo Campoamor, a lo Núñez de Arce, a lo Bécquer. El individualismo, la libre manifestación de las ideas, el vuelo poético sin trabas, se iba imponiendo. Había una floración nueva y desconocida. Entre los jóvenes poetas de España los había que podían parangonarse con los de cualquier Parnaso del mundo. La calidad ya era otra, gracias a la cultura importada, a la brecha abierta en la vieja muralla feudal.

Antonio Machado me parecía quizás el más intenso de todos los nuevos. Desde la publicación de *Soledades*, en 1903, había escrito poco y meditado mucho. Su vida era la de un filósofo estoico. Sabía decir sus ensueños en frases hondas y sutiles. Se internaba en la existencia de las cosas. Amaba la Naturaleza, los campos, los ríos, las florecillas. Tenía, dije, un orgullo inmenso, neroniano y diogenesco. Y una gran humanidad.

Su hermano Manuel, que había estado en París varios años, era muy diferente. Fino, ágil, elegante, nutrido de la más flamante savia gala, sus versos parecían escritos en francés. Era en muchas de sus poesías —por ejemplo, en *Caprichos*, de título goyesco— un verleniano de la más legítima procedencia:

De violines
fugitivos
ecos llegan...
Bandolines
ahora son.
... Y perfume
de jazmines,
y una risa...
Es el viento
quien lo trae...
goce sumo,
pasa, cae...
como humo
se desvae...
pensamiento
... ¡y es el viento!

Manuel Machado había conseguido hacer, con los elementos fonéticos del castellano, lo que en francés no habían logrado muchos seguidores del prodigioso Fauno. Era un auténtico artista de la palabra, y me interesaban sus tentativas en el versolibrismo.

Hablé en aquella crónica de Ramón Pérez de Ayala y su *La paz del sendero*. Y hablé, naturalmente, de Juan Ramón Jiménez, acudiendo al artículo mío escrito en Málaga, «La tristeza andaluza». Sí, la tristeza de mi amigo, ahora huésped de una clínica madrileña, era principesca e hiperestésica. Yo deseaba que recuperara pronto la salud y nos diera una poesía más vital, más optimista.

Optimista no podía ser yo —ya lo he dicho— ante el espectáculo de la vida contemporánea. La era de la máquina avanzaba con pavorosa velocidad, y cada día las carreras de automóviles se hacían más populares. Por doquier materialismo, positivismo, crueldad, egoísmo, indiferencia, falta de espiritualidad y búsqueda del placer como única finalidad. El turismo ya invadía todo, hasta los pueblos de Asturias. Me pareció que pronto no habría rincón del mundo en que refugiarse. La unificación del planeta sería absoluta. Sobre el globo uniforme prodigaría sus bostezos la humanidad uniformada.

En *Opiniones* también se notaba mi desagrado ante las que llamé «agitadas y sonoras *viragos* del feminismo militante». Yo seguía estimando, pobre de mí, que las mujeres no servían ni para el arte ni para la política. Las sufragistas me parecían una abominación teratológica, y me referí con desdén en uno de los artículos recogidos en el libro a «nuestras cultilatiniparlas de la actualidad, estudiantas ibsenianas y feministas marisabidillas». Tardaría todavía unos años en darme cuenta de mi profundo error, en reconocer que seguía siendo un redomado machista.

En una de las crónicas recogidas en el libro expresé mi tajante rechazo de la noción de que cuanto más pobre el artista, más acertada su obra. «Dios quiera que nunca le sonría a usted la fortuna», me había dicho una vez un cretino, pensando hacerme un cumplido. Yo discrepaba totalmente. Lo primero era ser pescador de luna, de acuerdo. Pero opinaba que, si se pescaba desde un puente de plata, la dicha era mayor. ¡Ya lo creo! ¿Quién lo sabía mejor que yo, siempre falto de dinero?

Unos meses después fui nombrado secretario de la delegación nicaragüense en la Conferencia Panamericana de Río de Janeiro y, en julio de 1906, crucé una vez más el Atlántico.

Desesperado ante el espectáculo de caos y de disgregación que ofrecía América Latina, yo no podía por menos de seguir admirando el tesón de los norteamericanos, que, enterrando sus diferencias, habían sido capaces de crear aquellos Estados Unidos tan potentes. Mi deseo de concordia entre ambas Américas se sobrepuso en aquellos momentos a mi sentido común, y en Río panamericanicé ingenuamente en mi poema «Salutación al Águila», que luego me cosechó acerbas críticas, tal vez sobre todo los versos:

Tráenos los secretos de las labores del Norte,
y que los hijos nuestros dejen de ser los rétores latinos
y aprendan de los yanquis la constancia, el vigor, el carácter.

Sí, aquella apóstrofe al Águila fue de una ingenuidad notable, teniendo en cuenta las continuas agresiones de Estados Unidos contra la América nuestra. Y a mucha gente le pareció traicionar el espíritu de mi famoso poema a Roosevelt, cuyo éxito, como dije antes, me convirtiera en cantor de la raza. Rufino Blanco Fombona, por ejemplo, me escribió una carta muy dolida al respecto, extrañándose de que todavía no me hubiesen lapidado. ¿Cómo era posible que yo, «la más alta voz de la raza hispana», clamara ahora por la conquista yanqui del Sur? No lo entendía el escritor venezolano, que insinuaba que lo había hecho por el vuelo de las águilas... de veinte duros. Traté de justificarme, diciendo que los versos habían sido compuestos en momentos de entusiasmo después de conocer a varios diplomáticos norteamericanos muy cordiales; que lo cortés no quitaba lo cóndor (me gustó la ocurrencia); y que, fijándose bien, el poema anunciaba la guerra entre los yanquis y nosotros. Pero mi defensa no le convenció, ni a mí tampoco. Mejor no haberlo publicado.

En Río tuve una aventura extraordinaria. Un día fui invitado a una fiesta en casa de una condesa cuyo nombre no me sonaba y que decía querer conocerme. Acudí a la cita. Un lacayo me hizo entrar y me llevó a una sala de un buen gusto exquisito. Me sorprendió no ver a otros invitados. En medio había una mesita con todos mis libros. Y sobre ellos una carta de la condesa en la cual manifestaba que me admiraba mucho y me rogaba disponer de aquel palacio mientras permaneciese en Río. El lacayo me explicó que su ama había tenido que ausentarse inesperadamente, pero que él tenía instrucciones de ponerse a mis órdenes, así como toda la servidumbre.

¿Estaba yo soñando? ¿Se trataba de una broma? ¿Quién era aquella mujer? Le dije al lacayo que sentía no poder aceptar la invitación, ya que estaba hospedado oficialmente en un hotel, pero que me encantaría conocer a la dueña de la casa. Al día siguiente se me comunicó que la condesa me recibiría en su residencia de campo.

Voy allí para satisfacer mi curiosidad, y casi seguro que la condesa, si realmente existe, resultará vieja, fea y desquiciada. Pero no, ¡es joven y hermosísima! No puedo decir su nombre. Aquella mujer se había enamorado de mí a través de mi poesía y pasé con ella dos días y noches de cuento oriental, olvidándome del congreso panamericano.

Me había acompañado a Río el canciller del consulado nuestro en París, el mexicano Julio Sedano, hombre de presencia externa muy caballerosa que juraba ser hijo natural del emperador Maximiliano y que hablaba un español plagado de galicismos. Preocupado por mi ausencia, Sedano me había estado buscando por todos lados. Cuando le conté lo ocurrido no se lo creía. Estaba convencido de que se trataba de una alucinación provocada por el alcohol.

A partir de mi encuentro con la condesa empecé a pensar seriamente en la manera de conseguir un divorcio, pues la idea de tener que seguir viviendo con Francisca me era ya insoportable.

Tuve el inmenso privilegio de conocer en Río, poco antes de su muerte, a un gran escritor brasileño, Joaquim Maria Machado de Assis, autor de la magnífica novela *Memorias póstumas de Braz Cubas.* Charlamos amistosamente y, antes de abandonar la ciudad, le dediqué un pequeño poema:

Dulce anciano que vi, en su Brasil de fuego
y de vida y de amor, todo modestia y gracia.
Moreno, que de la India tuvo su aristocracia;
aspecto mandarino, lengua de sabio griego.

Acepte este recuerdo de quien oyó una tarde
en su divino Río su palabra salubre,
dando al orgullo todos los harapos en que arde,
y a la envidia ruin lo que apenas la cubre.

En Río, gracias a mis excesos, caí enfermo. Los médicos, viendo mi neurastenia, me dijeron que los disgustos empeoraban mi condición física y que podían ser causa de mi muerte. Me recomendaron una vida de calma. ¡Una vida de calma!

Desde Río pasé a Buenos Aires, donde, después de mis nueve años de ausencia, se me recibió como a un hijo pródigo. Se lo conté a la esposa de Leopoldo Lugones en una larga epístola poética terminada a mi vuelta a Europa:

... mi convalecencia duró poco. ¿Qué digo?
Mi emoción, mi entusiasmo y mi recuerdo amigo,
y el banquete de La Nación, *que fue estupendo,*
y mis viejas siringas con su pánico estruendo,
y ese fervor porteño, ese perpetuo arder,
y el milagro de gracia que brota en la mujer
argentina, y mis ansias de gozar de esa tierra
me pusieron de nuevo con mis nervios en guerra.

Regresé a París, al enemigo terrible. Y, encerrándome en mi celda de la rue Marivaux, sin ver a casi nadie, me puse a reflexionar sobre mi vida y mis errores. Explotado por todos, debido a mi inutilidad para las cosas prácticas, incapaz de ahorrar, amante de la belleza, del lujo, de la compañía de personas de maneras elegantes, sin poder olvidar a aquella condesa de Río, en peligro de convertirme en dipsómano irremediable, atormentado de negros presagios, ¿qué iba a ser de mí?

* * *

En Madrid había conocido, no recuerdo dónde —tal vez en el Ateneo— a un escritor mallorquín llamado Gabriel Alomar, republicano a machamartillo e inventor del término «futurismo» (luego apropiado sin reconocimiento por Marinetti). Alomar me había hablado de los encantos de Mallorca con tanto fervor que decidí visitarla cuanto antes. Y así fue como, necesitado de reposo después de mis extralimitaciones de Río y de Buenos Aires, me encaminé hacia allí aquel noviembre de 1906, acompañado de Francisca y María.

Alomar, que admiraba profundamente mi obra poética, nos esperaba en Palma. Alquilé una villa en el barrio del Terreno, con un bonito jardín y magníficas vistas de la bahía, y en ella nos quedamos hasta los primeros días de la primavera.

Yo estaba al tanto, naturalmente, del gran prestigio literario de Mallorca, reina de las Baleares. Me fascinaba, sobre todo, la estancia de George Sand y Chopin en el pueblo serrano de Valldemosa, en 1838. Alomar me consiguió nada más llegar a Palma un ejemplar del libro de la Sand, *Un invierno en Mallorca*, que, pese a tener muchos méritos, me disgustó por sus críticas a los isleños, por su soberbia, su virulento anticatolicismo y, sobre todo, su empeño en no mencionar apenas al pobre Chopin.

Quise conocer por mí mismo Valldemosa y su Cartuja, una de cuyas celdas albergara a la pareja, y contemplé con emoción el piano que había hecho llorar íntima y quejumbrosamente al más lunático y melancólico de los músicos, y sobre el cual ensayara sus divinos *Nocturnos*.

Visité Miramar, el bello refugio del archiduque austriaco Luis Salvador quien, huido de la vida palatina, estaba por desgracia ausente de Mallorca en aquellos momentos. En sus alrededores indagué acerca de la beata Catarina Tomás, que tanto intrigara a George Sand, y pasé con reverencia frente a la cueva en que orara Raimundo Lulio, el ermitaño y caballero que llevaba en su espíritu la suma del Universo, el soñador medieval que hizo de su existencia un poema de combate.

En una serie de crónicas medio noveladas remitidas a *La Nación* evoqué una excursión por la isla en auto acompañado por Alomar, el pintor y escritor Santiago Rusiñol, Juan Sureda («el castellano de Valldemosa») y, bajo seudónimos más o menos transparentes, otros compañeros de aquellos meses. Entre ellos incluí a una aristócrata inglesa de mi invención que ostentaba el nombre, bastante inverosímil, de lady Perhaps, es decir, lady «Tal Vez».

Lady Perhaps se percata enseguida, al ver el embeleso con el cual contemplan mis ojos el mar azul de Mallorca, con sus olas, sus pescadores y sus velas latinas, que soy un pagano irremediable.

—Es inútil —me dice—. La levadura cristiana de usted desaparece en cuanto los dioses le recuerdan su permanencia.

No puedo más que asentir. Y le contesto más o menos:

—¿Qué otra cosa mejor que una cadera rosada puede aparecer en la transparencia de esas ondas musicales y diamantinas? ¿Qué otra cosa mejor, sino un rostro de rosa, unos senos de rosa, unas desnudeces armoniosas, todas atracción y deleite? ¡Las sirenas! Sin la cola de pescado que les diera el mito, sin el aspecto demasiado ictioforme de las que pintara el genial Böcklin, sino simplemente mujeres, deliciosas hembras del agua.

Al principio de mi estancia mallorquina, tan fecunda, terminé un largo poema que la crítica posterior consideraría de los mejores, y que ya he citado: la *Epístola a la señora de Leopoldo Lugones*. En ella, con el debido tono irónico, di cuenta, antes de explayarme sobre los encantos de la isla, de mi reciente visita a Río de Janeiro y Buenos Aires. Me complacieron especialmente los versos en los cuales, recordando la enfermedad que me sobreviniera en Brasil, en pleno congreso panamericano, me reía de la inoportunidad del tratamiento aconsejado:

Me recetan que no haga nada ni piense nada,
que me retire al campo a ver la madrugada
con las alondras y con Garcilaso y con
el sport. *¡Bravo! Sí. Bien. Muy bien. ¿Y* La Nación?
¿Y mi trabajo diario y preciso y fatal?
¿No se sabe que soy cónsul como Stendhal?
Es preciso que el médico que eso recete dé
también libro de cheques para el Crédit Lyonnais...

¡Qué buen hallazgo rimar «dé» con «Lyonnais»! Al conseguirlo casi me morí de risa.

Pienso ahora que un día alguien tendrá que redactar, si no se ha hecho ya, un libro titulado *¿De qué vivían?* Es decir, un libro sobre los escritores indigentes que, pese a todos los obstáculos, lograron crear su obra. ¿De qué vivía yo? ¿Qué ingresos tenía? Mis libros no me daban prácticamente nada, ya que, siempre torpe para los negocios, no sabía venderlos bien y cualquier editor me podía engañar fácilmente. Mis colaboraciones en *La Nación* tampoco se pagaban generosamente y a veces tardaba meses en cobrarlas. Para subsistir no tenía más remedio que hacerles la corte a los políticos americanos del momento para que me proporcionasen su apoyo, siempre de alguna manera interesado. Así había conseguido el consulado general de Nicaragua en París. Pero un puesto de tal naturaleza, mal retribuido y a la merced de gobiernos crónicamente inestables, podía convertirse en humo de paja en cualquier momento, y muchas veces, además, el sueldo no llegaba.

La verdad es que yo, y en consecuencia los míos, vivíamos en una situación económica fragilísima, creadora de una angustia permanente.

Unas semanas después de llegar a Mallorca recibimos una malísima noticia. Y era que mi esposa Rosario, con quien desde poco después de nuestro grotesco matrimonio en 1893 apenas había vuelto a tener contacto, acababa de arribar a París con el empeño, ya que no de recuperarme, de hacerse con la mitad de mis emolumentos consulares. Allí se entrevistó con ella, a instancias mías, mi buen amigo el periodista español Luis Bonafoux, corresponsal de *El Heraldo de Madrid.* Bonafoux se enteró de que Rosario, hecha una energúmena, estaba dispuesta, si no le dábamos lo que ella quería, a divulgar, en la prensa americana y española, datos de mi vida privada, con el inevitable escándalo público.

Rosario había recibido, además, el apoyo de mi superior en París, el ministro Crisanto Medina, con quien, como ya he dicho, mi relación era muy difícil. Tampoco resultaba del todo leal Julio Sedano, nuestro canciller, que acababa de casarse con una señora francesa llamada

Anita quien, por razones que nunca conocí, se puso de parte de mi mujer.

Toda vez que a principios de diciembre surgió también un problema con el alquiler de nuestro piso, mandé a París a Francisca, mucho más práctica que yo. Iba a subir al mismo barco Santiago Rusiñol pero desistió al intuir que se presentaba una travesía muy turbulenta. No se equivocaba. En alta mar se desencadenó una violenta tormenta y durante muchas horas no sabíamos nada del vapor. Finalmente llegó sano y salvo a Barcelona. Pobre Francisca, necesitó varios días para reponerse. Luego tuvo que estar en París dos o tres semanas y no pudo volver a Mallorca para Navidad y Año Nuevo.

Después de veinte días a solas con María, que entonces tenía dieciséis años y era guapísima, descubrí que la deseaba ardientemente. No le dije nada pero ella se dio cuenta. Aquello fue el inicio de un largo sufrimiento.

Por otro lado Mallorca incitaba al amor, y a cada paso hacía pensar en la Grecia antigua, en Venus emergiendo de su concha. Me había fascinado leer en el libro de George Sand que los antiguos la llamaban La Isla de Oro, término que yo había utilizado años atrás, creyéndolo original, en mi «Coloquio de los centauros»:

En la isla en que detiene su esquife el argonauta
del inmortal Ensueño, donde la eterna pauta
de las eternas liras se escucha; —Isla de Oro
en que el tritón erige su caracol sonoro
y la sirena blanca va a ver el sol—, un día
se oye un tropel vibrante de fuerza y de armonía...

Arreglado el asunto del piso, Francisca volvió a Palma en los primeros días de 1907. En París había descubierto que Rosario hablaba de ella con profundo odio, con despecho, y que a mí me cargaba hasta la cuenta de su perfume. Yo le había dicho a Bonafoux, entretanto, que no mediara más con ella, ya que había mucha mala fe por parte suya y del miserable Crisanto Medina. Bonafoux estaba de acuerdo. En su contestación me aseguró que daba por completamente terminada aquella intervención, y recordaba un antiguo proverbio francés: «No pongas nunca el dedo entre al árbol y la corteza».

Por marzo empezó a despuntar la primavera, vistiéndose con una profusión de flores blancas y rosadas los almedros que cubrían montes y laderas de la Isla de Oro. Me sentía ya para siempre pagano mediterráneo y así lo dije en un poema:

Plinio llamó Baleares funda bellicosas
a estas islas hermanas de las islas Pytiusas;
yo sé que coronadas de pámpanos y rosas
aquí un tiempo danzaron ante la mar las musas.

Y si a esta región dieron Catarina y Raimundo
paz que a Cristo pidieron Raimundo y Catarina,
aún se oye el eco de la flauta que dio al mundo
con la música pánica vitalidad divina...

En Palma compuse otros poemas. Uno era «La caridad», en el cual expresé una vez más mi solidaridad con los que no tenían nada. Otro, «Pájaros de las islas...», apóstrofe a las gaviotas cuyas evoluciones sobre las olas seguía, embelesado, desde nuestra terraza. Lo di a conocer en *Renacimiento*, la revista del modernismo triunfante dirigida por Gregorio Martínez Sierra:

Pájaros de las islas, ¡oh pájaros marinos!,
vuestros revuelos, con
ser dicha de mis ojos, son problemas divinos
de mi meditación.

Y con las alas puras de mi deseo abiertas
hacia la inmensidad,
imito vuestros giros en busca de las puertas
de la única Verdad.

Verdad única cuyas puertas nunca llegaría a franquear, tal vez porque, en el fondo, mi apego a la tierra era demasiado fuerte.

Antes de abandonar Palma mandé a Madrid una exposición de mi poética actual que se publicó en *Los Lunes de El Imparcial*, donde, años atrás, elogiara Juan Valera *Azul*... En ella, al protestar contra cierta incomprensión por parte de algunos críticos, entre ellos mi admirado Miguel de Unamuno, afirmé otra vez mi criterio de individualismo y de libertad en el arte, y protesté que nunca, nunca había abrazado el culto exclusivo de la palabra por la palabra. Pero, al mismo tiempo, me expresé tan convencido como siempre de que todas las palabras, además de ser signos, tienen un alma, y que el arte de su ordenación no debería estar sujeto jamás a la imposición de yugos, de dogmas. El arte, insistí, no era un conjunto de reglas, sino una armonía de caprichos. Y reafirmé mi culto a la Belleza en un mundo cada día más vibrante de automóviles, de aeroplanos... y de bombas.

Puse el título de «Dilucidaciones» a aquella defensa.

A finales de marzo Francisca y yo volvimos a París y María a Madrid. La eché mucho de menos y le dije en una carta que, si aprendía a leer y a escribir, mandaría por ella en unos meses.

Durante aquella primavera salió en Barcelona una nueva edición de *Azul...*, la primera española. Las ventas eran pobres, sobre todo en América, invadida, según el editor, de ediciones populares, y por supuesto clandestinas, de mi libro. ¡Y yo que estaba sin un céntimo!

La misma editorial tenía en prensa la segunda edición de *Cantos de vida y esperanza*, y yo quería que también sacasen *Parisiana*, otra recopilación de artículos aparecidos en *La Nación*. Se negaron, diciendo que primero habría que ver si se vendía la nueva edición de *Cantos*. Era humillante.

Necesitado otra vez de mar, pasé el mes de agosto en Brest. Rosario me seguía hostigando y vi claramente que la única solución definitiva de aquella situación intolerable era el divorcio en que llevaba tanto tiempo pensando. Para ver si podía conseguirlo, resolví volver a Nicaragua. Otro motivo era exponer personalmente ante el presidente de la República, el general José Santos Zelaya, mis dificultades con el ministro Crisanto Medina, y pedirle que me diera la legación de Nicaragua en Madrid, mi sueño desde hacía tiempo.

Al enterarse de que yo estaba en Brest, Rosario se presentó un día en el hotel y me exigió una entrevista. Yo no quería ver a «la perseguidora» —como la llamaba Julio Sedano—, pero ahí estaba delante de mí y no tuve más remedio que hablar con ella. Corté corto, como dicen los franceses. Le hablé claro. Pude comprobar que, como me había dicho Francisca, Rosario la despreciaba y odiaba. Le dije todo lo que ella ya sabía. Le quité toda esperanza. Le ofrecí una pensión de dos mil francos, que rehusó, y hasta le di un beso de definitiva despedida. Creí, tontamente, que no me molestaría más.

A lo largo de aquel verano, amén del problema de Rosario, me las tuve que ver con el editor madrileño, Pérez Villavicencio, que preparaba para la imprenta mi nuevo poemario, *El canto errante.* Valle-Inclán, que mediaba entre nosotros, se indignó cuando acepté la oferta de mil pesetas para la edición, que él consideraba miserable. Tenía razón, pero yo quería ver el libro en la calle cuanto antes, y empezar a negociar con otros editores habría demorado su publicación.

Me costó un trabajo considerable la ordenación de poemas para la nueva colección. Al constatar que no tenía volumen suficiente, incluí algunas composiciones bastante antiguas, tales como «A Colón», «Metempsícosis», «Desde la pampa», «A Francia» y el largo y aburrido «Tutecotzimi». Incluso desenterré un soneto amoroso escrito en francés después de mi primera visita a París en 1893, y que demostraba ya cierto dominio del idioma. Y probablemente fue un error incluir mi *Oda a Mitre*, de 1906, que revestía poco interés para mis lectores españoles. La verdad es que a *El canto errante* le faltaba, como a *Prosas profanas*, unidad temática.

Los mejores poemas de la colección eran sin duda los compuestos durante mi estancia en Mallorca, sobre todo la *Epístola a la señora de Leopoldo Lugones*, que terminé allí; «La canción de los pinos»; y tres pequeñas composiciones, «Eheu!», «Nocturno» y «Revelación», que apuntaban hacia una poesía más desnuda y escueta. Recuerdo sobre todo la segunda:

Silencio de la noche, doloroso silencio
nocturno... ¿Por qué el alma tiembla de tal manera?

Oigo el zumbido de mi sangre,
dentro mi cráneo pasa una suave tormenta.
¡Insomnio! No poder dormir; y, sin embargo,
soñar. Ser la auto-pieza
de disección espiritual, ¡el auto-Hamlet!
Dilüir mi tristeza
en un vino de noche,
en el maravilloso cristal de las tinieblas...
Y me digo: ¿a qué hora vendrá el alba?
Se ha cerrado una puerta...
Ha pasado un transeúnte...
Ha dado el reloj trece horas... ¡Si será Ella!...

¡Ah, la eterna Ella! Nunca dejaba de anhelar su llegada. Y entretanto pensaba, avergonzado de mí mismo, en María.

Yo quería llevar conmigo a Nicaragua ejemplares de *El canto errante*, que dediqué «A los Nuevos Poetas de las Españas». Pero no se terminó la impresión a tiempo. De hecho, el libro no se editaría hasta finales de año.

Tampoco tuve suerte con *Parisiana*, que había entregado a la librería Fernando Fe de Madrid y que me dio unas setecientas pesetas por él y *Opiniones* juntos. ¡Setecientas pesetas! Una miseria.

* * *

En octubre de 1907, unos días después de que Francisca diera a luz en una clínica parisiense a un nuevo Rubén —a quien pondría yo el apodo de Güicho—, me embarqué otra vez para América.

En la estación de Saint Lazare me despidieron el combativo español Luis Bonafoux, un joven escritor chileno muy perspicaz, Francisco Contreras, que proyectaba hacer un libro sobre mí, y otros amigos. Yo estaba nervioso temiendo que llegase de repente Rosario —que todavía no había regresado a Nicaragua— y que armara una refriega en el andén o me pegara un tiro.

Apareció, efectivamente, acompañada de la mujer de Julio Sedano. Mis compañeros me escoltaron briosamente en tal coyuntura, ocupando las puertas del vagón e impidiendo el acceso de «la perseguidora».

Mi vuelta a Nicaragua, después de una ausencia de dieciocho años, fue apoteósica y, como para hacerme olvidar antiguas ignorancias e indiferencias, fui recibido como ningún profeta lo había sido nunca, en olor de multitudes. En León abracé llorando a mi tía abuela Bernarda, ya casi centenaria, así como a mi hermana Lola, más enloquecida que nunca conmigo, y volví a recorrer, emocionado, las estancias y pasillos de la vieja casa de mi infancia.

Durante los tres meses de mi permanencia en Nicaragua fui huésped de honor del Gobierno, y en Managua el presidente Santos Zelaya, con quien yo desde hacía años mantenía una cordial correspondencia epistolar, me recibió con los brazos abiertos. Tuve buen cuidado de corresponderle debidamente en sus atenciones, dedicando a su esposa, Blanca, unos versos algo exagerados y regalándole una pulsera, hecha en París, con las iniciales de su marido. Así fue como, pese a mi fama de bebedor y de neurasténico, conseguí mi propósito de ser nombrado Ministro Residente de Nicaragua en Madrid, lo cual me proporcionó una satisfacción personal inmensa, aunque intuía que la Legación tendría un presupuesto lamentable.

Entretanto, amigos míos políticos preparan un proyecto para modificar la ley de matrimonio y así facilitar mi divorcio. Según la normativa vigente, la separación absoluta de los esposos durante cinco años, ella en un país y él en otro, era causa inmediata de divorcio. La reforma consiste en que bastan dos años. Pese a la fuerte oposición de los conservadores, la nueva disposición jurídica, luego conocida familiarmente como Ley Darío, se aprueba en el Congreso. Me entero entonces de que el hermano de Rosario, Andrés, está furioso conmigo y anda diciendo que me va a matar. Creo que ya tengo mi divorcio pero Rosario, que en absoluto lo quiere, demuestra ante notario —ya ha regresado a Nicaragua, siguiéndome a mí—, que le di dinero en Francia unos meses antes. Por la vía de la nueva ley, pues, no puedo conseguir automáticamente mi divorcio. Aconsejada por el maldito Andrés, Rosario dice ahora que me lo concede por diez mil francos. Digo que acepto, estimando que alguien me prestará el dinero. Pero luego Andrés eleva el precio a cincuenta mil francos. ¡Cincuenta mil! Es una cantidad enorme, exorbitante, que no tengo ni tendré nunca. Sin embargo, un amigo me convence de la posibilidad de conseguir un préstamo contra mi sueldo de ministro en Madrid. Hago gestiones y resulta que, en efecto, tal préstamo es factible. Se le informa a estos efectos a Rosario. Y ella contesta:

—Dígale a Rubén que me alegro mucho de que tenga tanto dinero. Y que por mi parte no me divorcio por todo el oro de Rothschild. Y que no quiero oír ni una palabra más sobre el asunto.

Indignado, enfermo de rabia, embarco para Europa.

En abril de 1908 estaba de regreso en París. A Francisco Contreras le expliqué lo ocurrido. Y le hice una confesión. Si quería un divorcio, le dije, no era para poder casarme con Francisca. Yo aspiraba a más. Quería compartir mi vida con una mujer de fortuna y de gran posición social. Y entonces le conté mi aventura en Río. Me escuchó boquiabierto.

Le confesé otra cosa. Y era que María, la hermana menor de Francisca, que había vuelto a vivir temporadas con nosotros en París, me inquietaba cada día más. Se había convertido en una mujer muy hermosa, sabía vestir y hablaba ya muy bien el francés, lo cual le daba un atractivo añadido. Era, en verdad, un *boccato di cardinale*. Tanto era así que el muy mujeriego Manuel Machado había tratado, sin éxito, de enamorarla en Madrid. Y había otros hombres que, tanto en París como en España, le expresaban su admiración. Yo ya rabiaba de envidia.

El ministro Crisanto Medina tenía la representación de Nicaragua no sólo en Francia sino en tres o cuatro países europeos más, España incluida. Al volver a París y pisar otra vez el consulado me lo encontré hecho una furia por mi reciente nombramiento, que de un plumazo le quitaba el puesto de Madrid. Su contrariedad se exteriorizó con tal despecho que me juró que nunca más pondría los pies en España.

A partir de aquel momento Medina haría todo lo que estuviera a su alcance para dificultarme la vida. Todavía me cuesta trabajo perdonar a sujeto tan perverso y resentido.

* * *

Yo me sentía nicaragüense profundo, si bien al mismo tiempo cosmopolita impenitente, y ser ministro residente de mi país natal en Madrid, capital de las Españas, colmaba mi orgullo. Pero no mis aspiraciones económicas, ya que mi sueldo —mil pesetas mensuales— apenas iba a cubrir mis gastos personales. Sospechaba, correctamente, que mi permanencia en el puesto sería breve. El presidente Santos Zelaya llevaba casi veinte años en el poder y estaba rodeado de enemigos e intrigas. Cualquier día caería... y yo con él. Entretanto, había que sacar el mayor provecho posible de mi nueva situación.

Cuando llegué a Madrid para poner en marcha la Legación estaba sufriendo las consecuencias de una crisis alcohólica bastante grave y decidí consultar a un médico madrileño. Me aconsejó reposo intelectual y una moderada actividad física, e insistió en que la neurastenia y el alcoholismo no eran verdaderas enfermedades, sino la protesta del organismo entero ante lo que la profesión llamaba «inminencia morbosa». Palabras, palabras, palabras... aquel personaje no tenía idea de lo que era la dipsomanía. ¡Y encima quería cobrar!

La prensa de Madrid saludó mi llegada como representante de Nicaragua con toda la cordialidad que inspiraba un reconocido amigo de España.

Mantengo un recuerdo muy vivo de la presentación de mis credenciales, que tuvo lugar en Palacio a principios de junio. Había encargado en París un uniforme debidamente vistoso, pero no llegó a tiempo y tuvo que prestarme el suyo el ministro de Colombia, que por suerte me quedó a las mil maravillas. Y así, acompañado de Julio Sedano, fui recibido por el Rey.

Don Alfonso estuvo amabilísimo conmigo. Me habló de mi obra literaria y se demostró bien enterado de asuntos nicaragüenses y centroamericanos en general. Le volvería a ver en numerosas ocasiones durante mi misión, y siempre dejaría en mi ánimo la mejor impresión.

Una vez concluida mi conversación con el Monarca, pasé a ofrecer mis respetos a doña Victoria Eugenia, que tenía aspecto de figura de arte. ¡Cuán hermosa y rubia reina de cuentos de hadas! Todavía no se expresaba con facilidad en español y recuerdo que hablamos en francés.

Luego saludé a la reina madre, doña María Cristina, delgada y erguida, con una distinción innata que revelaba a la archiduquesa austriaca que había en ella. Tenía excelente memoria, y me honró recordando la ocasión en que —se trataba de una de las ceremonias de las fiestas colombinas del año 1892— yo le había sido presentado por su primer ministro, el inolvidable Cánovas del Castillo.

Establecí la Legación en el número 27 de la calle de Serrano, donde tenía su casa un admirable amigo mío, el malogrado poeta español y férvido monárquico Mariano Miguel de Val, autor de un bonito libro de versos, *Edad dorada*. Una vez preparadas las instalaciones, llegaron Francisca y María desde París. Al principio disfrutamos de un mínimo bienestar, pero transcurridos seis meses estaba claro que al Gobierno de Nicaragua le importaba un comino su representación en España. No se contestaban mis telégrafos y llegaban con retraso, si es que llegaban, mis sueldos. Si no hubiera sido por mis colaboraciones en *La Nación*, no sólo yo y los míos nos habríamos muerto de hambre, sino que habría sido imposible sostener —mal, pésimamente, pero, en fin, sostener— la Legación de mi país ante su Majestad el rey Alfonso XIII.

Hubo, claro está, compensaciones. Madrid tenía un ambiente literario mucho más bullicioso y estimulante que diez años antes, y además de tratar a escritores nuevos, pude profundizar mi amistad con Antonio Machado, Ramón Pérez de Ayala, Alejandro Sawa —mi cicerone en el maravilloso París de 1893— y Ramón del Valle-Inclán.

Antonio Machado era, desde hacía un año, catedrático de francés en el Instituto de Soria, y sólo estaba en Madrid durante las vacaciones. Acababa de publicar *Soledades. Galerías. Otros poemas*, algunas de cuyas composiciones habían aparecido primero en revistas, a veces al lado de poesías mías. Me habían gustado tanto que me inspiraron una elegía «prematura» dedicada a su autor y publicada en la prensa periódica de Madrid:

Misterioso y silencioso
iba una y otra vez.
Su mirada era tan profunda
que apenas se podía ver.

Cuando hablaba tenía un dejo
de timidez y de altivez.
Y la luz de sus pensamientos
casi siempre se veía arder.

Era luminoso y profundo
como era hombre de buena fe.
Fuera pastor de mil leones
y de corderos a la vez.
Conduciría tempestades
o traería un panal de miel.

Las maravillas de la vida
y del amor y del placer,
cantaba en versos profundos
cuyo secreto era de él.

Montado en un raro Pegaso,
un día al imposible fue.
Ruego por Antonio a mis dioses;
ellos le salven siempre. Amén.

Machado me dijo que el poema, cuyos primeros versos aludían a sus amadas caminatas solitarias por el campo, le había afectado profundamente.

Una de las poesías más recientes de *Soledades. Galerías. Otros poemas*, «Orillas del Duero», reflejaba el primer encuentro de Machado con el paisaje soriano y —después lo veríamos— anunciaba *Campos de Castilla*. Me pareció admirable. Recuerdo con emoción su última estrofa:

¡Chopos del camino blanco, álamos de la ribera,
espuma de la montaña
ante la azul lejanía,
sol del día, claro día!
¡Hermosa tierra de España!

Conocer en mayor profundidad a Antonio Machado aquel verano de 1908 y constatar el desarrollo de su poderoso estro fueron para mí grandes satisfacciones.

Me di cuenta entonces, escuchándole, de que en mi *España contemporánea* había infravalorado gravemente la magnífica labor educativa que, desde su fundación en 1876, llevaba a cabo en Madrid la Institución Libre de Enseñanza. Machado me habló con reverencia de sus maestros, sobre todo de Francisco Giner de los Ríos, y se llevó una sorpresa cuando le hablé de la influencia del combativo polaco José Leonard en Centroamérica. Poco a poco fui comprendiendo que, si España se salvaba, sería en gran medida debido a la abnegación y al idealismo de los hombres y mujeres de la Institución Libre, quienes, pese a muchísimas dificultades, y a los adversarios de siempre, habían sabido mantener viva la esperanza de una profunda renovación nacional.

¡Pobre Alejandro Sawa! Para él ya no había esperanza alguna. A finales de siglo había llegado desde el París de sus amores a la Villa y Corte, donde, con su perfecto francés, fue uno de los primeros en recitar a Verlaine. Pero Madrid apenas le había hecho caso, ni como novelista, ni como hombre de teatro, ni como periodista. Sumido en la desesperación, Sawa arremetía con rabia contra todo y contra todos, y, ya casi ciego, se sentía totalmente abandonado. Me escribía constantemente para que le visitara en su piso, según todos mis informes miserable, de la calle del Conde Duque, y recuerdo que en una de sus cartas me dijo que, si en las letras españolas yo era como un dios, él había tenido la suerte de ser mi victorioso profeta. También me dijo que se sentía un poco asesinado por todo el mundo, un fracasado cuya vida no había tenido mayor trascendencia que la de una mera anécdota de soledad y rebeldía en la sociedad de su tiempo. Yo le mandaba algún dinerito de vez en cuando, pero la verdad es que, por mis propias preocupaciones y mis compromisos de todo tipo, entre diplomáticos y domésticos, no le fui a ver. Lo tengo aún sobre la conciencia.

Y hay algo peor. Alex tenía listo para la imprenta un manuscrito, *Iluminaciones en la sombra*, definido por él como «libro de crítica y de intimidades». Lo habían rechazado varios editores de Madrid y Barcelona. Aquel verano, desesperado, decidió imprimirlo por cuenta propia. El presupuesto del impresor ascendía a mil pesetas.

Sawa tenía cubiertas seiscientas. ¿Podía yo darle las cuatrocientas restantes? No recuerdo por qué motivo —probablemente no las tenía—, pero el hecho es que no le mandé el dinero que me pedía.

Poco después me escribió furibundo insistiendo en que le pagara por una serie de artículos suyos publicados bajo mi nombre unos años atrás en *La Nación*. Yo le había encargado aquellos trabajos para sacarle provisionalmente de sus habituales y terribles apuros económicos, pero, según él, sin retribuirle adecuadamente. Ahora me reclamaba una cantidad desorbitada, bajo la amenaza de llevar el asunto a los tribunales y de dar cuenta de lo ocurrido al Gobierno de Nicaragua y, lo que era más peliagudo, a *La Nación*. No sé qué le contesté pero el hecho es que no me presenté en su casa, profundamente disgustado con el tono de su misiva.

Aquel invierno Alex se murió, ciego e indigente. Cuando me llegó la noticia de su defunción me entró un sentimiento de culpa tan atroz que estuve tres días borracho. Valle-Inclán fue en busca mía y, al no encontrarme, me dejó una nota. Decía que en casa de Sawa había llorado delante del cadáver por el amigo muerto, por sí mismo y por «todos los pobres poetas». En el último trance Sawa había tenido delirios en los cuales se creía otra vez en París, el París de los alegres noventa, con Verlaine y Moréas y otros compañeros barriolatinescos. «Quería matarse. Tuvo el final de un rey de tragedia —me aseguraba Valle-Inclán en su nota—: loco, ciego y furioso».

Cuando volví en mí Sawa estaba ya enterrado. Juana Poirier, su viuda, a quien dejó en una penuria atroz, me pidió un prólogo para *Iluminaciones en la sombra*. Lo hice con gusto, en memoria de mi vieja amistad con el gran bohemio y por complacer a aquella generosa compañera que durante veinte años suavizara la vida de un hombre brillante, ilusorio y desorbitado. Dije que Sawa fue un gran actor, aunque no me constaba que hubiera pisado las tablas. Que con su dicción y sus gestos pudo haber imperado en los escenarios. Pero que el malogrado amigo no representó sino la tragicomedia de su propia vida.

Entre todos logramos editar *Iluminaciones en la sombra* al año siguiente. Manuel Machado, que en esas fechas a veces ejercía de secretario mío en la Legación, contribuyó con un bello «Epitafio» cuyas dos primeras estrofas recordaban a Jorge Manrique:

Jamás hombre más nacido
para el placer fue al dolor
más derecho.

Jamás ninguno ha caído
con facha de vencedor
tan deshecho.

Y último sarcasmo: *Iluminaciones en la sombra* no tuvo el menor eco en el mundo de las letras españolas.

El triste final de Alejando Sawa, sobre el cual tal vez me haya demorado demasiado, afectó hondamente a Valle-Inclán, que me confió más adelante que iba a escribir una obra de teatro basada en las últimas horas del malhadado escritor. Me dijo que en ella me haría asistir al entierro del protagonista, Max Estrella —trasunto de Alejandro—, y que allí tendría una conversación sobre la Desnarigada con un casi centenario marqués de Bradomín. La idea me pareció admirable, digno del vivaz ingenio de Ramón.

La desaparición de Sawa, ocurrida unos pocos días antes de cumplir los cincuenta años, me llenó de angustia y me pareció un mal augurio.

En Madrid me visitó por esas fechas mi buen amigo chileno Francisco Contreras, más empeñado que nunca en escribir un libro sobre mí. Me confió —ya había pocos secretos entre nosotros— que me encontraba muy cambiado, moral y físicamente. Me decía lo mismo Valle-Inclán. Y era verdad. Había engordado mucho y era un saco de nervios.

Mi situación en Madrid llegó pronto a ser intolerable. El sueldo diplomático, de por sí mísero, sólo me llegaba intermitentemente, debido a las maquinaciones en la sombra del detestable Crisanto Medina. Yo mismo tenía que cargar con los gastos de la Legación y hasta tuve que vender mi piano para poder hacer frente a la situación. Además, mis cartas al presidente Zelaya no siempre recibían contestación. Más tarde sabría, por Zelaya mismo, que el poco dinero que había recibido de Nicaragua procedía, no del Gobierno, sino ¡de su propio peculio!

¡Aquello era una farsa!

A lo largo de 1909 distintos amigos me instaron a dimitir. ¿Por qué no lo hice? Muy sencillo: por no dejar satisfechos a los reptiles y sapos, empezando por Medina, que desde París y Nicaragua me querían hundir, y que contaban a Zelaya todo tipo de falsedades sobre mi actuación diplomática. Por un lado estaban los que no me perdonaban mi nombre; por otro, los que no me perdonaban mi puesto. En comparación con el ambiente de intrigas, envidias cainitas e intereses inconfesables que envenenaba la política nicaragüense, frecuentar un nido de víboras habría sido una experiencia positiva.

¡Y yo que había creído ingenuamente que, conseguida la Legación, las cosas me irían mejor! Sólo me acarreaba disgustos y miserias. ¡Qué decepción, Dios mío!

Encontré la que me parecía solución de compromiso. Incapaz de resistir por más tiempo como Ministro Residente, ante Su Majestad Católica, de un Gobierno quimérico cuya preocupación por su Legación en España era manifiestamente nula, volví con mi familia a París, resuelto a dedicar todas mis energías a «mamá» *La Nación*, al fin y al cabo la única garantía que tenía de conseguir unos ingresos regulares aunque en absoluto suficientes.

Efectué mi retirada con astucia. Es decir, me fui de Madrid a la francesa, sin decir casi nada a nadie, sin renunciar a mi puesto, sin explicaciones, dejando a un secretario en mi lugar y a la espera de que soplasen luego vientos más favorables.

En París volví a ver con frecuencia a Francisco Contreras, quien, a diferencia de Juan Ramón Jiménez, nunca trató de disuadirme de beber. A veces salíamos juntos por la noche y no regresábamos a casa hasta el amanecer. Y así, poco a poco, mi futuro biógrafo se fue enterando de detalles íntimos de mi vida que no contaba a nadie más.

Entre ellos, mi impotencia. Los médicos llevaban años diciéndome que tarde o temprano el alcohol destruiría mi virilidad. No les hice caso. Pero una noche, estando con una espléndida odalisca parisiense, descubrí de repente que no podía hacerle el amor, que me fue imposible conseguir una erección. Me quedé espantado, de hielo, y casi me desmayé. Unas noches después quise convencerme de que todo había sido un mal sueño y volví al burdel. Estaba tan nervioso que, inevitablemente, fracasé otra vez. Y así se añadió a todas las angustias que ya me asediaban el terror a no ser ya un hombre. ¡Rubén Darío impotente! No con Francisca, naturalmente. Fracasar con ella, que nunca me pedía nada, era impensable. Pero a Paca sólo la deseaba ya raras veces, o cuando estaba desesperado. Yo quería más que nunca ser conquistador de bellas mujeres de sociedad, y no dejaba de recordar a aquella condesa de Río de Janeiro. ¿No había nadie como ella en París, o en Madrid? Seguramente. Pero, ¿cómo iba a conquistarla si había perdido mi potencia y mi atractivo físico? Hablé con médicos. Me dijeron que me abstuviera de beber. Pero ya no podía. De modo que empecé a experimentar con afrodisiacos. Tampoco ayudaron. Yo estaba desesperado y a veces tenía ganas de ser tirarme al Sena, un suicida más.

Hacia finales de 1909 se produjo la dimisión de mi amigo y valedor el presidente Santos Zelaya, debido a la interferencia norteamericana en Centroamérica. Le sucedió en el poder José Madriz.

Como yo sospechaba, nadie se había enterado en Nicaragua de mi encubierta defección a París, dada la situación, más caótica que nunca, que imperaba en todo el país. Así que no me sorprendió cuando Madriz me nombró, en junio de 1910, Enviado Extraordinario y Ministro Plenipotenciario de Nicaragua en México, con motivo de las fiestas del centenario de la independencia de aquella nación.

El argonauta que había en mí aceptó inmediatamente.

En La Coruña, al embarcar, nos enteramos de que acababa de producirse una revolución en Managua, apoyada por Estados Unidos, y que Madriz había salvado la vida de milagro. Opto por seguir adelante. Desde La Habana pido instrucciones a las nuevas autoridades. No hay contestación alguna. Al llegar a Veracruz —donde el conquistador Hernán Cortés quemara sus naves— los mexicanos me informan de que no seré recibido oficialmente, «a causa de los recientes acontecimientos», pero que, por mis propios méritos, el Gobierno me declara huésped de honor de la nación. Decido, en situación tan anómala, regresar a La Habana.

Antes, los estudiantes de Veracruz me ofrecen un multitudinario homenaje, con entusiastas vivas a Rubén Darío y mueras a Estados Unidos, y visito algunos lugares del país, entre ellos la ciudad de Jalapa y el pueblo de Teccelo.

Otra vez absolutamente desprovisto de fondos, permanezco dos meses en Cuba antes de poder volver a París, gracias al apoyo pecuniario de algunos amigos.

Ha acabado para siempre mi carrera diplomática al servicio de mi desdichado país natal.

* * *

Entretanto había salido en Madrid una pequeña colección de versos míos, *Poema del otoño y otros poemas*, que recogía mi nostalgia al constatar que había traspasado ya el umbral de los cuarenta años y, al mismo tiempo, afirmaba mi empeño en seguir gozando de la vida. Allí, en el primer poema del librito, aconsejé:

Gozad de la carne, ese bien
que hoy nos hechiza
y después se tornará en
polvo y ceniza.

Gozad del sol, de la pagana
luz de sus fuegos;
gozad del sol, porque mañana
estaréis ciegos.

Gozad de la dulce armonía
que a Apolo invoca;
gozad del canto, porque un día
no tendréis boca.

Gozad de la tierra, que un
bien cierto encierra;
gozad, porque no estáis aún
bajo la tierra...

El poema terminaba con una estrofa muy vitalista que se haría pronto célebre:

En nosotros la vida vierte
fuerza y calor.
¡Vamos al reino de la Muerte
por el camino del Amor!

El libro contenía unas impresiones de mi regreso a Nicaragua después de tan larga ausencia, regreso que me había conmocionado en lo más profundo. Y en el poema «Retorno» —meditación sobre la naturaleza esencialmente peregrina de mi vida— había dos estrofas que expresaban, una vez más, mi convicción de haber sido argonauta en una existencia anterior:

Por atavismo griego o por fenicia influencia,
siempre he sentido en mí ansia de navegar,

y Jasón me ha legado su sublime experiencia
y el sentir en mi vida los misterios del mar.

¡Oh, cuántas veces, cuántas veces oí los sones
de las sirenas líricas en los clásicos mares!
¡Y cuántas he mirado tropeles de tritones
y cortejos de ninfas ceñidas de azahares!

Juan Ramón Jiménez supo comprender, mejor que nadie, que yo era poeta de mar, de mar pagano. Incluso decía que mi técnica poética era marina, y que modelaba mis versos con plástica de ola. Al recordarlo, surge dentro de mí una estrofa del soneto «Caracol», que dediqué a Antonio Machado:

He llevado a mis labios el caracol sonoro
y he suscitado el eco de las dianas marinas;
le acerqué a mis oídos, y las azules minas
me han contado en voz baja su secreto tesoro.

Sí, yo he sido poeta del mar. Del mar de Afrodita.

Nunca pisarían mis pies, por desgracia, la sagrada Citeres. Pero, ¡cuántas veces me llevó a la isla de la diosa, en sueños, la nave de Watteau, con la cabeza de la amada apoyada en el hombro!

* * *

El espiritismo y los fenómenos extrasensoriales me seguían fascinando, y en París empecé a frecuentar a un eminente sabio en ciencias ocultas, el doctor Gérard Encausse, más conocido por el seudónimo de «Papus». Autor de *El tarot de los gitanos*, *El ocultismo contemporáneo*,

Los discípulos de la ciencia oculta y otras obras esotéricas muy difundidas, Encausse —que tenía madre española— era un buzo del más allá y un profundo conocedor tanto de la literatura cabalística greco-egipcia como del hermetismo medieval.

Un día llevé a su casa a una señora que acababa de ver en un concurrido restaurante el fantasma de su marido recién fallecido. Naturalmente aquella aparición la había afectado profundamente. Encausse asombró a la dama hablándole de asuntos tan íntimos que sólo podían conocerlos ella y su finado esposo. Describió una visita de la viuda al cementerio, y la clase de flores que llevaba. Luego le habló de cierto pliego cerrado y lacrado cuya existencia ignoraba (y que después se encontraría en el sitio indicado). Salimos de la morada sibilina —los que presenciamos la entrevista— admirados y confundidos por lo curioso y peregrino del caso.

Volví a ver a Encausse en numerosas ocasiones. Participé a su lado en algunas *séances*, a veces en su casa, a veces en las de otros adeptos, y fui testigo de escalofriantes manifestaciones ectoplásmicas y otros fenómenos. Me pasmaban las cosas que me decía y me mostraba. Un día, por ejemplo, me habló de su visita a Moscú en 1905, llamado por Nicolás II. El zar estaba preocupado por la fuerza que tomaba el socialismo y quería que le aconsejara. Encausse, según me aseguró, logró que le hablara a través de él el espíritu de Alejandro III, que preconizó la represión y auguró una revolución de grandes dimensiones. Encausse le aseguró a Nicolás II que era cierto, que iba a haber una revolución, pero no antes de su muerte. Con lo cual, se supone, el zar se tranquilizó un poco.

Encausse me convenció de que yo tenía una aptitud innata para captar sugerencias del más allá y que, si la desarrollaba, podría llegar a ser médium. Yo llevaba mucho tiempo intuyéndolo. Y un día me dijo algo tremendo. Me aseguró que yo no llegaría a los cincuenta años, que él y yo nos moriríamos el mismo año y que, después de fallecer, me sería permitido dictar desde el otro lado, a través de un discípulo suyo, mi verdadera autobiografía. Aquella predicción me sobrecogió, me puse pálido de terror y casi me desmayé.

—No se preocupe —me dijo el mago, cuando me había repuesto—. Todo en la vida se rige por el Destino. Nuestra única obligación es ser fieles a nosotros mismos. La suya es la de ser poeta auténtico.

Encausse no se equivocaba en sus predicciones. Yo no alcanzaría los cincuenta, él y yo nos moriríamos el mismo año, y gracias a su inspiración me es posible transmitir ahora, para la tranquilidad de mi alma, éstas mis verídicas memorias.

A veces mis indagaciones sobre la vida de ultratumba me daban tanto miedo que las abandonaba provisionalmente. Pero no las que llevaba a cabo sobre los sueños. Éstos, si no desempeñaban gran importancia en mi poesía (no así en la de mi querido Antonio Machado), habían empezado a fascinarme no bien entrado el nuevo siglo, consecuencia en parte de la epifanía de Sigmund Freud y sus corifeos.

Vino el momento en que empecé a apuntar mis sueños, yo que nunca solía llevar un diario. En más de una ocasión, al despertar, recordaba que había compuesto un poema que dentro del sueño me parecía admirable pero que, al lograr recuperar algunos versos del mismo, resultaba incoherente. Una vez soñé estar hojeando un libro mío de poemas ilustrado por el genial Gustave Doré, cuya edición de la *Divina comedia* me había impresionado tan hondamente cuando adolescente.

Yo nunca leería *La interpretación de los sueños*, todavía sin traducir al español cuando mi muerte. Sabía que, según Freud, los sueños suelen expresar, mediante un complicado lenguaje simbólico, deseos insatisfechos o reprimidos, casi siempre de índole sexual. Ello me parecía una exageración. Además, la negación por el médico austriaco del más allá me producía un profundo rechazo, pues yo estaba ahora más convencido que nunca de su realidad, gracias en no poca medida a mis experiencias al lado de Gérard Encausse. De ahí mi «resistencia» (para echar mano de un término freudiano) a acometer la lectura del padre del psicoanálisis. Negarme a hacerlo, abandonando siquiera provisionalmente mis prejuicios, fue —ahora lo comprendo— una tremenda torpeza.

Publiqué en *La Nación* una serie de artículos sobre los sueños y el ocultismo, recordando en uno de ellos aquella noche en Guatemala, años atrás, cuando mi amigo Jorge Fernández Castro me mandara desde Panamá el anuncio espectral de su muerte. En otro hablé de la horrible sensación que experimentaba en algunas de mis pesadillas recurrentes cuando un ser ignorado, pero procedente indudablemente del mundo de las tinieblas, se me aparecía en forma de fantasma, monstruo antropomorfo o cadáver animado, y me tocaba o estrechaba la mano o simplemente me rozaba. Yo sabía por mis lecturas que las pesadillas, por el exceso de su horror, podían llegar a veces a ser mortales, y temía que me fuera a pasar a mí.

Me complacía constatar que numerosos sabios europeos de renombre ya investigaban con toda seriedad los fenómenos relacionados con el otro mundo. ¿No había en Londres una Sociedad Real Psíquica, patrocinada por las más altas inteligencias inglesas, entre ellas sir Arthur Conan Doyle, el genial creador de Sherlock Holmes? Mi convicción era que, después del telégrafo, después del teléfono, después del cinematógrafo, después de la luz eléctrica, después del radio, después de la aviación, después de Marconi, después del hallazgo del Polo y después de tantos otros milagros que indefectiblemente vendrían, veríamos surgir del campo de la ciencia a un Cristóbal Colón del más allá.

Pero nunca surgiría.

* * *

Con el antecedente de *Los raros* llevaba años recogiendo en forma de libros mis colaboraciones periodísticas. Así habían visto ya la luz, en París o Madrid, *España contemporánea*, *Peregrinaciones*, *La caravana pasa*, *Tierras solares*, *Opiniones* y *Parisiana*. Ahora, en 1911, fue el turno de *Letras*, que dediqué a mi buen amigo el poeta dominicano Fabio Fiallo.

Mi finalidad principal, al publicar tales tomos, era, como debe ser obvio, ganar algo sin tener que producir material nuevo. Por desgracia yo seguía siendo mal negociante, y los editores, sabiendo que siempre necesitaba dinero, me compraban por nada. Según mi costumbre, tenía el proyecto de reunir en un volumen mis artículos sobre las ciencias ocultas, bajo el título de *El mundo de los sueños*. Pero no habría tiempo.

La publicación de *Letras* coincidió con un acontecimiento que iba a incidir de manera decisiva sobre los últimos años de mi vida. Quiero decir mi nombramiento casi providencial, en momentos sumamente difíciles, como director literario de dos nuevas revistas de lujo, *Mundial Magazine* y *Elegancias*.

Se trataba de publicaciones de carácter lujoso, editadas en París y pensadas para el *beau monde* hispanohablante a los dos lados del Atlántico. Los promotores de tan ambicioso proyecto eran el dibujante español Leo Merelli y los hermanos uruguayos Alfredo y Armando Guido, avispados banqueros y hombres de negocios que entendían que, tanto por mi fama en América y España como por mi larga experiencia como periodista, mi conocimiento de París y mis múltiples contactos en ambos continentes, debía ser yo el capitán visible de aquella empresa tan ambiciosa.

Las condiciones que me ofrecieron los Guido no eran excepcionalmente buenas —creo recordar que cuatrocientos francos al mes, más mis colaboraciones—, y varios amigos míos, entre ellos Francisco Contreras, estimaban que los hermanos iban a abusar descaradamente de mí. Pero, como dicen los franceses, París bien vale una misa, y acepté el encargo.

Además, me parecía que la iniciativa me daría una inmejorable oportunidad para dar a conocer, y estimular, la cultura de América, así como para promover las relaciones de aquellas repúblicas con la Madre Patria. Entendí que *Mundial* podía ser un punto de cita de nuestro pensamiento iberoamericano.

Otra cosa que tenía claro: siendo yo director literario de *Mundial* y *Elegancias* no se publicaría ningún trabajo sin su remuneración correspondiente. Ya era hora de que por una vez se tratara decentemente a los escritores.

No tardaría en darme cuenta de que, efectivamente, se me iba a explotar con descaro. Diré, no obstante, que pese a los infinitos quebraderos de cabeza que me ocasionaron los Guido a lo largo de tres años, la aventura valió con creces la pena.

Nada más saberse que yo iba a llevar la dirección literaria de dos revistas de ámbito internacional me empezaron a llover peticiones de todo orden, lo que me recordaba mis lejanos días como secretario del director de Correos en Buenos Aires. Poetas noveles que querían ver impresas sus efusiones; amigos de amigos que buscaban una colocación como cajistas o correctores; madres que me rogaban que diera trabajo a sus hijos; artistas que se desvivían por que se reprodujesen sus obras... Todo ello suponía una tremenda responsabilidad para una persona tan tímida y poco práctica como yo, pero quiero creer que obré con la mayor sinceridad y cordura posibles. Desde luego sólo promocioné a los escritores en cuyo talento realmente creía, rechazando las pretensiones de los mediocres de siempre.

El primer número de *Mundial* salió en mayo de 1911. De tamaño mediano, con una reproducción en color en la cubierta y muchas ilustraciones interiores en blanco y negro, llevaba una nota de los editores en la cual se explicaba que, debido a su carácter de «magazine», alternaría en sus páginas lo ameno y lo curioso con lo bello y lo útil, siendo la finalidad de la publicación gustar a toda clase de lectores; que se daría la debida importancia a la actualidad universal, pero siempre teniendo especialmente en cuenta las repúblicas hispanoamericanas y España; y que, siendo una publicación que aparecía en París, sería la nota lutecina una de las preferidas.

En la portada, debajo del título, se especificaba que la revista tendría secciones sobre Arte, Ciencias, Historia, Teatros, Actualidades y Modas. A ambos lados de la página, en dos columnas, se relacionaban alfabéticamente los nombres de los veintitrés países de América Latina,

Brasil incluido, a los cuales se añadía, por supuesto, el de España. Y en medio se estampaba el mío como director literario de la revista.

Aquel primer número de *Mundial* llevaba, entre textos de Amado Nervo, Enrique Larreta, Leopoldo Lugones y otras notables plumas, unos versos y un artículo míos. El tema de éste era los encantos del París nocturno. Iba ilustrado por unas preciosas fotografías en color. Entre dichos encantos no mencioné, naturalmente, los magníficos burdeles capitalinos, tan frecuentados por mí. ¡Esta vez no se trataba de *épater le bourgeois* sino de convencerle para comprar la revista!

La verdad es que nuestro *magazine* quedó precioso y tuvo una respuesta muy positiva por parte del público, tanto americano como español.

Más o menos al mismo tiempo salió el número inaugural de *Elegancias*. Dirigida al mundo femenino, la revista llevaba numerosas fotografías de las bellezas más admiradas del momento, sobre todo francesas y españolas, y dedicaba amplio espacio a la moda.

Mundial y *Elegancias* eran sobre todo una aventura mercantil, y tendría con los hermanos Guido frecuentes roces al tratar de garantizar la calidad literaria de dos publicaciones que llevaban en destacado lugar mi nombre.

Aquel verano de 1911, cuando levantábamos los primeros números de las revistas, murió en Suiza mi tenaz adversario Crisanto Medina, el ministro de Nicaragua en Madrid. Asistí a sus exequias en la capilla del Père Lachaise, no lejos de donde yacía el pobre Oscar Wilde. A aquella malvada mediocridad le despidió el Gobierno francés con honores militares, por no sé qué servicios prestados. Parecía mentira. Durante la misa no pude por menos de pensar en el mucho daño que me había hecho el personaje, y cuán diferente habría sido mi vida si se hubiera muerto antes. Pero tampoco fui capaz de guardarle excesivo rencor, considerando, como solía hacerlo, que todo lo que me ocurría se regía por implacable ley del Destino.

Entre los que se pusieron en contacto conmigo en esa época parisiense figuraba Antonio Machado, que había llegado a la ciudad a principios de 1911 con su joven esposa Leonor para seguir unos cursos en la Sorbona. En julio, Leonor, que todavía no tenía veinte años, padeció una hemoptisis. Francisca y María, que se habían hecho amigas suyas, la visitaron en la clínica y volvieron a casa consternadas. Allí estuvo la criatura mes y medio. Antonio estaba deshecho. Los médicos le recomendaron que llevara a Leonor a Soria, donde estimaban que el aire puro de la serranía le podría ser beneficioso. Yo le presté doscientos cincuenta francos para los billetes. Él quería creer que su mujer sanaría, pero no se pudo hacer nada y, como se sabe, murió al año siguiente, una semana después de publicarse *Campos de Castilla*. ¡Qué pena más honda! ¡Pobre y noble Antonio! Recordé entonces con emoción la muerte de mi pequeña Rafaela, mi «Stella», y los terribles días que pasé al recibir la infausta noticia.

Machado había tratado sin éxito de contagiarse de la enfermedad de su mujer. Estuvo durante meses al borde del suicidio, pero el éxito de *Campos de Castilla* le retuvo.

A mi juicio los versos que dedicó a Leonor después de perderla cuentan entre los más conmovedores del idioma. Aquel poema, por ejemplo, en que, ya otra vez en Andalucía, vuelve entre sueños a las tierras altas sorianas:

¿No ves, Leonor, los álamos del río
con sus ramajes yertos?
Mira el Moncayo azul y blanco; dame
tu mano y paseemos.
Por estos campos de la tierra mía,
bordados de olivares polvorientos,
voy caminando solo,
triste, cansado, pensativo y viejo.

También llegó a París en esas fechas otro amigo mío, Leopoldo Lugones. Al poeta argentino, como a mí, le seguía fascinando el ocultismo, y me manifestó el vivo deseo de conocer al doctor Encausse. Les presenté. Y logré al mismo tiempo que el famoso buceador del más allá se comprometiera a escribir para *Mundial*.

Los siguientes números de la revista tuvieron un éxito considerable. Publiqué *Voces de gesta*, de Valle-Inclán, en tres entregas, así como el prólogo de *La marquesa Rosalinda;* la versión en prosa de *La tierra de Alvargonzález*, de Antonio Machado; y una variada gama de poemas y prosas de otros escritores tanto españoles como hispanoamericanos, muchos de ellos amigos míos: Pompeyo Gener, Ramiro de Maeztu, Lugones, Rufino Blanco Fombona, Alberto Ghiraldo, Manuel Machado, José Enrique Rodó, Villaespesa, el conde de las Navas, Antonio de Zayas, Joan Maragall (que murió unos meses después) y un largo etcétera. Hasta obtuvimos una colaboración del maestro Benito Pérez Galdós. Hubo buenos trabajos sobre los grandes pintores españoles, tales como Velázquez, Murillo, Ribera y Zurbarán, con hermosas ilustraciones. Y yo mismo, en cada número, contribuía con un artículo sobre un país de América Latina.

Para tener contentos a los buenos burgueses de cuyo patronazgo dependíamos, y no hartarles excesivamente de arte y literatura, había siempre una panoplia de fotografías de los últimos autómoviles y aviones. También les ofrecíamos fotografías de magníficas señoras de sociedad. Estaban muy de moda en París entonces las faldas largas y estrechas. En uno de los números publicamos la fotografía de una hermosa dama así vestida, en el momento de subir, en el bosque de Boulogne, a un espléndido Clément Bayard («El automóvil que recorre el mundo»). El atuendo enfatizaba la línea del trasero, por cierto muy atrayente, y pusimos el pie: «Entre los encantos de la moda de las faldas estrechas se cuenta el de las deliciosas siluetas que a veces se sorprenden, como en esta bella fotografía». Mis amigos y yo nos reímos mucho la ocurrencia.

Entre los ilustradores de *Mundial* figuraba un joven pintor de Huelva que vivía entonces en París y sería luego famosísimo en España, Daniel Vázquez Díaz. Llegamos a tener una buena amistad y me hizo un estupendo retrato a lápiz que se publicó en la revista.

Me doy cuenta ahora de hasta qué punto, en aquel París vibrante de nuevas iniciativas artísticas, de nuevos ismos, yo ignoraba casi todo lo que se hacía a mi alrededor, tanto en pintura como en música. Vázquez Díaz me habló, me imagino, de los compatriotas suyos Juan Gris y Pablo Picasso, pues frecuentaba asiduamente la colonia española, pero en mis artículos no aparecieron ni una sola vez sus nombres, como apenas el de Debussy, y nada sobre el cubismo. ¿Cómo se explicaba tal ceguera, tal sordera? La única razón que se me ocurre es que, después de haber dado todo en mi lucha por el modernismo, estaba incapacitado para sintonizar con las nuevas vanguardias. Prueba de ello eran unos comentarios míos sobre Marinetti y el futurismo, publicados por estas mismas fechas. Si bien dispuesto a admitir que el italiano era un poeta de talento, ¿cómo podía yo, enemigo del automóvil, de la velocidad y demás cosas precursoras del Anticristo, sentirme conforme con la estética desarrollada en su famoso manifiesto? Yo estaba convencido de que la máquina iba a destruir el mundo y que nuestra única salvación, entonces como ayer, residía en ponernos respetuosamente a los pies de Nuestra Señora la Belleza. Y, a mi juicio, lo bello no tenía nada que ver con la exaltación de la velocidad.

Aquel otoño me visitó en la redacción de *Mundial*, recomendado por el crítico español Enrique Díez-Canedo —que entonces preparaba una edición de Góngora—, un joven poeta madrileño de diecinueve años llamado Pedro Salinas. Díez-Canedo me había dicho que me resultaría persona grata. Y así fue. Me mostró algunos versos suyos, de tema amoroso, y percibí enseguida que tenía madera de poeta auténtico. Pero nunca le volví a ver ni a tener noticias suyas.

Para promocionar nuestras revistas, los propietarios idearon una impresionante gira internacional. Armando Guido, yo, un fotógrafo francés y un cronista —Javier Bueno— salimos de París en abril de 1912, cuando *Mundial* ya llevaba once números publicados, y no regresamos hasta aquel octubre, después de pasar por Barcelona, Madrid, Lisboa, Brasil, Montevideo y Buenos Aires.

La gira, que resultó agotadora, consistió, inevitablemente, en una casi continua serie de homenajes a mi persona y a mi obra, empezando en Barcelona, donde el recibimiento fue fervoroso. Hubo entrevistas en los periódicos, banquetes, un acto inolvidable en el Ateneo y otro en la Casa de América durante el cual Pompeyo Gener llegó a decir, en su brindis, que yo era nada menos que «una gloria de la especie humana». El destino me había señalado, añadió, para unificar en mis cantos el alma de los pueblos hispanos de ambos continentes. Era demasiado.

Volví a ver al admirable Santiago Rusiñol, a Vargas Vila y al ex presidente de Nicaragua y valedor mío, el general Santos Zelaya, que vivía exiliado con su familia en la Ciudad Condal, después de haber pasado por otras capitales europeas.

Visitamos el Instituto de Estudios Catalanes, donde Eugenio d'Ors, entonces encumbrado con el éxito de su extraña novela *La ben plantada*, breviario del llamado *noucentisme*, nos mostró la riquísima biblioteca de la casa. Unos días después, en una de sus famosas «Glosas», d'Ors tuvo la gentileza de decir que en mi persona brotaba la poesía como río que fertilizaba campos inmensos.

Yo, como siempre en tales circunstancias, bebí más de la cuenta, y cuando llegamos a Madrid no estaba en condiciones de presentarme en público. Así que me quedé varios días en la cama. Una vez repuesto volví a ver a mi querido Ramón del Valle-Inclán, que, como siempre, me venció hablando sin parar y me redujo a mi silencio habitual. Y luego, otra vez, los actos oficiales, las entrevistas, los fotógrafos. El homenaje del Ateneo, como el de Barcelona, fue triunfal, y Jacinto Benavente pronunció un discurso divertido, maravilloso y sumamente cariñoso, en el que me puso por las nubes. Otro orador me llamó «uno de los más altos adivinos que han escrito español desde que se habla el español», y pidió que en la *Gaceta* ¡se me nombrara español de adopción bajo la protección personal del rey Alfonso XIII! Nadie le hizo el menor caso, desde luego.

Yo no servía para los actos públicos, escuchaba cabizbajo los elogios, y habitualmente mis contestaciones eran tímidas y balbucientes. Ello desconcertaba a la gente, que esperaba que mis discursos tuviesen la elocuencia de mis poemas. No la tenían. A mí los dioses no me habían concedido el don de la palabra improvisada. No sabía contar anécdotas o ser divertido, y no era en general buen conversador. Padecía lo que llaman los franceses *l'esprit de l'escalier:* es decir, se me ocurrían cosas brillantes y divertidas cuando, como Jean-Jacques Rousseau, ya iba bajando por la escalera después de la fiesta. Me daba vergüenza no estar a la altura de las circunstancias sociales. Empezaba a sospechar que la gira de *Mundial* me podía matar. En sucesivos números de la revista Javier Bueno daba detallada cuenta de nuestras peripecias, a veces con párrafos escritos por mí y siempre con abundantes instantáneas de los lugares visitados. La cámara del fotógrafo francés dejó cruel constancia de mi condición física a los cuarenta y cinco años. El Rubén Darío delgado, frágil y elegante de antes se había convertido en un hombre ya innegablemente gordo, y me deprimía contemplar mi *vera efigie* en cada número de nuestra publicación.

Después de unos días en la hermosa Lisboa embarcamos para Río. Yo llevaba años ocupándome, en mis colaboraciones periodísticas para *La Nación*, de los escritores brasileños. Ello se sabía allí, naturalmente. Además me constaba que tenía en Brasil lectores apasionados. Por todo ello en Río se me rindieron los máximos honores. Hubo un acto solemnísimo en la Academia Brasileña, en el cual se subrayó la tragedia de la división existente entre las naciones americanas, todas ellas de raíz común latina. Uno de los oradores dijo que yo pertenecía al selecto grupo de raros espíritus americanos en que revivían con toda su pujante exuberancia la tierra virgen y fecunda de nuestro Continente, el espíritu de nuestros antepasados, los hacedores de la civilización que disfrutábamos.

¿Por qué negarlo? Aquel elogio me halagó profundamente.

Yo preguntaba, entretanto, por la marquesa que en mi visita anterior había puesto su palacio y su persona a mi disposición. Pero se había esfumado sin dejar rastro. ¿Había sido un sueño?

Después de una breve visita a São Paulo, fue la locura de Montevideo, que todavía no conocía. Allí, tras una semana de descanso y otra vez en olor de multitudes, di una conferencia, en un teatro atiborrado hasta el techo, sobre el malogrado poeta uruguayo Julio Herrera y Reissig, que acababa de morirse en la miseria a los treinta y cinco años. Los aplausos fueron atronadores, y una espontánea e imponente manifestación me acompañó hasta el hotel. Una semana después fui objeto de un homenaje en el Ateneo, y luego hubo un acto auténticamente apoteósico en un teatro, con discursos, música y recitales. Según la prensa, nunca se había ofrecido en Montevideo a hombre alguno una demostración mayor de admiración y de afecto. Incluso, para satisfacer la demanda del público, tuve que dar otra conferencia.

Aún no contento, el inexorable Alfredo Guido insistió, ya que había que conseguir más suscripciones, en que visitáramos San José, Salto y Paysandú. En cada localidad di la misma conferencia sobre mi obra. Y en cada una se produjo idéntica lluvia de palabras, felicitaciones y aplausos. ¡Y todavía quedaba Buenos Aires!

Desde Montevideo le escribí al poeta porteño Alberto Ghiraldo, uno de mis amigos más fieles, para decirle que me sentía explotado y que me hiciera el favor de hablar en Buenos Aires con Guido para convencerle de que, si las dos revistas eran ya un triunfo, era únicamente por mí, y que me debía recompensar mucho más generosamente.

Yo había querido ser famoso para combatir mi timidez, mi arraigado sentimiento de desvalimiento ante la vida, y mi falta de fortuna. Pero ahora que disfrutaba de una celebridad inmensa en América, así como en España, me sentía cada vez más expuesto, más escrutado, más inseguro, como si la gente pudiera leer mis pensamientos más íntimos. Por eso, y no por modestia, bajaba la cabeza cuando me elogiaban. En tal situación recurría más que nunca al alcohol. Era un círculo dantesco del cual no veía salida posible.

En Buenos Aires me recibieron en el mismo muelle con apasionados discursos. La espléndida revista *Ideas y Figuras* me había dedicado con antelación un número especial, y hubo entrevistas y artículos en todos los periódicos. Aquello superó todo lo que había conocido anteriormente. *La Nación* me ofreció un banquete multitudinario durante el cual, después de expresar mi profundo agradecimiento al diario por su apadrinamiento, mantenido a lo largo de veinticinco años, rememoré los días heroicos de la lucha por el modernismo. Me referí al prólogo puesto por José Enrique Rodó a la segunda edición de *Prosas profanas,* en el cual el poeta hiciera el voto de que yo llevase a España la iniciación intelectual efectuada en América. Y dije, con legítimo orgullo, que aquel voto se había cumplido y que, si no por mi propia influencia, por la del soplo de los siglos, savia de América había ido, una vez más, de continente a continente.

Aquel cariñoso acto me emocionó profundamente.

Unas semanas después, ante un teatro lleno hasta los topes, pronuncié una conferencia sobre el fundador de *La Nación*, el general Bartolomé Mitre, muerto seis años antes y en cuya memoria había publicado ya una larga oda, incluida, como mencioné, en *El canto errante*. Fue, indudablemente, uno de mis mejores discursos. Puse el énfasis, no sobre el probado heroísmo militar de Mitre y su lucha por la libertad, ni su meritoria actuación como presidente de la República, sino sobre su amor a las letras y su convicción de que, sin la poesía, el progreso de la humanidad era imposible.

Una tarde, en medio de tantos triunfos, alguien me manda al hotel una caja en cuya tapa se estampa una estrofa de mi «Salutación a Leonardo». La abro y recibo uno de los peores sustos de mi vida al comprobar que contiene... ¡una calavera! ¿Quién o quiénes me gastaron broma tan macabra y cruel? Nunca lo supe. Me entró un temblor horrible al contemplar aquella repentina visión de la Muerte, y salí corriendo a la calle. Allí me compré una botella de whisky y luego pasé la noche bebiendo a solas en un parque. Noche infernal, rodeado de fantasmas. Al amanecer busqué refugio en casa de un amigo.

La revista *Caras y Caretas* me encargó durante mi estancia una breve autobiografía. Toda vez que la retribución era generosa, accedí, recordando, además, el criterio de Benvenuto Cellini, según el cual los hombres deben escribir sus memorias, pero no hasta los cuarenta años. Yo, que ya tenía cuarenta y siete, estimé que el momento era oportuno. El texto, que titulé *La vida de Rubén Darío escrita por él mismo*, fue dictado a un amanuense sin recurrir a más documentación que mi memoria, lo cual dio lugar a numerosas y graves inexactitudes. Además, esquivé muchos pormenores de mi vida íntima, aunque no pude por menos de referirme, como sobre ascuas, a Rosario Murillo (sin decir su nombre) y al amargo descubrimiento de que mi primer amor había tenido relaciones con otro. Luego, en cuatro escuetas líneas, aludí sin más explicaciones al «caso más novelesco y fatal de mi vida», es decir, a mi matrimonio forzoso a punta de pistola.

Para el autor de una autobiografía, la versión de su vida estampada en letras de molde, por muy fantasiosa o inexacta que fuera en su momento, tiende a adquirir una realidad inamovible y pétrea, haciendo difícil que afloren después otros recuerdos, o versiones más exactas de lo verdaderamente ocurrido. En el caso del texto autobiográfico mío improvisado aquel 1912 a instancias de *Caras y Caretas*, páginas enteras siguen resonando en mi cabeza con la misma frescura que cuando las dicté. Tal vez haya párrafos o frases en el presente relato que denuncien esta presión de lo anteriormente enunciado. Mi empeño ahora, de todas maneras, es corregir y completar en lo posible lo dictado entonces, tan poco satisfactorio, tan incompleto y tan cauto. Y, desde luego, para todo lo acaecido a partir de la aventura de *Mundial*, lo que hago transcribir ahora es rigurosamente inédito, menos tal vez algún que otro mínimo pormenor aparecido en mis crónicas.

Yo estaba ya tan cansado y neurasténico que caí enfermo en Buenos Aires y no pude llevar a cabo la promoción de *Mundial* y *Elegancias* en Chile, como estaba previsto. Guido estaba muy disgustado conmigo, pero ¿qué esperaba? Me habían nombrado director literario de ambas revistas precisamente porque yo tenía fama en América además de en España, y mi triunfo, y todo lo que conllevaba, era previsible. Sin mí la inmensa publicidad ya recibida por *Mundial* en aquellos países habría sido impensable.

Con todo, era desafortunado no poder seguir hasta Chile, dado el entusiasmo con el cual me esperaban allí.

* * *

Aquel octubre estábamos de vuelta en París, donde Enrique Gómez Carrillo organizó un banquete para festejar mi feliz retorno a la Ciudad de las Ciudades. Blasco Ibáñez y Paul Fort —coronado «Príncipe de los Poetas Franceses» por sus pares— estuvieron entre los que firmaron la convocatoria, y Pérez Galdós mandó una adhesión muy simpática. El acto, presidido por Fort (que me parece no había leído un solo verso mío), estuvo muy grato pero, naturalmente, la repercusión en la prensa de París era nula. ¿Qué les importaba a los franceses Rubén Darío? ¡Si ni les sonaba su nombre!

Coincidiendo con mi regreso a París, la editorial Renacimiento, de Gregorio Martínez Sierra, publicó en Madrid la que iba a ser mi última recopilación de colaboraciones periodísticas, *Todo al vuelo*. Vendida por un precio tan irrisorio como las anteriores, su éxito fue igualmente nimio. El libro, protagonizado otra vez por París, tenía un fondo triste, nostálgico. Los tiempos habían cambiado, Francia daba la impresión de reírse de todo, había una política de nivelación sistemática —la mediocracia ganaba terreno— y, a la vista del militarismo alemán, cada día más prepotente, la proximidad de una conflagración europea, y tal vez mundial, parecía más probable que nunca.

Si el panorama internacional tenía tintes muy negros, mi propio futuro también. Después de todo lo que había hecho por promocionar sus dos revistas, los Guido me seguían tratando con tacañería y a veces ni me pagaban mis colaboraciones, o las pagaban a regañadientes. Empecé a sospechar que su gestión era mala. Y se vería que tenía razón.

Entretanto seguía, como siempre, mandando artículos a *La Nación*. En París, el representante del diario era ahora mi buen amigo el escritor y periodista uruguayo Julio Piquet, a quien yo había conocido en Buenos Aires cuando era secretario del mismo. Fue Piquet quien se había encargado allí de corregir las pruebas de las crónicas que mandaba yo desde Europa, y le llegué a querer como a un hermano mayor. Conocía todos mis secretos, entre ellos mi creciente infelicidad doméstica, y me ayudaba con palabras de apoyo a salir de mis crisis alcohólicas. Era uno de los mejores amigos que tuve jamás.

Mi fascinación por el mundo de los sueños no había menguado, y los artículos que por entonces envié al diario completaban los que ya había publicado en sus columnas sobre la materia. En uno de mis nuevos trabajos analicé las repercusiones de los narcóticos sobre la imaginación y los sueños, citando, entre otras autoridades, a Baudelaire, tal vez el mayor experto en los paraísos artificiales que el hombre siempre ha buscado para liberarse de la triste realidad de la vida cotidiana. También, por supuesto, aludí a Thomas De Quincey —cuyas *Confesiones de un comedor de opio inglés* había leído con embeleso—, y a Edgar Allan Poe. El artículo venía a ser, entre líneas, una confesión encubierta de mi apego al alcohol y otras drogas, y, sin hablar abiertamente de mí, por supuesto, dije que conocía casos en que la necesidad de un excitante tenía, entre otras causas, la de superar la timidez. Afirmé que el opio, *según aseguraban los que lo habían usado*, no siempre daba sueños gratos y voluptuosos, aunque en general sí lo hacía (alguna experiencia tenía yo de la pipa de kif), y añadí que el alcohol, pese a su pasajero poder reconfortante, a veces producía las más terribles y diabólicas pesadillas. Cualquier lector inteligente de mi artículo habría llegado a la correcta conclusión de que yo no desconocía los paraísos artificiales tan caros al poeta francés.

Seguí aquel artículo con varios sobre Poe y los sueños. El gran maldito yanqui llevaba años intrigándome. Le había dedicado un capítulo de *Los raros*, y después había aludido a él numerosas veces en mis poemas y otros escritos. Era una de mis mayores admiraciones literarias. Además, acababa de leer el magnífico estudio sobre su vida y su obra, desde el punto de vista psicopatológico, de Emile Lauvrière. Varios especialistas en Poe alegaban que no era opiómano y que sus visiones oníricas podían haber sido producidas por el alcohol en altas dosis. Yo había llegado a la conclusión, como expliqué a mis lectores, de que tomaba láudano, pero sin por ello abandonar el empleo del alcohol cuando timideces, miedos, postraciones y depresiones le asaltaban.

Desde luego estaba claro que, pese a su hipersensibilidad, Poe no habría conseguido plasmar sin el influjo de los excitantes —sobre todo el alcohol—, lo anormal, lo raro, lo ultradiabólico o lo superangelical que se desbordaba en algunas de sus obras. El escritor norteamericano sabía perfectamente que el alcohol lo iba a destruir, como yo sabía que me iba a destruir a mí. Pero por fuertes razones, morales y físicas, no tenía más remedio que recurrir a aquel modificador del ánimo y del pensamiento. Y cuando volvía de la «gehenna» estaba —¡también como yo!— pálido de ingentes sufrimientos.

Para Poe los sueños, provocados o no por el alcohol y otros excitantes, eran las únicas realidades. Y sus personajes más memorables —así como los ambientes que habitan—, comparten esta misma condición.

Recuerdo ahora que por esta época, enterado de mi fascinación con el fenómeno onírico, mi amigo de los felices tiempos de Buenos Aires, José Ingenieros, me mandó un ejemplar de la *Vida de Dante*, por Boccaccio, con la indicación de que contenía dos sueños muy interesantes. Era cierto. Uno de la madre de Dante y otro que permitió encontrar los últimos trece cantos de la *Divina comedia*, perdidos tras la muerte del genial poeta.

Después de mi serie de trabajos sobre los sueños, empecé otra en torno a las apariciones sobrenaturales, fruto no sólo de muchas lecturas sino de mis propias indagaciones espiritistas. Supongo que algunos lectores míos creían que perdía mi tiempo en nonadas y cuentos de viejas. Pero el hecho es que aquellos artículos reflejaban mi irremisible angustia ante el enigma de la muerte, y tal vez la intuición de que Encausse tenía razón y de que me quedaba poco tiempo.

* * *

Necesitaba urgentemente un periodo de descanso. Y así fue como, generosamente invitado por Juan Sureda y su admirable mujer, la pintora Pilar Montaner, volví a emprender camino, aquel otoño de 1913, hacia Mallorca.

Esta vez no llevé conmigo a Francisca. Quería estar solo y empezar a hacerme a la idea de mi vida sin ella.

Los Sureda me hospedaron en su venerable casa de Valldemosa, antiguo palacio del rey don Sancho, y allí pasé semanas inolvidables. Profundamente católicos, se dieron cuenta de que yo pasaba por una honda crisis, e hicieron todo lo posible por que estando con ellos recobrara mi salud física —ya gravemente mermada— y espiritual. Ello significaba, sobre todo, que sólo bebiera agua y que diera grandes paseos por el campo. Cumplí rigurosamente con la primera consigna... durante un tiempo. En cuanto a los paseos, el paisaje mallorquín me brindó otra vez su paz virgiliana. Entusiasmado, canté los pinos de Miramar y los olivos milenarios y antropomórficos que tanto complacieran a George Sand, y cuya imagen captaba ahora en sus cuadros, con indudable maestría, mi anfitriona:

Los olivos que están aquí, son los olivos
que desde las prístinas estaciones están
y que vieron danzar los Faunos y los chivos
que seguían el movimiento que dio Pan.

Los olivos que están aquí, los ejercicios
vieron de los que daban la muerte con las piedras,
y miraron pasar los cortejos fenicios
como nupcias romanas coronadas de hiedras...

En Valldemosa empecé a escribir una novela autobiográfica, *El oro de Mallorca*, en la cual, bajo el transparente disfraz de un célebre compositor centroamericano, Benjamín Itaspes, traté de dejar sincera constancia de lo que había sido hasta entonces mi vida, que en aquellos momentos se me aparecía rota y *manquée*, pese a la gloria que Dios me había dado para compensar mi incurable desolación.

Itaspes llega a Mallorca, exactamente como acababa de hacerlo yo, en busca de paz para su alma dolorida. Tiene los mismos años que yo y, en muchos pormenores, los mismos problemas y anhelos: dipsomanía, desilusión amorosa, cansancio, la sensación de ser víctima de un destino implacable, las dudas religiosas, la esperanza de un nuevo amor.

A través de él me referí, con mucha mayor precisión que en mi somera autobiografía improvisada en Buenos Aires, al episodio de mi desengaño con Rosario, utilizando una fraseología que demostraba que todavía no me había liberado de mis prejuicios machistas. La causa ahora de «la más formidable de las desilusiones» es «el encontrar el vaso de los deseos poluto... Un detalle anatómico destruía el edén soñado».

Era evidente que, a pesar de preciarme de amar apasionadamente la libertad, no era capaz de concebir, todavía, la de las mujeres. La idea de que la mujer pudiera tener todo el desenfado amoroso de que disfrutaba el hombre me resultaba aún impensable, intolerable. En eso yo no había evolucionado nada.

Me moriría con la misma *idée fixe*, yo, Rubén Darío, el cantor del individualismo. Es, de todas las lacras mías, la que más lamento, y no me vale la fácil disculpa de haber nacido en el seno de una atrasada sociedad católica, exaltadora de la mujer pura, de la mujer en casa, propiedad del hombre. Yo mismo tuve la culpa porque, ya casi cincuentón, había tenido tiempo de sobra para relegar al trastero de las estupideces un concepto de la mujer absolutamente rezagado.

También, a través de Itaspes, evoqué el horror de mi posterior matrimonio, a punta de pistola, con Rosario. Yo era consciente de que aquellas páginas no eran literariamente muy logradas, pero me sentía en la necesidad no sólo de escribirlas sino de darlas a conocer en *La Nación*, creyendo que con ello tal vez me liberaría de una vez por todas, mediante una especie de exorcismo, de mi perseguidora. Pero no sería así.

Mantuve durante aquellas semanas una estrecha correspondencia epistolar con mi amigo Julio Piquet, que seguía como representante en París del diario.

Piquet sabía que yo estaba enfermo de cuerpo y de nervios, y me animaba a seguir trabajando en mi novela. Sin duda como terapia. Le dije que esperaba terminarla en dos meses —resultaría imposible—, y le aseguré que en aquellos momentos no probaba alcohol alguno, ni sentía la necesitad de hacerlo, y que me parecía que el riñón, que antes me dolía, había mejorado. Le hablé de Francisca. Si hubiera podido cambiarse el espíritu y el carácter de la pobre, le comenté, yo habría deseado continuar viviendo cerca de ella, aunque no fuera juntos. Uno tenía necesidad de querer algo. Pero tal cambio no era posible en aquellos momentos de penuria e inseguridad ante el futuro.

Mientras me esforzaba por llevar a buen puerto *El oro de Mallorca*, pensaba constantemente en la visita a Valldemosa de George Sand y Chopin. Ello era inevitable, dado el hecho de que la pareja había ocupado una celda de la vecina Cartuja, propiedad ahora de mis excelentes amigos. Chopin, tísico y neurasténico, había tenido la suerte de estar acompañado por una mujer inteligente y atractiva a quien adoraba. Yo no tenía a nadie. Todo habría sido diferente de contar con medios. Como le dije a Piquet, estaba convencido de que, con independencia modesta, libre de la inseguridad económica que me agobiaba constantemente, nunca enfermaría. Y que crearía obra digna. ¡Afortunado Santiago Rusiñol, que podía permitirse el lujo de ser bohemio! Yo amaba el dinero por lo que daba de libertad, de elección. Y no tenía nada ahorrado, después de tantos años de luchas y sufrimientos.

Sólo una amante nueva, rica y maravillosa, me habría podido sacar de aquel atolladero. Por ello inventé, para Itaspes, el encuentro con la escultora divorciada Margarita Roger, parisiense de treinta años, ahora acomodada, que encarna a la mujer a quien hubiera deseado conocer en esos momentos. ¡Sí, que yo hubiera deseado conocer y amar después de tanto tiempo de sequedad sentimental! Y ello pese a mi tantas veces expresado desdén por las mujeres intelectuales, artistas o políticamente comprometidas, a quienes insistía en seguir tildando de casos patológicos. Reconozco ahora que se trataba de una inconfesada actitud defensiva. La realidad era que las mujeres como la Sand me inspiraban no desdén sino miedo: miedo a sentirme inferior a ellas, o a fracasar con ellas.

En verdad, la idea de que la mujer tuviera tanta libertad en el amor como el hombre me aterraba.

Al enterarme de que se encontraba en la isla en aquellos momentos un poeta dominicano, Osvaldo Bazil, que a la sazón ocupaba el puesto de cónsul de su país en Barcelona, le pedí a Sureda que lo llamara. Y vino a verme. Hicimos muy buenas migas. Yo le dije que mis anfitriones no me dejaban beber más que agua.

—Explíqueles que me están matando —le rogué—, y que necesito abundante bebida para mantener mi equilibrio mental.

Resultó que Bazil consumía casi tanto alcohol como yo. Logró convencer a los Sureda de que, si no me daban whisky, me podía suceder de lo peor. Y empecé otra vez a consumir el diabólico brebaje escocés.

Un día de noviembre Sureda me llevó a Pollensa a conocer al pintor Anglada Camarasa. Aquella noche bebí numerosas copas de vino y luego, sin que Sureda se diera cuenta, me pasé al aguardiente. Tuve una de mis architemidas crisis y cuando recobré la conciencia habían pasado... ¡once días! ¡Cómo hice sufrir a aquellas gentes tan cristianas! Se constituyó en enfermera mía una mujer que los Sureda tenían a su servicio desde hacía cuarenta años. ¡Dios te bendiga, Francina, por haberme ayudado tan caritativamente a salir de aquel trance penosísimo!

Achaqué la causa de lo ocurrido, en mis cartas a Piquet, al arroz comido en casa de Anglada Camarasa y a otro disfrutado en compañía de unas deslumbrantes muchachas de Palma. Me imagino que no le convencí. Le dije que seguía, desgraciadamente con lentitud, el calafateo de mi cuerpo y de mi espíritu, pero que creía muy difícil mi mejora definitiva y, sobre todo, encontrar la manera de evitar las crisis que periódicamente me asaltaban.

Hablé de ellas con Bazil, tan comprensivo. Le expliqué que, una vez producido el ataque, había que pasar forzosamente por el calvario de tres estados consecutivos: el de «mono», el de «gallo» y el de «cerdo». Y que sólo entonces, poco a poco, al tercer día, era posible ir volviendo a la vida.

Cuando me ocurrían tales crisis en París solía tratar abominablemente a Francisca y María, que tenían que escuchar los peores insultos, e incluso, a veces, padecer mis agresiones. El pobre Francisco Contreras huía entonces de mi casa, pese a los esfuerzos de las mujeres por retenerlo: no aguantaba ver al Maestro, al Rey de la Poesía hispanoamericana, convertido en animal.

Recuerdo que en otra carta dirigida a Piquet desde Mallorca le confesé que experimentaba a veces grandes desalientos y tristezas al pensar en mi relación con Francisca, después de catorce años juntos. ¿Cómo me podía separar de la pobre si no tenía los necesarios medios económicos? Le dije que el estado moral, o cerebral, mío era tal que me veía en una soledad abrumadora. Todo el mundo tenía una patria, una familia, un pariente, algo que le tocaba de cerca y que le consolaba. Yo, nada. Antes tenía a esa buena mujer. Ahora mi vida, por culpa mía, de ella, de la suerte, era un infierno.

En tales momentos de angustia compuse en Valldemosa un poema, «La Cartuja», en el cual me figuraba las luchas espirituales de aquellos hombres silenciosos que, con la plegaria y la fe, oponían, al furor sexual, «las divinas ansias celestes». Casi hubiera deseado ser como ellos, aplacar al fauno que había en mí y entregarme en cuerpo y alma a Dios:

Darme otros ojos, no estos ojos vivos
que gozan en mirar, como los ojos
de los sátiros locos medio-chivos,
redondeces de nieve y labios rojos.

Darme otra boca en que queden impresos
los ardientes carbones del asceta,
y no esta boca en que vinos y besos
aumentan gulas de hombre y de poeta.

Darme otras manos de disciplinante
que me dejen el lomo ensangrentado,
y no estas manos lúbricas de amante
que acarician las pomas del pecado.

Darme otra sangre que me deje llenas
las venas de quietud y en paz los sesos,
y no esta sangre que hace arder las venas,
vibrar los nervios y crujir los huesos.

¡Y quedar libre de maldad y engaño,
y sentir una mano que me empuja
a la cueva que acoge al ermitaño,
o al silencio y la paz de la Cartuja!

Bazil tuvo la ocurrencia un día de vestirme de cartujo, con un hábito propiedad de los Sureda, y así me retrató un fotógrafo. Al enterarse del episodio, y sin duda impresionado, Daniel Vázquez Díaz me pidió la fotografía y, poco después, me retrató en un magnífico óleo como hermano de san Bruno.

La verdad, sin embargo, es que si yo me encontraba muy a gusto así ataviado nunca pedí sinceramente a Dios que me diera la fuerza de renunciar, como aquellos cartujos, a los placeres terrenales. Yo seguía como siempre, apasionado de la mujer e incapaz de conciliar mi catolicismo con un paganismo que en Mallorca, con sus resonancias clásicas, se me hacía, como la primera vez, aún más acendrado. Quería como antes entregarme a un desenfrenado erotismo. ¿Pero con quién o quiénes, semiimpotente como estaba entonces gracias a mi dipsomanía y muy deteriorado física y mentalmente?

Fue seguramente un alivio para los Sureda cuando, a finales de diciembre de 1912, tras una borrachera de espanto por los tugurios de Palma, y que terminó en una casa de socorro, me embarqué para Barcelona.

Entretanto, habían salido en *La Nación* los tres primeros capítulos de *El oro de Mallorca*.

En Barcelona, después de aquella última «complicación nefrítico-nerviosa», como di en llamarla eufemísticamente, pasé dos semanas en casa de mi antiguo valedor general Santos Zelaya, donde se me trató a cuerpo de rey.

Yo ya sabía que no habría para mí curación posible sin un largo reposo. Pero, ¿cómo reposar si tenía que ganarme la vida? Mi relación con los Guido no se aclaraba, de modo que, entre duda y duda, decidí volver a París, hablar con ellos, cortar por lo sano y conseguir, en el peor de los casos, que me rescindiesen el contrato —que todavía tenía un año— y me pagasen una indemnización.

A mediados de enero, pues, me encontraba otra vez en la capital francesa, donde seguí con *El oro de Mallorca*, sin lograr terminarlo, y llegué a un acuerdo —bastante miserable— con los Guido. Era evidente que las revistas iban mal. Unos meses después salieron los últimos números.

Decidí desmontar la casa y volver a Barcelona. Yo siempre había creído que tener que abandonar París me produciría una intensa tristeza. Me sorprendió descubrir, venido el momento, que no fue así. Lo hice sin un dolor, sin una lágrima. La verdad es que, pese a amar apasionadamente la Ciudad de las Ciudades, nunca había pertenecido allí del todo, ni fraguado estrechas amistades con parisienses. Los franceses no conocían mi obra. No necesitaban de mí para nada. Ya lo he dicho. No había razón para seguir entre ellos eternamente.

En Barcelona tuve la suerte de encontrar una «torre» preciosa, en el barrio de Sarrià, cerca del Tibidabo, con jardín y huerto a un lado, tranvía cerca, baño, luz eléctrica, piano, numerosas habitaciones, todo amueblado, todo listo... ¡por dieciocho duros al mes! Parecía un milagro. Sólo viéndolo se podía creer. Resolví no moverme nunca. Llamé a Francisca, y ella, María y el niño se juntaron conmigo enseguida.

En Sarrià me visitó con frecuencia el amable Osvaldo Bazín, acompañado a veces de mi antiguo compañero del consulado de Nicaragua en París, Julio Sedano. Yo me había distanciado de éste cuando tomó la partida de Rosario, pero a la muerte del lamentable ministro Crisanto Medina en 1911 nos habíamos reconciliado un poco.

Yo no había tenido ninguna recaída desde mis excesos navideños en Mallorca, sólo alguna pequeña molestia gástrico-renal. Había dejado de beber whisky y coñac y adoptado el sistema que bauticé «nuevo método Gambrinus Limited», es decir, un régimen que sólo permitía la consumición de cerveza. La verdad es que dicho sistema no me sentaba nada mal.

Por otro lado, Ramón Pérez de Ayala y Enrique de Mesa me proponían una edición de mis obras completas, lo cual me complacía enormemente, y, entretanto, había firmado con ellos un contrato para dos antologías de mis versos, con los títulos, respectivamente, de *Muy siglo XVIII* y *Muy antiguo y muy moderno*. Con todo lo cual quiero decir que en aquellos momentos mi estado de ánimo era bastante optimista. Pero no seguiría así mucho tiempo.

Europa estaba ya en pie de guerra y lo que yo llevaba años prediciendo se cumplía inexorablemente. Ante la amenaza alemana, Inglaterra realizaba nuevas y astronómicas inversiones en su Marina, mientras Rusia acababa de cuadruplicar los efectivos de su Ejército de Tierra. El asesinato del archiduque Francisco Fernando, heredero del trono austrohúngaro, en junio, conmocionó el mundo entero y desequilibró la relación de fuerzas vigente en los Balcanes, atizando aún más la carrera armamentística.

A principios de julio Alemania invadió Luxemburgo, y dos días después declaró la guerra a Francia: era el inicio de la conflagración que iba a devastar Europa. ¡Adiós para siempre la *Belle Époque!*

La situación me sumió en una profunda desesperación apenas mitigada por el éxito de la contraofensiva francesa de aquel septiembre. Yo no podía dormir sin beber, y cada noche en la cama oprimía contra mi pecho el crucifijo de marfil que unos años antes me regalara mi buen amigo Amado Nervo. Francisca, además, había estado enferma.

Por aquellas fechas apareció en Barcelona un sujeto llamado Alejandro Bermúdez, a quien yo había conocido en París durante mi última visita. Nicaragüense como yo, ingeniero, periodista y orador grandilocuente, Bermúdez había sabido hacérseme simpático entonces a fuerza de adular a mi persona y mi obra —¡yo fui siempre tan débil ante el elogio, sincero o no!— y de resolverme algún que otro problema administrativo.

Lo que yo no sabía era que había prometido a Rosario Murillo tratar de convencerme de la conveniencia de una reconciliación.

Bermúdez estuvo dos meses invitado en mi casa y desde el primer momento desconfió profundamente de él Francisca, con su intuición de campesina astuta.

Sabiendo que yo no tenía un céntimo, Bermúdez había concebido el alocado proyecto de llevarme a Estados Unidos para dar unos recitales a favor de la paz mundial, y luego, bajando conmigo a México y Centroamérica, de reunirme con mi esposa. Me convenció, entre copa y copa, de que un hombre como yo no podía seguir viviendo en la miseria; de que Osvaldo Bazin y Julio Sedano eran buitres; de que nuestra misión pacífica tendría mucho éxito; de que yo sería recibido en Estados Unidos con todos los honores debidos a un magno poeta; y —lo más importante— de que nos caerían encima lluvias de águilas de oro.

No supe resistir su canto de sirena, no quise resistir, y, sin decirle nada por el momento a Francisca, empecé a hacer mis preparativos.

Bermúdez se fue a Madrid donde, con una carta mía, consiguió que el presidente del Consejo de Ministros, Eduardo Dato —el mayor responsable de que España no se viera implicada en la Gran Guerra— apoyara nuestra iniciativa. También logró que el marqués de Comillas, aquel que no había querido darme un puesto en la Compañía Trasatlántica, nos proporcionara dos pasajes de primera clase para nuestro viaje al Nuevo Mundo.

Siguiendo instrucciones mías, Bermúdez vio a Ramón Pérez de Ayala para reclamar el pago de dos mil pesetas por *Muy siglo XVIII* y *Muy antiguo y muy moderno*. Supe después que Pérez de Ayala, quien sospechaba algo, sólo le había entregado mil. Bermúdez no me las dio, alegando alguna excusa, y las retuvo para sí mismo. ¡Qué traición más vil!

Le escribí a Julio Piquet para decirle que me iba a América lleno del horror de la guerra, a decir a muchas gentes que la paz era la única voluntad divina. Se trataba, le expliqué, de una cruzada mía y que me iba a acompañar un amigo nicaragüense que era como un hermano, lleno de inteligencia y de nobleza. No le dije el nombre. Tal vez Piquet sospechó que se trataba de Alejandro Bermúdez. De todas maneras, no recuerdo que me contestara.

Además, ¿qué me iba decir? ¿Qué podía hacer yo en Estados Unidos a favor de la paz mundial? ¿Quiénes, aparte unos hispanófilos, conocían mi nombre?

Aquello era un desvarío, una estupidez, una necedad.

Cuando Francisca se enteró de lo que me proponía hacer, se puso como una fiera. Ahora tenía la prueba de la doblez de Bermúdez. No hacía más que repetir que yo les iba a arruinar a todos, a ella, a María y a Güicho. Las últimas semanas a su lado fueron de manicomio.

También trató de disuadirme Vargas Vila. Pero obcecado como estaba, no le hice caso.

Preparé mis maletas. Aparte de la ropa, llevé poca cosa. Eso sí, el crucifijo de Amado Nervo y el manuscrito de *El oro de Mallorca.* Me parecía que tal vez, lejos de Europa, podría terminar la novela, con la perspectiva que daría la distancia. Pero no sería el caso.

Llegó el momento de embarcar. Con Bermúdez y yo iba una especie de secretario borrachín que yo tenía entonces, un tal Juan Huertas, que había puesto los ojos en María, como tantos, y que estaba desesperado porque no le hacía caso. Subimos a bordo la noche antes de la partida —Bermúdez decía que para evitar problemas con Bazil y Sedano—, y Francisca y Güicho estuvieron conmigo en mi camarote hasta el último momento, llorando todo el tiempo. Yo llevaba días bebiendo, Dios me perdone, y aquellas horas eran las más amargas de mi vida.

—Tatay, ¡no te vayas! ¡Te vas engañado! —me repetía incansablemente Francisca.

—No, mi hija, yo no me dejo engañar —le contestaba.

Y llorar y llorar.

Cuando zarpó el *Vicente López,* la mañana del 25 de octubre de 1914, estaba tan borracho que no pude salir a la cubierta para despedir con un pañuelo a los míos.

Nunca más volvería a ver a aquellas dos pobres criaturas para quienes yo era todo su mundo.

* * *

Cuando regresé en mí una semana después estábamos en pleno Atlántico. No recordaba apenas nada de lo ocurrido. Huertas me dijo que había pasado del anís al whisky, luego del whisky al champán, y que nunca me había visto tan borracho. ¡Sería verdad! Era excelente persona, con buen corazón, pero, como yo, de carácter inestable. Nos abandonó en La Habana sin apenas despedirse, y nunca más supe de él.

Cuando llegamos a Nueva York yo estaba enfermo. Me dio miedo verme en el espejo. Habían desaparecido ya del todo aquellas finas facciones que antes constituían mi orgullo. Estaba más gordo que nunca, con una gordura mohosa, con el aspecto de un fraile hidrópico. Las mejillas caídas con flacidez, embolsados los párpados inferiores, el rostro amarillento, cansados y sin brillo los ojos. Parecía un espectro. Hacía mucho frío y Bermúdez y yo no teníamos dinero suficiente para alojarnos en un hotel cómodo. No podía dormir, percibía alrededor de mí el sufrimiento de infinitos pobres y la terca indiferencia de los ricos. Se aproximaba la Navidad —cuando la miseria de los que sufren, de los que no tienen calor de nadie, se vuelve atroz—, y expresé mi angustia en un poema, «La gran cosmópolis», que subtitulé «Meditaciones en la madrugada»:

Casas de cincuenta pisos,
servidumbre de color,
millones de circuncisos,

máquinas, diarios, avisos
y ¡dolor, dolor, dolor...!

¡Éstos son los hombres fuertes
que vierten áureas corrientes
y multiplican simientes
por su ciclópeo fragor,
y tras la Quinta Avenida
la Miseria está vestida
con dolor, dolor, dolor...!

¡Sé que hay placer y que hay gloria
allí, en el Waldorf Astoria,
en donde dan su victoria
la riqueza y el amor;
pero en la orilla del río
sé quiénes mueren de frío,
y lo que es triste, Dios mío,
de dolor, dolor, dolor...!

Y así seguía mi protesta, nada más llegar otra vez a Estados Unidos, contra el materialismo brutal de «el sin par Tío Samuel» y de la ciudad de hierro donde el amontonamiento y la lucha por sobrevivir habían matado el amor al prójimo.

Sin recursos, recurrimos al conocido hispanófilo y millonario Archer Milton Huntington, fundador de la influyente Hispanic Society of America. Por timidez sólo le pedí quinientos dólares, que nos dio enseguida. Bermúdez estaba furioso conmigo, e insistía en que podía haberle sonsacado mucho más. El hecho de que la Hispanic Society me nombrase miembro honorario y me concediera la medalla que dedicaba a los genios del mundo tampoco le hizo mucha gracia, ni a mí. Lo que nos hacía falta en aquellos momentos eran cheques.

Entretanto, recibía cartas de Francisca, escritas con su habitual ortografía atroz, en que no hacía más que quejarse, diciéndome que les había abandonado y recomendándome que no bebiera y que volviera a su lado cuanto antes. Yo le contestaba enfadado, a veces con brutalidad, que lo que yo hacía, bueno o malo, bien hecho estaba, y que no necesitaba consejos de nadie y menos de ella. Que tenía el proyecto de regresar a Argentina, donde el campo me devolvería a la salud. Y que si andaba en busca de dinero, corriendo aventuras y sufriendo malos días, era para que Güicho pudiera educarse y no con otra finalidad.

En una de mis cartas le dije una frase que no puedo olvidar y que me sigue avergonzando. «Tienes que ser una mujer activa como las de otras partes —le espeté—, y no una posma y una cabeza de piedra de Castilla, porque eso no lleva sino a la ruina».

¿Quién era yo para hacerle a aquella pobre criatura tal recomendación? Lo que llevaba a Paca a la ruina era yo, y nadie más que yo.

En febrero de 1915 la Universidad de Columbia nos consagró una velada durante la cual leí un largo poema empezado unos meses antes en Barcelona. Se titulaba «Pax» y tenía un fuerte contenido cristiano. Bermúdez dio una conferencia. El acto apenas tuvo eco, como era natural. Nuestra ridícula misión fracasaba por todo lo alto.

En tal trance Bermúdez puso pies en polvorosa, llevándose consigo lo que quedaba del dinero de Huntington. Nunca más supe de aquel traidor.

Abandonado por el responsable de mi presencia en Nueva York, caí víctima de una doble neumonía y fui ingresado en el Hospital Francés por el doctor Aníbal Zelaya, sobrino de mi excelente amigo el ex presidente de Nicaragua. Fui dado de alta sin que me hubiesen curado del todo, y me cobijé entonces en una casa de huéspedes de mala muerte de la calle 64. Empecé a colaborar en un diario español de Nueva York, *La Prensa*, donde conocí a una persona estupenda, medio mendigo, medio periodista, que se apiadó de mí. Se llamaba Juan Arana Torrol. Aquel tipo me salvó de la desesperación. Lleno de gratitud le dediqué un soneto titulado «El más raro», cuyo último cuarteto terminaba así:

Al recitar sus versos nos muestra, a su modo,
que además de estar loco, sabe un poco de todo.
Siente por los mortales un desprecio profundo,
y... ¡es el único amigo que hoy me sirve en el mundo!

Estaba claro que yo no iba a poder sobrevivir en Nueva York, donde no había nada para mí. Y fue entonces cuando un viejo conocido mío, Joaquín Méndez, Ministro Plenipotenciario de Guatemala en Estados Unidos, ideó un proyecto para sacarme las castañas del fuego. Consistía en proponer al tirano Estrada Cabrera, presidente de aquel país, que me invitara oficialmente a Guatemala a cambio de poner mi fama y mi pluma a su servicio.

Yo estaba perfectamente al tanto de la maldad de Estrada, a cuya perversidad se debía la intervención de Estados Unidos en Nicaragua y la caída de mi amigo el general Santos Zelaya. Aceptar el patrocinio de tal sujeto era la peor traición que yo podía cometer. Pero en aquellos momentos, absolutamente desprovisto de medios, lo vi como la única solución posible. De modo que, cuando Estrada dio su beneplácito a la propuesta de Méndez, acepté. No tardé en sentir asco de mí.

Entretanto, yo seguía cada día en la prensa los vaivenes de la espantosa guerra en que ya estaba sumido medio mundo. Acababa de aparecer el último horror, como si no bastaran ya los submarinos: el gas tóxico utilizado por los alemanes en la guerra de las trincheras. ¿Cómo podían los seres humanos rebajarse moralmente hasta el punto de matar de manera tan vil a sus semejantes? Era evidente que la contienda iba a producir muchos millones de víctimas. Como mi amigo Arana Torrol, no podía sino sentir desprecio profundo por los mortales, empezando conmigo mismo.

Llegué a Guatemala, después de pasar rápidamente por La Habana, en mayo de 1915. Estrada me recibió con todos los honores, instalándome en uno de los mejores hoteles de la ciudad. Abusé de su hospitalidad, bebí —e invité— excesivamente, y, otra vez enfermo, tuve que ser recluido en una finca suya, acompañado de mi primogénito, Rubén Darío Sánchez. El hijo de Rafaela ya tenía unos veintitrés años, y la verdad es que no congeniamos excesivamente.

Yo estaba hecho un esqueleto y apenas podía andar. Estaba seguro de que me iba a morir en cualquier momento, seguro de que la predicción de Encausse no iba a fallar, y me confesé por vez primera en muchos años. En una carta a Francisca le conté que *esa mujer*, como ella llamaba a mi esposa, me había visitado y que, si yo mandaba dinero a Madrid, era gracias a Rosario y nadie más, pues yo estaba sin un céntimo. Le juré que, *volviera a Europa o no*, ella y Güicho serían debidamente atendidos. Le recomendé que se confesara y comulgara. «Ahora lo puedes hacer», le dije, queriendo indicar con ello que nuestra relación adúltera había terminado. ¡Qué sufrimiento para Francisca saber que *esa mujer* estaba a mi lado en aquellos momentos y que ella, mi fiel compañera de tantos años, me había perdido para siempre!

Los secuaces de Estrada me presionaron para que compusiera un poema dedicado al tirano y apto para ser declamado en las célebres fiestas de Minerva. Temiendo perder el apoyo del presidente, accedí. Por suerte pude utilizar mi enfermedad como excusa para no leer en persona, ante un gentío, aquella indigna composición, entre cuyos malhadados versos los había como éstos:

Aquí reapareció la austera,
la gran Minerva luminosa;
su diestra alzó la diosa aptera
y movió el gesto de la diosa
la mano de Estrada Cabrera.

Profundamente avergonzado de mí mismo, sintiéndome envilecido, estaba decidido a volver a Nicaragua. Resultó que Rosario tenía el mismo proyecto y que había recibido el apoyo del obispo de León quien, a su vez, consiguió luego el del arzobispo de Guatemala.

Corría el mes de diciembre de 1915. Ya sabía que me quedaba poco tiempo —unos extraños avisos me habían llegado en sueños— y, antes de partir con Rosario, le escribí a Gómez Carrillo que me alejaba de Guatemala «en busca del cementerio de mi pueblo natal».

Me encontré con que en Nicaragua, desde mi vuelta triunfal en 1907, todo había cambiado a peor. Los hombres vendidos a los yanquis mandaban y cortaban, y ni tuve el consuelo de poder abrazar a mi tía abuela Bernarda, ya pasada a mejor vida. Un amigo mío de juventud, Luis Debayle, distinguido médico, me diagnosticó cirrosis del hígado. No me ocultó la gravedad de mi condición y me dijo que sería necesaria una intervención quirúrgica inmediata. Yo me negué tajantemente. Primero quería visitar Managua para gestionar el pago de mis sueldos, nunca cobrados, de Ministro Residente en España.

Y en Managua ocurre la peor de mis humillaciones, porque Rosario me instala en la residencia de su hermano Andrés, el que me casara con ella a punta de pistola años atrás y que ahora ha ascendido a general. Allí empeoro, con una fiebre que me obliga a quedarme en cama. Mi confidente más asiduo es el joven escritor Francisco Huezo, que aguanta estoicamente mis arrebatos contra los médicos que me atienden, contra mi patria, contra Julio Sedano —que sin permiso acaba de gestionar la reimpresión en España de mi breve e incompleta autobiografía de 1912, algo que yo en absoluto deseaba—, contra Rosario, contra todos.

Leo a Ibsen para distraerme y allí encuentro frases que parecen condensar mi doloroso destino. Sobre todo el pasaje terrible de *Juan Gabriel Borkman* donde Ella Rentheim acusa al antiguo banquero de haber cometido el misterioso pecado mencionado en la Biblia, el pecado para el cual no hay perdón. Ante la extrañeza de Borkman, Ella le explica que, al abandonarla tan brutalmente por su hermana, le mató la capacidad de amar. Éste fue su imperdonable pecado. Al leer estas líneas, hubiera querido matar a Andrés Murillo, el traidor que había hecho imposible mi vida.

Un día, durante mi estancia en casa de su hermano, Rosario me pidió que le mostrara el manuscrito de *El oro de Mallorca*. No pude negarme en aquellas circunstancias. Y, claro, se lo quedó. ¿Lo destruyó después de mi muerte? No lo sé, pero no me sorprendería. Menos mal que ya se había publicado lo esencial de la novela en *La Nación*, —algo que probablemente mi mujer no sabía— donde un día sería rescatado por los investigadores de mi vida y obra.

Volví a León con Luis Debayle y permití que él y su ayudante me pusiesen ciertas inyecciones. Cuando me di cuenta de que me estaban sacando litros de suero, le pegué un puñetazo a Debayle y grité con todas mis fuerzas:

—¡No quiero que ustedes me asesinen!

Luego les despedí.

La fiebre se agudizó, la afección intestinal también. Tuve delirios atroces. Alguien dejó un diario sobre una mesita al lado de la cama. En un momento de lucidez lo cogí. Vi que anunciaba mi próxima muerte, y que el Gobierno me iba a proporcionar funerales solemnes. Empecé a gritar y exclamé a los que acudieron que a los honores póstumos prefería cuidados a mi persona en vida.

Una noche, cuando me velaba otro amigo, Santiago Argüello, me desperté en medio de una de mis horribles pesadillas.

—¡Santiago —exclamé—, me estaban arrancando la cabeza! ¡Era mi cabeza y, sin embargo, yo mismo estaba viendo que me la arrancaban, y eran dos hombres, fuera de sí, quienes estaban forcejeando por poseerla, frente a mis ojos espantados! ¡Luchaban, pegándose, por arrebatársela! ¿Te imaginas? ¡Mi cabeza arrancada, asida por los dedos furiosos, pelota roja, coagulosa, horrible... una pelota con rostro... con rostro que era el mío!

¡Qué pavor! ¡El fin se aproximaba! Entonces me confesé y recibí el Viático, que me trajo el obispo, nada menos, bajo palio, con gran acompañamiento de clérigos y fieles.

Hice mi testamento. A mi hijo Rubén Darío Sánchez, Güicho, le dejé la casa de León, heredada de la tía abuela Bernarda, así como la propiedad de mis obras literarias. Estaba seguro de que, después de mi muerte, éstas producirían pingües beneficios.

Sabía que Rosario podía contestar el testamento, y también mi primer hijo, Rubén Darío Contreras, que tenía una posición desahogada y no necesitaba nada de mí. Por ello, confiando en la justicia, pedí al Gobierno de Nicaragua que hiciera respetar mi última voluntad y le diera validez. Y a mi hijo mayor le rogué que no me negara su asentimiento.

Mejoré un poco y los médicos resolvieron hacerme una segunda operación. Querían extraerme pus del hígado. Yo me negué, diciendo que no sentía nada en aquel órgano pero que tenía en el bajo vientre algo así como una placa de fuego. Estaba ya muy débil y no me hicieron caso. Llevaron a cabo la operación y resultó fatal. Perdí el conocimiento y empecé a agonizar.

Tuve visiones. Estaba en París con Paul Verlaine. Eran los días heroicos de mi primera visita a la Capital del Arte y del Amor. Comía almendras verdes en Les Halles, al amanecer, con Jean Moréas, Alejandro Sawa y otros amigos. Luego apareció mi madre y recordé, de repente, los versos que le había dedicado cuando era joven y que durante tantos años había tratado sin éxito de recuperar:

Soñé que me hallaba un día
en lo profundo del mar:
sobre el coral que allí había
y las perlas, relucía
una tumba singular.

Acerquéme cauteloso
a aquel lugar del dolor
y leí: «Yace en reposo
aquel amor no dichoso
pero inmenso, santo amor».

La mano en la tumba umbría
tuve y perdí la razón.
Al despertar yo tenía
la mano trémula y fría
puesta sobre el corazón.

Después revivo la noche en que mi amigo Jorge Castro Fernández me envía desde Panamá el anuncio psicofísico de su muerte, y se producen en mi casa de Guatemala aquella serie de fenómenos espeluznantes. Impresionado por la nitidez del recuerdo, decido mandar un último mensaje a Güicho, allá en Barcelona con su desventurada madre. Tengo la certeza de que en aquel momento, por un poder sobrenatural, me materializo ante él y le despierto en medio de un sueño. Y me parece oír su voz que me dice:

—¡Papaíto mío, has vuelto!

Hacia el final me encontré de repente a bordo de una nave griega antigua que, habiendo dejado atrás el Mediterráneo y los pilares de Hércules, se hallaba en pleno Atlántico con las velas hinchadas y la proa puesta al oeste. Asombrado me di cuenta de que participaba en el último viaje de Ulises, narrado por Dante en la *Divina comedia*. Con una tranquilidad que me sorprendía, esperé el inevitable desenlace del vano intento del viejo héroe —incapaz de pasar sus últimos días inactivo y aburrido en Ítaca al lado de Pénelope— por conocer las tierras que se esconden detrás del sol poniente. Y recordé entonces —ello explicaba acaso mi sosiego— que una vez yo había escrito que tenía a bien conservar para mi uso particular una pequeña nave, una *navicella*, una *parva navis*, «si no completamente católica, muy cristiana. Y ella conduce a alguna parte».

Cuando surgió delante de nosotros la inmensa montaña oscura descrita por Dante, y la tripulación empezó a lanzar gritos de alegría, yo sabía lo que iba a ocurrir. Dos segundos después un feroz torbellino envolvió el barco y, tras darle tres vueltas vertiginosas, levantó nuestra popa y nos echó a pique. En aquel instante, justo antes de que las aguas me tragasen, vi una luz deslumbrante y sentí que una mano amiga me sostenía. Nunca supe de quién era.

* * *

Aquella misma noche el doctor Debayle y su compañero procedieron a hacer la autopsia y el embalsamamiento de mi cuerpo. Conservaron el corazón pero las otras vísceras fueron enterradas en el cementerio de Guadalupe, al lado del sepulcro de la tía abuela Bernarda. No contentos con lo hecho, los dos médicos extrajeron unas horas después mi cerebro, y Debayle, diciendo que lo quería para hacer un estudio, se escapó con él. Andrés Murillo, al enterarse de lo sucedido, le hizo detener por la policía y hubo un altercado brutal. Mi cerebro fue depositado en la Dirección de Policía en espera de una decisión del Gobierno. Éste resolvió entregárselo a Rosario, quien, a su vez, lo confió a otro médico, rival de Debayle.

Así que mi pesadilla de unos días antes se demostraba rigurosamente premonitoria.

¿Para qué evocar mis exequias? El Gobierno, que no había accedido a pagarme lo que me debía por mis servicios diplomáticos, sufragó, para quedar bien, los costos de los funerales solemnes. La Iglesia, sin duda contenta con mi confesión, acordó introducir en los mismos el ceremonial establecido para «los príncipes y los nobles». El comercio cerró sus puertas. Se izaron banderas negras. Hubo procesiones de enlutadas vírgenes. La muchedumbre se agolpó en la calle. Hasta se publicó una última fotografía mía agonizando, con el crucifijo marfileño de Amado Nervo entre mis manos de marqués. ¡Ah, y Rosario recibió más de mil quinientos telegramas de duelo!

Después de expuesto en diversos lugares públicos, mi cadáver, vestido de túnica blanca, fue conducido a la catedral de León, entre una extraordinaria profusión de flores y con las representaciones oficiales de rigor. Apenas hace falta añadir que sonaron las campanas de todas las iglesias de la ciudad.

A las nueve de la noche el ataúd fue colocado en la fosa, bajo la estatua del apóstol san Pablo. Luego fue el turno de las oraciones fúnebres. ¡No podían faltar los rétores latinos! Y así es como yo fui enterrado, en el mismo templo donde cuarenta y nueve años antes había sido bautizado. El círculo de mi pobre vida se había cerrado.

* * *

¿Qué fui yo sobre la faz de la tierra?

Ante todo y sobre todo, poeta lírico, nacido como tal y sin poderlo remediar.

¿Gran poeta? No siempre, desde luego, pero creo que a veces sí, sobre todo cuando acudía el *deus* y las palabras empezaban a ordenarse rítmicamente en mi cabeza, con frecuencia ajenas a cualquier propósito mío previamente elaborado.

Desde joven comprendí que, en mí, vida y poesía iban a ser inseparables, inconcebibles la una sin la otra.

Si nací poeta también nací fauno. Desde niño el cuerpo femenino ejerció sobre mí una inerrable fascinación:

¡Carne, celeste carne de la mujer! Arcilla,
—dijo Hugo—; ambrosía más bien, ¡oh maravilla!
La vida se soporta,
tan doliente y tan corta,
solamente por eso...

Sí, creía, solamente por eso. Y me parece que ningún poeta de lengua española expresó tal convicción con tanta pasión y tanta sinceridad como yo. Más pagano que católico, por instinto polígamo, hubiera querido para mí el impudor violento de las bacantes, y nunca dejaría de compartir la filosofía de mi amado arcipreste de Hita:

El mundo por dos cosas trabaja; la primera,
por haber mantenencia; la otra cosa era
por haber juntamiento con fembra placentera.

En la evolución natural de mi pensamiento, el fondo quedaría siempre el mismo.

Soñé desde joven con *Las mil y una noches*, y me imaginaba dueño de un harén de odaliscas para mi sola delectación. Pero por desgracia la realidad iba a ser otra. Había venido al mundo sin recursos, en el seno de un catolicismo casi medieval, y el terror de la Muerte, del Pecado y del Infierno se apoderó de mi alma de niño y no habría nunca manera de conjurarlo.

Sabía que al cantar el Sexo me hacía digno, a ojos de la Iglesia, de las llamas eternas. Dante me lo confirmaba. Pero no me arredré. Después comprendí que, al divinizar el instinto genésico, me aproximaba, sin saberlo, a las religiones orientales. Y empecé a sospechar que el cristianismo que a mí me habían impuesto podía ser una perversión de las enseñanzas de Jesús, de aquel entrañable Doctor de la Dulzura.

Toda mi vida esperé a la mujer de mis sueños, medio diosa griega, medio virgen cristiana. Pero no la encontré:

En vano busqué a la princesa
que estaba triste de esperar.
La vida es dura. Amarga y pesa.
¡Ya no hay princesa que cantar!

Mas a pesar del tiempo terco
mi sed de amor no tiene fin;
con el cabello gris me acerco
a los rosales del jardín.

¡Sí, hasta el último segundo yo te tuve presente, varona inmortal, flor de mi costado!

Sin padres, sin herencia, sin estudios sólidos, sin formación profesional, tuve que ganar mi pan diario en el duro bregar del periodismo. Ello me puso en estrecho contacto con la época que me había tocado vivir, época que llegué a despreciar y contra la cual, libando en la literatura francesa, erigí el mundo de mi poesía y mi culto al Arte Puro. No llegué a proclamar, como la urna griega de Keats, que la Verdad y la Belleza eran una y la misma. ¿Que sabía yo de la Verdad? Nada. Pero creía, desde mi situación de incertidumbre, que Nuestra Señora la Belleza merecía todos los desvelos y todos los sacrificios.

Fui comprendiendo poco a poco que, sin el sufrimiento, compañero mío inseparable desde que naciera, no existiría mi poesía, ni la de ningún poeta auténtico. Ello me consolaba y nunca dejé de agradecer a Dios y a los dioses el alto don que se me había concedido y que me permitía convertir mi doloroso sentir y mi angustia en arte, en comunicación con los demás.

Muy pronto, en mi desamparo, recurrí a los paraísos artificiales. Descubrí que el alcohol me liberaba infaliblemente de mi nefasta timidez, aunque sólo fuera a título provisional, y que, cuando bebía, mi cerebro se llenaba de ritmos, de música, de imágenes. Sin él no habrían surgido algunos de mis mejores poemas, y mi paso por el Valle de Lágrimas habría sido más penoso. ¡Lástima que excitante tan eficaz fuera un trauma para el cuerpo!

¿Tuve toda la culpa del daño que hice? ¿Pude haber sido de otra manera? Me atormenta la duda de si disponía de libre albedrío para haber actuado de manera distinta en ciertos momentos de mi vida, o de si todo era obra del ineluctable Destino en que siempre creí.

«Perdónalos, Padre, porque no saben lo que hacen»: me conmueven las sublimes palabras de Cristo en la cruz, y quiero creer que, de haberme conocido mejor, mi conducta habría sido en muchas ocasiones otra. Con todo, mi responsabilidad es patente.

Creo fervientemente, por otro lado, que con mi poesía ayudé a mucha gente a vivir más intensa, más libre, más creativamente. Y con más sinceridad. «Crear, crear y que bufe el eunuco», pregonaba. Y siempre insistí en que cada uno tenía que buscar dentro su propio camino, sin, por supuesto, cometer la torpeza de querer imitarme a mí:

Ama tu ritmo y ritma tus acciones
bajo su ley, así como tus versos;
eres un universo de universos,
y tu alma una fuente de canciones...

«Ama tu ritmo». Tal vez en estas tres palabras —ahora lo sospecho— cabía toda mi estética.

La vida sin amor me parecía vacía... sin amor a uno mismo, sin amor al prójimo y sin amor al Amor:

Amar, amar, amar, amar siempre, con todo
el ser y con la tierra y con el cielo,
con lo claro del sol y lo obscuro del lodo:
amar por toda ciencia y amar por todo anhelo.

Y cuando la montaña de la vida
nos sea dura y larga y alta y llena de abismos,
amar la inmensidad que es de amor encendida
¡y arder en la fusión de nuestros pechos mismos!

En el fondo, el modernismo no era más que eso: ser fiel a uno mismo y negarse a aceptar —sin someterlos a cuidadoso escrutinio— reglas y dogmas impuestos por los demás. En una ocasión dije que con *Azul*... yo había levantado «una cordillera de poesía en todo el continente». Tal vez exageré, pero el hecho es que muchísimos jóvenes fueron más libres, más *ellos*, gracias a mi obra.

Y que no se me diga que mi obra es anticristiana. Yo nunca negué el mensaje de Jesús. Otra cosa era el Dios del Antiguo Testamento, el Dios del *Deuteronomio*, con sus prohibiciones, sus amenazas, sus guerras, sus plagas de langostas y demás castigos atroces. Y otra cosa la Iglesia católica, obsesionada hasta el frenesí con los pecados de la carne. Yo amaba el mundo clásico, con sus dioses y diosas cuyos apetitos en nada se diferenciaban de los de los seres humanos, con quienes además se dignaban mezclar. Amaba aquellas deidades y el paisaje mediterráneo que los había visto nacer. Y los sigo amando.

Cuando yo me morí, en medio de la más obscena contienda bélica jamás provocada por la insensatez humana, el modernismo ya no tenía nada más que decir, e intuí que, una vez apagadas las llamas devastadoras, la nueva poesía española e hispanoamericana reaccionaría contra la mía.

Y así sería, por ley irreversible.

Traté siempre de ser sincero, de decir con valentía mi verdad de hombre y de poeta.

En Jesucristo confío.

Agradecimientos

Hace más de cuarenta años, cuando iniciaba mis estudios de español en el Trinity College de Dublín, las clases de Donald Shaw sobre Rubén Darío me encendieron un entusiasmo por la persona y la obra del poeta nicaragüense que nunca me ha abandonado. Creo que Donald Shaw, a quien dedico el libro, no lo sabe. Me complace hacerlo constar aquí.

Mientras llevaba a cabo la investigación que subyace en este libro —y en mi novela *Viento del sur*, cuyo protagonista, John Hill, es biógrafo de Rubén—, varias personas me proporcionaron su valiosa ayuda. En primer lugar, el doctor Luis Sáinz de Medrano Arce, director del Seminario Rubén Darío en la Universidad Complutense y experto conocedor del poeta, que me envió fotocopias de numerosas obras muy difíciles de localizar en España, así como una transcripción de la entrevista hecha por Evlyn Uhren a Francisca Sánchez en 1957. También contestó con gran paciencia numerosas preguntas mías acerca de Darío. Todo ello se lo agradezco calurosamente.

También estoy en deuda con Carmen Diez Hoyo y Rosario Moreno Galiano, de la Agencia Española de Cooperación Internacional (AECI), que alberga tal vez la mejor colección de literatura hispanoamericana en Europa. Y con mi buen amigo Juan Antonio Díaz López.

Desde el Instituto de Estudios Modernistas de Valencia, Ricardo Llopesa me regaló con enorme generosidad un ejemplar del prácticamente inencontrable *El mundo de los sueños* de Darío, en la edición de Ángel Ramos.

Y desde Alemania el doctor Günther Schmigalle tuvo la gentileza de enviarme los primeros tomos de su magnífica edición de *La caravana pasa*, que será imprescindible para los futuros estudiosos del poeta.

Mi vecina Monica Sarkis me consiguió amablemente, en Nicaragua, unas valiosas precisiones sobre Momotombo, el volcán tragacuras cantado memorablemente por Victor Hugo y tan recordado por Rubén.

A todos estos colegas y amigos, y a los que tal vez haya olvidado en este repaso, mi más sincero agradecimiento.

Restábal,
Granada.
Primavera de 2002

Este libro se terminó de imprimir
en los talleres gráficos de Palgraphic, S. A.
(Humanes, Madrid) el mes de junio de 2002

Made in United States
North Haven, CT
02 November 2022

Other books by Julia Zheng available on Amazon.com:

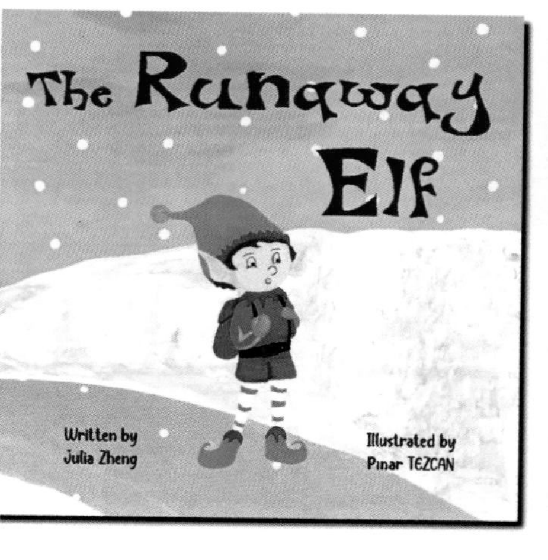

The Runaway Elf
Written by Julia Zheng
Illustrated by Pinar TEZCAN

The Lonely Pumpkin
Written by Julia Zheng
Illustrated by

Chip the Truck Delivers Christmas Gifts
Written by Julia Zheng
Illustrated by Nurul Ashari

Turkey's Escape Plan
Written by Julia Zheng
Illustrated by Nurul Ashari

Snowman's Dream
Written by Julia Zheng
Illustrated by Pinar TEZCAN

The Tallest Christmas Tree
Written by Julia Zheng
Illustrated by Anjali Raj

Inky and Snowy
Written by Julia Zheng
Illustrated by Graziella Miligi

About the Author

Julia Zheng is a children's author from Fujian, China. She now lives in Massachusetts. Zheng graduated from Nanchang University, where she majored in English and studied Western culture. She taught English in a primary school in southern China before moving to the United States. Her teaching experience and passion for writing have inspired her to write children's books, especially stories that convey important messages through humor, warmth, and a happy or unexpected ending.

For more books by Julia Zheng, please visit her Amazon Author Page:

https://www.amazon.com/author/juliazheng

Snowman smiles. "Thanks to all of you, I'm back to being a snowman. I will always offer help when others need it!"

Everyone nods in agreement, and they become good friends with the giving snowman.

"Thanks to you, my family was warm last night," says Farmer.

"Thanks to you, I made it home to my parents last night," says Traveler.

"Of course, Snowman. Thanks to you, my babies and I had a new home last night," says Bird.

"Thanks to you, my family had food to eat last night," says Rabbit.

When Traveler finishes building Snowman's body and head, he uses the carrot Farmer brought for Snowman's nose, the sticks Rabbit found for the arms, and the pebbles Bird collected for the eyes and mouth. Then Traveler takes off his hat and puts it on Snowman's head.

Snowman is back! And he is very happy.

"Thank you so much for rebuilding me!" says Snowman with a smile.

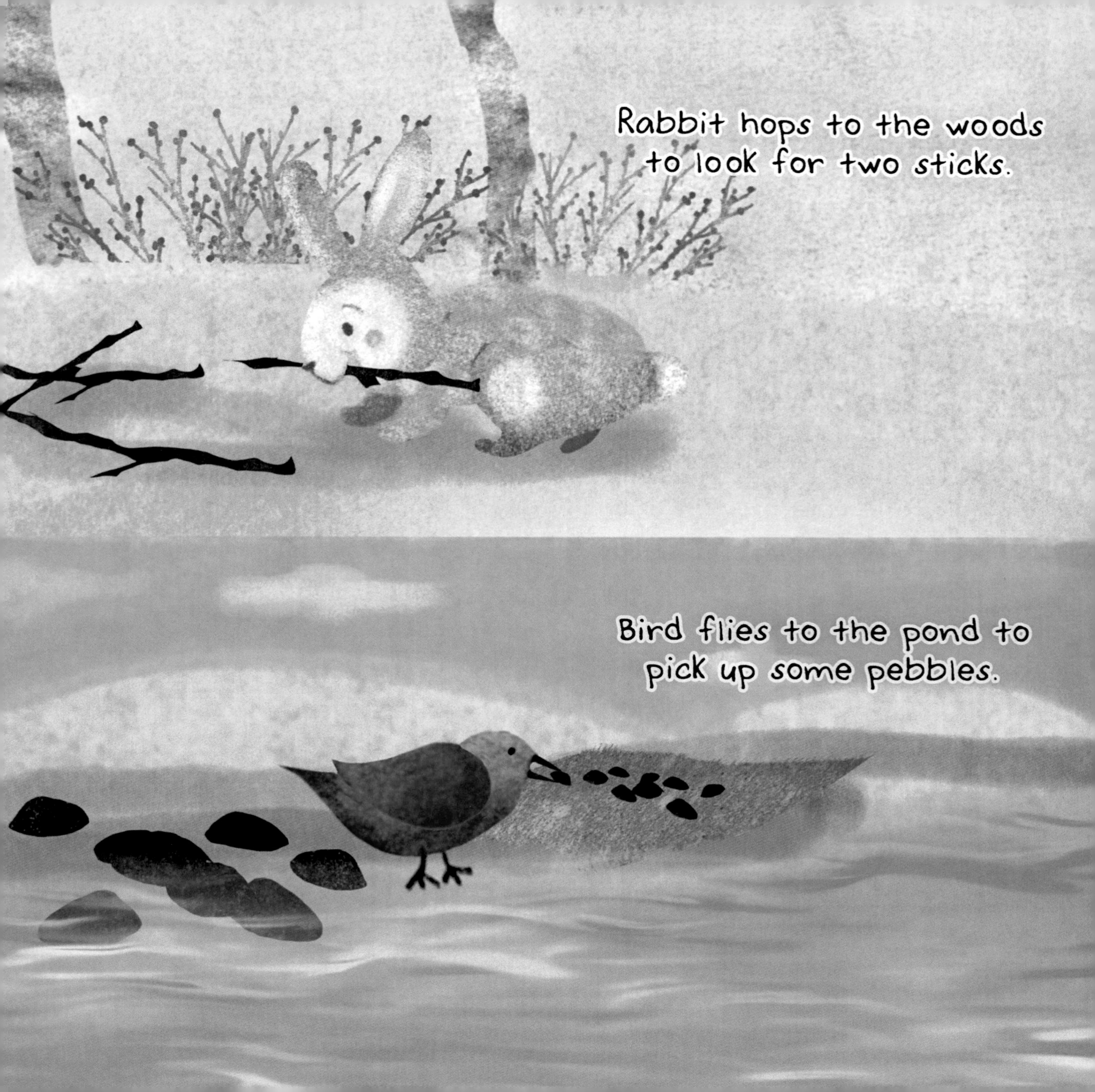

Rabbit hops to the woods
to look for two sticks.

Bird flies to the pond to
pick up some pebbles.

Traveler stays and builds Snowman's body with large balls of snow.
Farmer goes back to his farm to get a carrot.

The next day, the *snow stops* and the *sun*
comes out. Snowman *starts* to melt. Soon, he
only has a little of his body left.

Bird, Rabbit, Farmer, and Traveler come back
to visit Snowman.

"Oh, no!" cries Bird.

"The kind *snowman* has melted," *says* Rabbit.

"We must do *something*," *suggests* Farmer.

"To repay his kindness for helping us," agrees
Traveler.

The four of them work as a team to rebuild
Snowman.

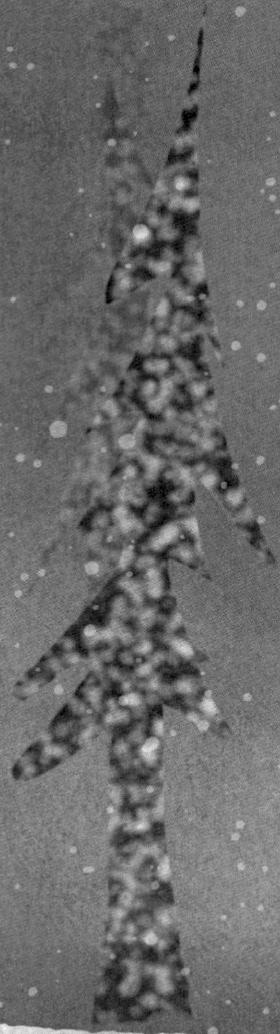

A traveler stops in front of Snowman, shivering.

"What's wrong, dear Traveler?" asks Snowman.

"I forgot to bring a winter coat before I left for my journey. I have walked a long way, and I'm freezing!"

"Don't worry, Traveler. You can take the scarf from my neck to keep you warm."

"Thank you so much!" says Traveler, and off he goes with the scarf.

A farmer stops in front of Snowman, looking worried.

"What's wrong, dear Farmer?" asks Snowman.

"Our house is very cold. I need to light the fireplace for my family, but we don't have any wood left. I only found some coal."

"Don't worry, Farmer. You can take the sticks from my body and use them to start a fire for your cold family."

"Thank you so much!" says Farmer, and off he goes with the sticks.

A rabbit stops in front of Snowman, looking worried.

"What's wrong, dear Rabbit?" asks Snowman.

"The snow has covered the whole ground. My family doesn't have any food to eat, and we're very hungry!" says Rabbit.

"Don't worry, Rabbit. You can have the carrot from my face, so your family will have something to eat tonight."

"Thank you so much!" says Rabbit, and off she hops with the carrot.

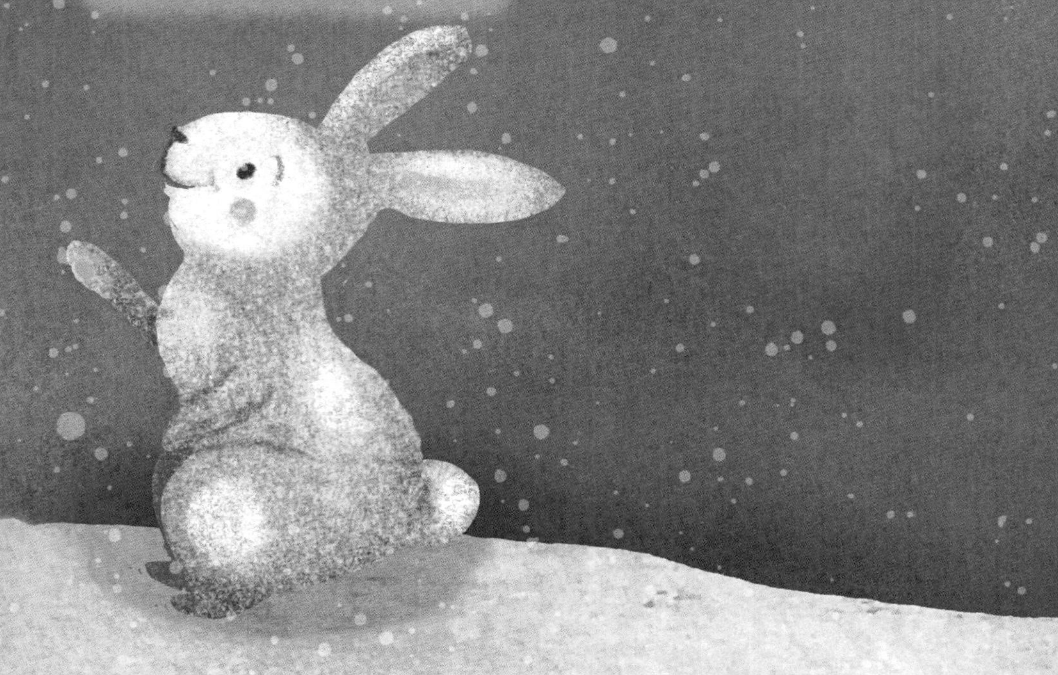

A bird stops in front of Snowman, looking worried.

"What's wrong, dear Bird?" asks Snowman.

"The snow is too heavy. Our nest has fallen down. My babies and I have lost our home!"

"Don't worry, Bird. You can have my hat. It's big enough for you and your babies to rest in."

"Thank you so much!" says Bird, and off she flies with the hat.

One snowy evening, Snowman stands alone in an open field. His eyes and mouth are made of little pebbles, his nose is a carrot, and he has two sturdy sticks for arms. He wears a big hat and has a thick scarf wrapped around his neck.

THIS BOOK IS DEDICATED TO MY MOTHER, 黄燕兰,
AND MY SISTER, 郑小丽, WHO ARE THE MOST GIVING
PEOPLE I KNOW IN MY LIFE.

The Giving Snowman

First printing edition, 2021

Library of Congress Control Number: 2021917303

ISBN: 978-1-7375146-9-5

Printed in the United States of America

THE GI SNOWMAN

Written by Julia Zheng

Illustrated by Graziella Miligi